"中国现当代名家散文典藏"编辑委员会

主　任：阎晶明
副主任：丁　帆
委　员（以姓氏笔画为序）：
　　　　止　庵　孔令燕　何　平　何向阳
　　　　李红强　张　莉　周立民　施战军
　　　　贺绍俊　臧永清

中国现当代
名家散文
典藏

王蒙散文

人民文学出版社

图书在版编目（CIP）数据

王蒙散文/王蒙著. —北京：人民文学出版社，2022
（中国现当代名家散文典藏）
ISBN 978-7-02-017166-8

Ⅰ.①王… Ⅱ.①王… Ⅲ.①散文集—中国—当代 Ⅳ.①I267

中国版本图书馆 CIP 数据核字（2022）第 080249 号

策划编辑	杨　柳
责任编辑	薛子俊
装帧设计	陶　雷
责任校对	韩志慧
责任印制	宋佳月

出版发行	人民文学出版社
社　　址	北京市朝内大街 166 号
邮政编码	100705

印　　刷	河北环京美印刷有限公司
经　　销	全国新华书店等

字　　数	220 千字
开　　本	880 毫米×1230 毫米　1/32
印　　张	10.25　插页 4
印　　数	1—5000
版　　次	2022 年 5 月北京第 1 版
印　　次	2022 年 5 月第 1 次印刷

书　　号	978-7-02-017166-8
定　　价	39.00 元

如有印装质量问题，请与本社图书销售中心调换。电话：010-65233595

作者像

青春万岁

又见伊犁

明年我将衰老

出版缘起

中国现代文学开启自一百多年前的一场文学革命。从此，与社会现实密切相关，普通大众可以接受、可以欣赏、可以从中得到思想启蒙和艺术享受的新文学，就如雨后春笋般生长，涌现出一篇又一篇、一部又一部影响当时、传之久远的经典作品。自"五四"新文学以来的中国现当代文学发展进程中，散文无疑是耀人眼目的明星。

散文既能直抒胸臆，又能描摹万物，因此被视为自由多样的文体；散文语言贴近日常，最易触动人们的情感，可以直接地陶冶人们的心灵。这也是经典散文被誉为美文、拥有广泛读者、历经岁月更迭仍让人捧读的原因。百余年来的中国现当代散文创作云蒸霞蔚，已莽莽如浩瀚的文学森林，人们若贸然闯入这片森林之中，时有乱花迷眼、茫然难辨之困扰。为了让广大喜爱散文的读者能够更迅捷地读到中国现当代散文的经典性作品，我们精心编选了这套"中国现当代名家散文典藏"丛书。本丛书编选过程中，我们邀请了文学界的专家学者组成编委会，在认真商讨的基础上，汇集、选编了20世纪以来中国现当代散文史上的名家、名作。目的就是方便广大读者感受散文经典的艺术魅力，有利于集中欣赏、比较阅读、收藏，以及进行相关研究。

在研究、讨论过程中，编委会形成了经典性的编选宗旨。卷帙浩繁的现当代散文作品中，以经典作家、经典作品的筛选为编选原则，是为读者提供阅读便利的需要，也是为百余年散文创作所做的某种回顾和总结。我们深知，任何一部文学经典都并非一蹴而就，也非任由某个权威命名而成，文学经典是经过时间的淘洗，经受了社会和读者等各个方面的考验，自然形成的。这个淘洗和考验的过程就是一部文学作品被经典化的过程。经典，是经典化过程的结晶。中国现代文学是中国当代文学的前身，当代文学是活在我们身边的文学，这是一件非常有趣的事，因为这样一来，我们也许就能亲眼看到一部文学作品是如何诞生的，又是如何引起社会的热议、得到不断深入阐释的，我们对一部当代散文的喜爱，往往也是在这一过程中不断地得以强化。经典便是在这样不断被阅读、被热议、被阐释的过程中得到人们的广泛肯定从而成为大家公认的经典。当我们要编选一套现当代散文经典的丛书时，就应该考虑到当代文学的这一特点，要意识到当代文学的经典并不是凝固不变的，它仍处在不断丰富和不断成熟的经典化过程之中。这就确定了我们的基本编辑思路，即我们自觉地将"中国现当代名家散文典藏"的编选和出版，视为参与到现当代散文的经典化过程的一次积极行动。经典化，为我们的编选打通了一条通往经典性的最佳通道。我们从经典化的角度来审视现当代散文，就要更强调发展和辩证的眼光，更需要发现和辨析那些正在茁壮生长中的新现象和新作品；这也提醒我们，在经典标准的确认上不能墨守成规。我们既要关注作为文学史的经典，同时又要更看重历经岁月变幻始终在广大读者中拥有良好口碑的作品。我们认为，读者是经典化过程中不可忽视的参与者，因此也希望这次"中国现当代名家散文典藏"的编选和出版，能够为广大读者参与到现当代散文经典化进程中来提供一次良好的机会。

经典化的编选思路,自然决定了这套丛书有另一特征:开放性。中国现当代文学作为活在我们身边的文学,这就意味着它是一种具有旺盛生命力的,仍在茁壮生长的文学。回望过去的一百余年,现当代散文已经产生了不少的经典性作品;凝视当下的现实,仍有许多正行走在经典化道路上的优秀作品;放眼未来,我们相信,将会有更多的经典脱颖而出。我们这套散文典藏丛书不光要"回望",而且还要有"凝视"和"放眼",也就是说,我们不光要推出已有定论的经典性作品,而且还要把那些正行走在经典化道路上的,以及刚刚萌芽即将脱颖而出的优秀作品也纳入丛书的视野,因此我们必须采取开放性的编选方针。我们不是一次性地编选数十本书就宣布大功告成了,我们还要在此基础上继续延伸下去,把在经典化进程中逐渐成熟了的作家和作品吸纳进来,作为系列丛书、长期工作、"长河"计划而接连不断地出版下去。

本丛书编辑过程中,坚持优中选优原则,同时也充分尊重作家意愿和相关版权要求。在编辑"中国现当代名家散文典藏"过程中,由于版权限制等因素,使得一些名家名作还没有如期纳入丛书当中,我们也将努力创造条件,争取将更多的优秀散文佳作奉献给读者,以呈现中国现当代散文创作的整体成就和总体风貌。

感谢广大作家的支持,感谢广大读者的厚爱。

人民文学出版社
"中国现当代名家散文典藏"编辑委员会

目 录

1 导读

1 春天的心
3 清明的心弦
5 雨
9 落叶
11 树
13 初冬
15 盛夏
18 湖

21 故乡行——重访巴彦岱
28 又见伊犁
31 新疆的歌
36 我们大队的同事们
41 我想念乌鲁木齐
43 维吾尔人

84	华老师,你在哪儿?
89	我的一日
92	清晨的跑
94	搬家
99	我爱喝稀粥
103	在声音的世界里
106	吸烟
108	我的喝酒
115	壮游的"阿甘"
119	行板如歌
123	今天的延安
129	我们来到了镜子里
131	茶魂与茶韵
135	《青春万岁》六十年
143	明年我将衰老

149	祭长者——邵荃麟同志
153	一个甘于沉默的人
156	安息吧,鞠躬尽瘁的园丁
160	不成样子的怀念
169	独一无二的韦君宜
172	周扬的目光

179	我心目中的丁玲
193	永远的《雷雨》
201	永远的巴金
205	苏丽珂
213	安憩的家园
219	乡居朗根布鲁希
227	我爱非洲(节选)
234	印度纪行(节选)
242	二〇〇四俄罗斯八日(节选)
250	伊朗印象(节选)
263	一辈子的《红楼梦》
271	《锦瑟》的野狐禅
276	《老子的帮助》前言
280	"《庄子》系列"总后记
283	斯文济世,天下归仁

导 读

从发表于1948年的处女作《春天的心》算起，王蒙的文学生涯与共和国同行，迄今已逾七十年。他的创作体量巨大，文备众体。细而论之，确如研究者所言，小说是作家王蒙的轴心和基地。不过，若将小说比作王蒙文学世界的乔木，散文就是野草，随心所欲，自生自长；非有意而为之，却足可作为生命的见证。正如王蒙自述："老王何幸，呼青春、勇探索、锋芒毕露、混乱、挫折、边疆、浮沉、井喷、诗书论、长中短、春夏秋冬，犹说红楼、义山、老子、庄生。"（《"〈庄子〉系列"总后记》）以上种种，都可从其散文中找到印迹。王蒙的文章题材广泛、形式多样，几乎涵盖了当代散文概念之下的全部"亚文体"，并不易以一言蔽之。如果不问文法，但究初心，大抵可说它们大多源于百花看遍、千帆过尽的阅历，也即对于眼之所见、身之所经的人、事、物、地的记录。

王蒙具有敏锐的时间意识和时间感受。在各个阶段的代表作品中，他创造和发明了不少具有个人标记的有关时间的语汇，甚至可以说，它们丰富了现代汉语的时间表达：年轻人、青春万岁、所有的日子、风云三十年、××的季节、明年我将衰老……对于个体生命来说，时间就是生活，就是一连串的日子。生活和日子之中的文章连缀起来，就是一个人的心史。昔我往矣，今我来思。此一时阅读王蒙的散文，特别是那些本就属于回顾性质的散文，当会感到踏实和从容，因为苦尽甘来、尘埃落定，彼一时的忧心和愁绪，已经转化为愉悦的记忆，"于是你觉得一切都是有来由的，一切缘分都将得到指证，一切因果都将得到联结，一切往事都贮存在某一个角落"(《乡居朗根布鲁希》)。王蒙也有类乎闲话的小品，但它们又不只是闲话，也是贮存往事的角落，其中一烟一酒一粥一茶，都有不同人生段落的回音。其中有说戒就戒，且"再不想恢复"的历史(《吸烟》)，也有穷极无聊，"死一样的活着"的时光(《我的喝酒》)。王蒙也写散文诗、即景美文，也以诗心拥抱深湖和大海、期待月出和繁星，但是自然时序的更迭，于他既是风霜雨雪、初冬盛夏，也是恋爱、失态、踌躇、狂欢的季节。

是的，王蒙不仅是写作者，也是(或者首先是)革命者。他是新中国成长起来的第一代作家，更是新中国国史的见证者和参与者。因此，他的散文也与宏大的历史同行，是对国史的观察体验和深度介入。在通常被视为怀人的品类中，王蒙临文嗟悼的，常是当代中国文界、政界的重要人物，诸如胡乔木、周扬、丁玲、曹禺等。他们一代风流，但也因其权、其位、其言、其行，不免频致物议。王蒙的这一系列文章，曾辑为《王蒙：不成样子的怀念》(人民文学出版社，2005)行世。所谓不成样子，其一是不拘礼法，力避一切不必要的繁文缛节、尊长之讳；其二是曲尽其妙，不可直言、不宜尽意之处，则以春秋笔法，大义微言；其三是别出手眼，兼听多面，于颂声载道者，时或攻其所短；于众口铄金者，时或不没其长。不成样子，但又终是怀念，而且是对"真人"的怀念，因而更能通达人性复杂、幽微、郁结之处，超越功与过、爱与恨、伟大与渺小的对立，述往事，思来者。

就精神气质和美学取向而言，王蒙的散文可称为"清明之文"和"光明之文"。"清明"，是王蒙自创（至少是赋予新义）并频繁运用的个人词汇，它可以形容天气、景色、心绪、人格、社会风气、时代精神。王蒙自己的解释是：清是清楚与清纯，明是明白与明朗，清明是一种沉静、一种慰藉。而在我看来，周作人在《中国新文学大系》散文一集导言中说的"明净的感情与清澈的理智"，恰是对"清明"的绝佳解说。相对而言，光明一词容易理解。在具体的历史语境中，它往往与革命年代，与社会主义的前途和共产主义的远景相联。王蒙的"光明"，既有苏联式的革命激情，也有新疆式的生活智慧，既是理想主义，也是幽默达观。光明还是《阿娜尔姑丽》的歌声、贝多芬的交响曲、柴可夫斯基如歌的行板——光明是一种深沉的、绝对的美。

总而言之，清明是理性、多元、一片冰心；光明是梦想、乐观、一腔热血。因了清明和光明，当人以有限的生命面对无限的天地之时，就不仅有逝者如斯的慨叹或怆然涕下的苍凉，而是"明年我将衰老"，是无奈而又坦然、积极而又优美的辩证。"时间在天地间也在天地外，时间就是天命、天心、天意"，"对于永恒来说，千年如一瞬；对于虚无来说，瞬间永远，心动即是永恒，泪花即是永恒，一笑一颦皆是永恒，一诗一文更是永恒"（《维吾尔人》）。

相对于小说、诗歌等文学体裁来说，简言之，散文是最自由的，是作者对自由的渴望。这种欲望，也植根于王蒙的散文，特别是游记和阅读笔记之中。无论读书还是行路，置身异域还是对话古人，都是灵魂的游弋，本质上仍是人对自身限度的克服。用王蒙自己的话来总括，就是踏遍青山人未老，皓首穷经经更明。当然，相较于无尽无际的时空，一切人事都有限度和刻度。一切历史都是当代史，一切文章也都是时文。如今阅读王蒙的某些篇章，如视昨夜星辰昨夜风，不免事过境迁、物是人非之感。因此，本次选文均保留篇末落款时间，以便读者抚今追昔。

本书由杨柳女士编选，大致分为美文、新疆、小品、怀人、游记、读书记六个部分。从时间的线索来说，自《春天的心》到《明年我将衰老》，涵括了王蒙生活与写作的每个段落。或许也可反过来说，明年我将衰老，但仍然是春天的心。是一个刚刚开始的梦，一个尚未结束的故事。

赵天成
2022年3月

春天的心

春天的心活在春天的人的身体里。

春天的心是活跃的,生气蓬勃的,充满了活着的力量。春天使人爱生活:看呀,桃花的骨朵,柳枝的嫩芽,牛毛似的小雨帘子般地挂着,一切多美。生活本身是可爱的呀。听呀,池水的潺潺像低唱一首甜蜜的恋歌,晨鸟的啾啾像喁喁的情话,远处的孩子们唱了:

> 青草生
> 花儿红
> 斜织细雨里
> 老牛驮着牧童……

这嘹亮的歌声使春天的心朦胧了,沉醉了。

嗅呀!翘起鼻子,刚下完雨的潮湿气息,钻进你的鼻孔,使你的心痒痒的。玩吧,跳吧,高歌吧,舞蹈吧,暂时忘掉你的痛苦。我们都是小孩子,应该有小孩子的心,而小孩子的心便是春天的心呀!

春天的心又是懒洋洋的一股子劲儿。朋友,你可晒过春天的太阳?倚着树、靠着墙,闭上眼睛,让金黄色的太阳从头至脚抚摸你,你感到和暖,你感到舒适,身子散了,软了,像棉花一样;身子轻了,没有丝毫重量。于是你的身躯自然地摇摆着,飘,飘,飘到天空里,坐在白云上,和云雀一同唱歌,和风筝一同跳舞。说起风筝,你可常听到风筝铜铃寂寞的嗡嗡的声音?还有远处的空竹声也是相像的。它使你每个细胞都酥软了,它使春天的心荡漾在那声波里。听到之后你或者便颓然卧在草地上,让小野花的黄蕊洒在你的鼻孔里;你或者会兴奋地跳起来,喊着说:"我们生活在春天里,我们生活在阳光里,我们生活在春天的阳光里!"本来嘛……

春天的心是美好的,善良的,纯洁的。因为美以大自然的为最美,而大自然的美表现在春天。你知道春山:远望苍翠欲滴,郊外踏青便是为了欣赏春山呀。你知道春水:"风乍起,吹皱一池春水"。你知道春花春草,流行歌曲不是这样唱吗:"春天的花,是多么的香";通俗的对子,不是这样写吗:"又是一年芳草绿,依然十里杏花红"。你知道春雨:"帘外雨潺潺,春意阑珊","细雨梦回鸡塞远,小楼吹彻玉笙寒"。你知道春宵:"今夜偏知春气暖,虫声新透绿窗纱"以及什么"月移花影上栏杆"……好了,这些歌颂春天的句子是实在写不完的;人在这美的结晶里,丑恶的会变成美善,污浊的会变成纯洁。春天本身便是诗,何待写她在纸上?而春天的心,便是诗里的诗了。

虽然如此,春天的诗和含苞待放的春花一样,和刚伸出头来的草一样,是幼稚的,是脆弱的。她是才入世的小娃娃,而不是千锤百炼的勇士;她是呢喃倩舞的小燕,而不是在狂风暴雨里挣扎的海燕;她是小花而非大树,诗歌而非枪炮(请恕我这句话似乎包括对诗歌的不敬)。但是,春天要被更成熟、更热情、更坚强的夏天代替,春天的心也变成钢铁的心了。

1948 年

清明的心弦

我喜欢北方的初冬,我喜欢初冬到郊外、到公园去游玩。

地上的落叶还没有扫尽,枝上的树叶还没有落完,然而,大树已经摆脱了自己的沉重的与快乐的负担。春天它急着发芽和生长,夏天它急着去获取太阳的能量,而秋天,累累的果实把枝头压弯。果实是大树的骄傲,大树的慰安,却又何尝没有把大树压得直不起腰来呢?

现在它宁静了,剩下的几片叶子什么时候落下,什么时候飞去,什么时候化泥,随它们去。也许,它们能在枝头度过整个的冬天,待到来年春季,归来的呢喃的燕子会衔了这经年的枯叶去做巢。而刚出蛋壳的小雏燕呢,它们不会理会枯叶的琐碎,它们只知道春天。

湖水或者池水或者河水,凌晨时分也许会结一层薄冰,薄冰上有腾腾的雾气,雾气倒显得暖烘烘的。然后,太阳出来了。有哪一个太阳比初冬的太阳更亲切、更妩媚、更体贴呢?雾气消散了,薄冰消融了,初冬的水面比秋水还要明澈淡远,不再有游艇扰乱这平静的水面了,也不再有那么多内行的与二把刀的贪婪的垂钓者。连鱼也变得温和秀气了,它们沉静地栖息在水的深处。

地阔天高。所有的庄稼地都腾出来了,大地吐出一口气,迎接自己的休整,迎接寒潮的删节。当然,还有瑟缩的冬麦,农民正在浇过冬的冻水,水与铁锨戏弄着太阳。场上的粮食油料早已拉运完毕,稀稀拉拉的几个人在整理谷草。在初冬,农民也变得从容。什么适时播种呀，龙口夺粮呀，颗粒归仓呀，那属于昨天，也属于明天。今天呢，只见个个笑脸，户户柴烟，炕头已经烧热，穿开裆裤的小孩子却宁愿呆在家门外边。

这时候到郊外、到公园、到田野去吧，游人与过客已经不那么拥挤。大地、花木、池塘和亭台也显得悠闲，它们已经没有义务为游人竭尽全力地展示她们的千姿百态。当它们完全放松了以后，也许会更朴素动人，而这时候的造访者才是真正的知音。连冷食店里的啤酒与雪糕也不再被人排队争购，结束了她们的大红大紫的俗气，庄重安然。

到郊外、到公园、到田野去吧，野鸽子在天空飞旋，野兔在草棵里奔跑。和它们一起告别盛夏和金秋，告别那喧闹的温暖；和它们一起迎接漫天晶莹的白雪，迎接盏盏冰灯，迎接房间里的跳动的炉火和火边的沉思絮语，迎接新年，迎接新的宏图大略，迎接古老的农历的年。二踢脚冲上青天，还有一种花炮叫作滴溜，点起来它就在地上滴溜滴溜地转。

初冬，拨响了那甜蜜而又清明的弦，我真喜欢。

1983 年 11 月 26 日

雨

我喜欢雨，从小。

我不知道我为什么喜欢雨。因为它迷蒙而含蓄，因为它充满生机，因为它总是快快活活，因为只有它才连接着无边的天和无边的地！

"细雨鱼儿出，微风燕子斜""随风潜入夜，润物细无声"，春天的小雨便是大自然的温柔与谦逊，大自然的慷慨与恩宠，却也是大自然的顽皮。它存在着，它抚摸着，它滋润着，却不留下痕迹。用眼睛是很难找到它的，要用手心，用脸颊，用你的等待着春的滋润的心。

也有"凄风苦雨""秋风秋雨愁煞人""梧桐更兼细雨，到黄昏，点点滴滴"。其实那倒不一定是"一场秋雨一场寒"的秋天。即使这样的天气也给繁忙的人们带来休息，带来希望，带来遐思。

正因为有雨中的忧伤的甜蜜，人们才伸出双臂歌唱雨后初阳的万道金光。于是有了拿波里的名歌《我的太阳》。

而暴雨和雷雨又是多么欢势，它们驱走暑热，它们解除干渴，它们弥合龟裂，它们叮叮咚咚地敲响沉闷的大地，它们咋咋唬唬地嬉闹着对人们说："别怕，我们折腾一会儿就走。"

小时候，我最喜欢北京城夏日的大雨。雨中，积水上冒出一个又一个的半圆形的小泡儿。

"似水晶、非琉璃，又非玻璃，霎时间了无形迹。"我的姨妈教过我这样的谜语。

为什么这几年在北京很少见到大雨冒泡儿了呢？是气候变了么？是我事太多、心太杂，对似水晶又非玻璃的泡儿视而不见，这泡儿已经唤不起我童年的那种好奇和沉醉么？哦！

一九五八年的特别炎热的夏天，我下乡以前暂在景山公园少年宫劳动，盖房当小工，每天担四十多斤一块的大城砖，很累。一天早上刚开工便赶上了天昏地暗的大雨，"头儿"只好宣布放假。我落汤鸡似的回到家，换了一身衣服，打起雨伞，和同样处于逆境的爱人到新街口电影院看电影《骑车人之死》去了。电影看完了，大雨威势未减。这是一九五八年，也许是五十年代的最后几年我们度过的最快乐的一天，而这一天，是雨赐给我们的。

冒雨出游，这才有特色，这才有豪兴，这才有对于生活、对于世界的热情。这热情是什么也挡不住也抹不掉的。

所以，当一九八二年六月初我和几个中国同志一起访问美国的东北海岸而赶上了整整一个星期的阴雨的时候，当不论是主人还是其他客人都抱怨这不凑趣的天气的时候，我却说，我喜欢雨，雨使世界更丰富了。在维尼亚尔(意即野葡萄园)岛上驱车行路的时候，我甚至把汽车窗打开——让溅起的雨珠雨花吹到我的脸上、头发上、脖子上和衣服上吧，这该是大西洋上的天空——与我们古老的神州大地上的是同一个天空——飘洒下来的美丽、友好、清凉却也有些阴沉的信息。雨中的大西洋，似乎泛着更多的灰白相间的浪花。天、海洋、小岛、大陆、漂亮的花花绿绿的别墅房屋、泊港的船只、行驶着的和停下来的汽车，都笼罩在那温柔迷蒙的雨中的烟雾里。

这样的雨就像夜，就像月光，使世界变得温柔，使差异缩小，使你去寻求一种新的适应，新的安慰。

就是让雨淋个透也未尝不是人间快事。在新疆的草原上，我曾经骑着马遭遇过一次短暂的却是声势浩大的雹雨，前不着村，后不着店，上天无路，入地无门，连一株可以略略遮雨的小树也没有。没法子，除了百分之百不打折扣地接受大自然的洗礼之外，没有别的路。当理解了这种处境以后，我便获得了自由，我欣然地、狂喜地在大雹雨中策马疾驰。

这种经验我写在小说《杂色》里边了，但我觉得没有写好。如果有机会，不，不管有没有机会，将来我一定要再写一次草原上的夹着雹子的暴雨。

这豪兴也要有一个条件，就是在前方不远，有哈萨克牧民的温暖的帐篷。兄弟般的哈萨克人会亲切地接待你，会给你一碗滚热的奶茶，会生起他们的四季不熄的火炉，烤干你的被雨打湿了的衣裳。

我们常常说"风吹雨打"，毛主席说要"经风雨、见世面"，我们还说什么经历了"风风雨雨"。这不但让人骄傲，也让人欢喜，不但让人刚强，也让人快活，像我那次在新疆的草原上那样。而我现在正航行在从武汉到重庆的长江航道上，又赶上了雨。雨对我有情，我对雨有意。在避风的那一面的甲板上，你看不到也摸不着雨。在船头，雨丝向你迎面喷来，在迎风的那一面，雨丝拉曳成了长线。

江上的雨和人似乎更加亲近。坐船的人都爱水，靠水，感谢水。而正是雨供给着江水，江水升腾着雨。当轮船疾驶的时候，浪花飞溅到甲板上，那不就是雨么？

天色虽然阴霾，两岸的垂柳和庄稼却被雨洗得更加碧绿。没有打伞，也没有穿雨衣，最多戴一个草帽的岸上的女人们的服装在雨中显得分外鲜丽。连岸上的黄土和石头也在雨水中映着洁净的、本色的光。

"晴川历历汉阳树",当然。但是你知道吗,阴川和雨川,也使我们的河岸、我们的人和树历历如画。

雨是我对生活和土地的无尽的情丝,情思。

1984 年 6 月

落　叶

人说自己的作品是结成的果实，我却觉得，我的作品像一片片落叶。一年年落叶。一阵阵落叶。

春天，叶芽萌发，渴望生长，汲取养分，迎接阳光。夏天，日趋丰满，摇曳自语，纷披叠翠，自在茁壮。而小树成为大树、老树，就靠了这些树叶而呼吸，而做梦，而伸展自己的向往。

等到秋天，一片树叶又一片树叶犹豫不决地与树干商量：我完成了么？我可以走了么？我渴望乘风飞去，海阔天空，被心爱的知音拿去珍藏。我又怕我们去了，使母亲树干凄凉。

树干说：去吧，去吧。我已经尽到了我的力量。你们是无法挽留的呵，纵然与你们告别使我神伤。你们应该去接受命运的试炼。

一片又一片的落叶落下了，它们曾经是树的。现是也还是树的，却又不是树的了。

它们是它们自己。是树的过往的季节，过往的尝试，过往的儿女。又是大地的新客人，新的星外来客，新的友人。

它们也许因陌生而受疑惑的冷眼。它们也许因平凡而受不经意的遗忘。它们也许被认为枯干而被一根火柴点燃，点燃中发出短暂的烟和光。它们也许被认为美丽而藏在情人的心上。它们也许跌入烂泥而遭受践踏，终于肥了土地。它们也许被一阵大风吹入异乡。它们也许进了科学家的实验室，做成切片，浸入药液，再放到显微镜下观察分析。而过多的树叶也许会引起清洁工的腻烦，用一把大扫帚通通地把它们扫到大道旁。

太多的树叶会不会成为自己的负担呢？太多的树叶会不会使树干弯腰低头，不好意思，黯然神伤？太多的树叶会不会使树大发奇想：我为什么要长这么多的树叶呢？它们过分地消耗了我的精力和思想。如果在我这棵树上长出的不是平凡的树叶而是匕首、外汇券、奶油或者甲鱼，是不是能够派更多的用场？

树不会愿意处在自己落下的树叶的包围之中，树不会愿意再看自己早年落下的树叶。树又不能忘怀它们，不能不怀着长出新的树叶的小小愿望。

一九八八年秋十月在苏州，我问陆文夫兄："当你看自己的旧作的时候，你有什么感想？可像我一样惆怅？"

他回答说："我根本不敢看哟……"

落叶沙沙，撩人愁肠。

1989 年 1 月

树

世界上什么最美丽？天、海、星星，山、雪花和树木。

最亲切的，随时可以看见、可以触摸、可以接受它的好意的荫庇、可以欣赏它的千姿百态、可以与它相对相悦相知，又可以与它相别相忘从此各自东西再不相识的，是树。

树没有姿态，它只不过是生长。它长得几个人抱不过围，它长得参天，但它并不能称雄，并不得意洋洋——当小鸟儿在它的枝头叽叽喳喳，跳来跳去的时候，鸟儿是那样的聪明、活泼、可意，而傻大个子的树却自惭形秽，默默不语。

树没有表白。你给它挂一面牌子，是汉朝的柏，是辽代的松，是重点保护的文物，是稀有品种，是经济作物药用特种工业用，是废物是蘑菇的寄生体，是毒蛇的泪全听命你的选取和你的评论。是因为它城府太深吗？

然而它从来没有防御。它把一切暴露在风里、雨里、热里、冷里、鸟里、虫里。即使它受到了虫蚁的蛀食，受到雷电的斩劈，受到砍伐燃烧，受到恶言恶语，它仍然不动声色，它仍然是它自己。噢，当然，它的根、众多的根长在土里，长在黑暗的地下，痛苦地使着延伸和汲取的力气。然而它无意隐藏自己的根系。它献出来的只能是它能够献出来的自己最美的部分。你不需要知道它的根的深沉的努力。

它没有动作却又摇曳不已。它没有允诺，却又生息有定，姿态有势，自我调节，不离不弃。它没有争夺，却又得到了大自然和人的一切赐予——包括诗人的诗和画家的笔,包括蝙蝠与枭鸟的栖息。

即使它被山火烧焦,即使它被巨斧腰斩。即使它被病毒麻痹,它的种子已经撒向四方。它的风格已经留下了深刻印迹。不幸的结局也许只会增加它的魅力。

1989 年 1 月

初 冬

当湖面上结起最初薄冰,你温柔的,可是怦然心动?

你知道,太阳一出来,冰就化了,水面上仍然泛舟。

你知道,人们会愈来愈喜欢太阳。在阴天之外,人们还有许许多多晴朗的日子。

你知道,树叶会大落特落了,落完之前,它们正在枝上灿烂得紧。

你知道鸟并不会飞光,即使是黑老鸦,也会在严冬分担你的冬日的愁闷。

你知道火炉将会生起,火焰将用它的不可捉摸的躲闪与静静的温热来挑逗你。你可以干一杯因为涨价而显得更加神异或者因为不涨价而显得更加友善的酒,让火的闪耀发生在你的身体里。

你怀念远方的朋友和亲人,你奇怪,为什么愈是你想念的人你愈少与他们联系。

你知道一年将终,而这已经不像——例如十年前那样使你惊奇,使你抗拒,使你兴奋,又使你逃避。一年,又是一年,就是一年而已。

你知道冰将逐渐冻厚起来,许多年轻人在冰上游戏。你奇怪你为什么那么早就结束了你滑冰的历史,那么早就退出了冰之天堂,又永远不忘火热的冰戏。

你觉得初冬还不是冬,而只是秋的继续,甚至是夏的继续。你觉得夏是漫长的。呵,冬也是漫长的。而一切是多么短促。当夏去秋来冬来的时候,你说不清你是在告别还是在等待。你说不清如果你等待的话究竟在等待什么。遍天飞雪?冻柿子?爬犁?冰挂?新年春节的爆竹?还是次年的拂面和风?

当第一片薄冰在初冬时节被你的眼光捕捉,正像你发现了自己的与妻子的第一绺白发。又平静,又庄严。又悲伤,又甜蜜。

1989 年 1 月

盛　夏

是不是夏天被钉子钉住了？

每天都是二十四至三十二摄氏度。不算太热，热得并不极端，但是没有喘息，没有变化，没有哪怕是短暂的缓解。不论翻多少次报纸，拨多少次121气象预报台，看多少次屏幕上的卫星云图，都是一个公式：24℃—32℃。

而且潮湿得不得了，闷得叫人喘不上气。被褥衣服都发出霉味，木质门窗关不上了。湿疹、脚癣都乘机肆虐，猫也长开了猫癣。坐在那里，一层油汗敷满了全身。不是早就立秋了么？不是三伏都快完了么？不是学校都快开学了么？

在湿热天气中，脑子开始发木。一个熟朋友家的电话号码，硬是想不起来了。刚读完的一本杂志，两分钟后就找不到了。约好了去看访一个病人，却错过了探视时间。

而居然有了转机：天气预报，今晚有阵雨，转中到大雨。太好了，太好了，下场痛痛快快的大雨吧！虽然气温依旧，大雨下过后就将一切不同了吧？

便早早地收拾了晾在阳台上的难得一干的衣服。便把户外的东西一件件往室内搬。便抬头看西北方，有云吗？快来了吧？

等了一个夜晚，又一个白天。等到第二天晚上听完李瑞英同志与张宏民同志报告完的新闻，又从天气预报图板上看到了同样的预告：今晚夜间，阵雨转中到大雨……

十点钟的时候果然来了一阵雨，轻描淡写，点点滴滴，来得麻利，去得轻巧。来得无声无响，不刮风，不打雷，不闪电，去得无痕无迹，几滴水早被干渴的地面吸收尽净。这样的阵雨好洒脱哟，它似乎代表着一种飘逸、自由、灵巧的风格，它简直是一个梦。这样的阵雨好不负责任哟，它干脆只是走一走过场，它像一个骗局。

此夜星光灿烂，莫非预报了又预报，等待了又等待的中雨大雨又"黄"了？

便无奈地躺在床上，体味汗的流渗，体味汗与被褥特别是与枕头结合起来的陈年芳馨，体味把所有的电话号码都忘记了的大脑的废置。能梦见小溪里蹦跳的鳟鱼吗？

嗒。

嗒嗒。

嗒——嗒——嗒。

什么？有一本书落到地上了么？

是雨！是雨点声清晰可辨的雨，睁开眼睛看到了模糊的电光，有雷自远方滚滚而来。

猫儿发出了怪声，急促地召回它的孩子们，避雨。

嗒嗒嗒嗒嗒……听声音就是大雨点。雨点愈来愈密，雨点愈来愈混成一片一团，而且声音变得响亮和尖厉起来，莫非雨声中有人吹响了哨子？莫非雨中青蛙叫了起来？

突然一道青绿色的强光，一声炸雷震响在屋顶上，大雨像敲击重物一样砸在地上，没有节奏，没有间歇，没有轻重缓急，只有夹带着哗啦哗啦的乒乓叮咚。又是强光，又是雷暴，又是砸着重物的大雨，豪雨，好像开始了阵前的冲锋。

睡意全无了，只觉得高兴，觉得有趣，觉着老天爷还是有两下子。便光着脊梁去淋雨，去检查地沟眼是否畅通，去检查各房间是否漏雨。眼前雨水暴涨，大声喊叫着以压过雨的喧嚣。便忽然想起洪水的可怕，天灾的试炼，灾民的痛苦，赈灾的必要。如果这样下去，大水不也要进房间了么？但仍庆幸这场雨终于下来了。

  大雨终于停了，夜终于过去了。问一下121气象台，仍然是二十四至三十二摄氏度。

1992 年

湖

我喜爱湖。湖是大地的眼睛。湖是一种流动的深情。湖是生活中没有被剥夺的一点奇妙。早在幼年时候，一见到北海公园的太液池，我就眼睛一亮。在贫穷和危险的旧社会，太液池是一个意外的惊喜，是一个奇异的温柔，一种孩提时的敞露与清澈。

我常常认为，大地与人之间有一种奇妙的契合。山是沉重的责任与名节的矜持。海是渺茫的遐思与变易的丰富。沙漠是希望与失望交织的庄严的等待。河流是一种寻求，一种机智，一种被辖制的自由……

那时候我没有见过海，颐和园的昆明湖对于我来说已经是浩浩然荡荡然的大水了。我每去一次颐和园，都要欣赏昆明湖的碧波，惊叹于湖水的美丽与自身的渺小。

是的，湖是一种美丽，是一种情意。为了陆地不那么干枯，为了人的生活不那么疲劳，为了把凶恶的海控制起来把生硬的地面活泼起来，为了你的眼睛与天上的月亮——你不觉得看到地面上的一个湖泊就像看到天上的一个月亮一样令人欣喜么？为了短暂的焦渴的生命中不能或缺的滋润，于是有了湖。

北京的西山风景区是很美的，但是太缺少湖水了。这样，对香山静宜园"双清"的池水，对小小的儿童乐园式的眼镜湖，我自然是情有独钟。一见到这样的水波荡漾，脸上不由得出现衷心的笑容。

后来到了新疆，那就开了眼啦。在乌鲁木齐与伊犁之间的天山深处，著名的高山湖泊赛里木湖曾经怎样地令人眼界开阔呀！湖水是咸的，一望无际，湛蓝如玉。盘山公路傍湖而过，无数拉运木材、粮食、水泥、钢筋、百货的重型卡车从湖边走过。四周是长满枞树的高处终年积雪的山坡。时而有强劲的风自由地吹过。我在这里，感觉到一种庄严，一种粗犷，一种阔大。我不能不庆幸我终于离开了大城市，离开了那一个区一个胡同一处房子。我面对着的是一个严峻的、带几分神秘和野性的世界。这个世界里有一个巨大而晶莹的咸湖，它冷静而又尊严，凛然而又高耸地存在着。你觉得你其实只能向往它却很难有机会去亲近它。

在天山南麓的焉耆与库尔勒之间，有一个大湖——博斯腾湖，浩渺无际，芦苇丛生，坐着汽艇穿来穿去也见不到岸。据说有一个外国的总理看展览的时候看到博斯腾湖的照片甚感惊异，他说："新疆不是不靠海吗？"博斯腾湖宛如内陆的海，那是远古时代的海的遗留，那是对于远离大海的新疆的特殊的慰安。

在阿尔卑斯山的脚下，在芝加哥的北边，在布加勒斯特的市区，在高原墨西哥城近郊，我造访过许多湖泊。我流连忘返，我抱怨自己只能匆匆邂逅，匆匆离去，我太对不起上苍的得意创造与生活给予我的机缘。

而珠海斗门的白藤湖呢？它是一九九三年六月走入我的记忆的。这是又一种心绪，又一番风趣。它是那样亲切随意，那样为人所有为人所用。它是一种景观更是一种资源，它是一种大自然的慷慨，也是特有的风水——它象征着斗门人的、白藤湖人的无限发达的可能。度假村的修建已经开辟了新的历史。白藤湖是更加人化的湖，人化的自然。一九九三年我有幸在这里居住了若干天。居住在白藤湖，我觉得舒适而又平安。我觉得发展其实并不难，生活其实也不是那么难。只要好好地做,只要不把力量放在破坏上。只要我们变得更近人情一些,更简单一些。只要我们多一点美好的祝愿,少一点恶狠狠的狼眼。

1994 年 4 月

故乡行——重访巴彦岱

我又来到了这块土地上。这块我生活过、用汗水浇灌过六七年的土地上。这块在我孤独的时候给我以温暖，迷茫的时候给我以依靠，苦恼的时候给我以希望，急躁的时候给我以慰安，并且给我以新的经验、新的乐趣、新的知识、新的更加朴素与更加健康的态度与观念的土地上。

高高的青杨树啊，你就是我们在一九六八年的时候栽下的小树苗吗？那时候你幼小、歪斜，长着孤零零的几片叶子，牛羊驴马、大车高轮，时时在威胁着你的生存。你今天已经是参天的大树了，你们一个紧靠着一个，从高处俯瞰着道路和田地，俯瞰着保护过你们、哺育过你们、至今仍在辛勤地管理着你们的矮小的人们。你知道谁是当年那年老的护林员？你知道谁将是你们的精明强干的新主人？你可知道今天夜晚，有一个戴眼镜的巴彦岱——北京人万里迢迢回到你的身边，向你问好，与你谈心？

赫里其汗老妈妈，今夜您可飘然来到这里，在这高高的青杨树边逡巡？您是一九七九年十月六日去世的，那时候我正住在北京的一个嘈杂的小招待所里奋笔疾书，倾吐我重新拿起笔来的欢欣，我不知道您病故的凶信。原谅我，阿帕，我没有能送您，没有能参加您的葬礼，您的乃孜尔乃孜尔，这里指人死之后举行的祭奠仪式。那六年里，我差不多每天都喝着您亲手做的奶茶。茶水在搪瓷壶里沸腾，您坐在灶前与我笑语。茶水对在搪瓷锅里，您抓起一把盐放在一个整葫芦做成的瓢里，把瓢伸到锅里一转悠，然后把一碗加工过的浓缩的牛奶和奶皮子倒到锅里,然后用葫芦瓢舀出一点茶水把牛奶碗一涮,最后再在锅里一搅。您的奶茶做好了,第一碗总是端在我的面前,有时候,您还会用生硬的汉语说:"老王,泡!"我便兴致勃勃地把大馕或者小馕,或者带着金黄的南瓜丝的包谷馕掰成小小的碎块,泡在奶茶里。最初,我不太习惯这种我以为是幼儿园小孩所采用的掰碎食物泡着吃的方法,是您慢慢把我教会。看到我吃得很地道,而且从来不浪费一粒馕渣儿的时候,您是多么满意地笑起来了啊!如今,这一切还都历历在目呢。可您在哪里,您在哪里呢?青杨树叶的喧哗声啊,让我细细地听一听,那里边就没有阿帕呼唤她的"老王"的声音吗?

笔直的道路和水渠,整齐的、成块的新居民点,有条有理,方便漂亮。六十年代中期自治区党委提出的好条田、好林带、好道路、好渠道、好居民点的"五好"的要求,关于建设社会主义新农村的号召,如今在巴彦岱不是已经实现了吗?根据规划建设的要求,我和阿卜都热合曼老爹、赫里其汗老妈妈住过的小小的土房子已经拆掉了,现在是居民区的一条通道。当年,我曾住在他们的一间不到六平方米的放东西的小库房里,墙上挂着一个面罗、九把扫帚和一张没有鞣过的小牛皮。最初我来到这个语言不通的地方,陪伴我的只有梁上的两只燕子。我亲眼看见燕子做窝、孵卵,看见它们怎样勤劳地哺喂那些叽叽喳喳的小燕子。在小燕子学会飞翔的时候,我也已经向维吾尔农民的男女老少(包括四五岁的孩子)学了不少的维吾尔语了。我们愈来愈熟悉、亲热了,按照你们的古老而优美的说法,你们从燕子在我住的小屋里筑巢这一点上,判定我是一个心地善良的人。于是,你们建议我搬到正屋里,和你们住在一起。我欣然接受了。从此,我们一起相聚许多年,我们的情感胜过了亲生父子。亲爱的燕子们哪,你们的后代可都平安?你们的子孙可仍在伊犁河谷的心地善良的农民家里筑巢繁养?当曙色怡人的时候,你们可到这青杨树上款款飞翔?

阿卜都热合曼老爹啊,我们又重逢了。在那些年,我把我的遭遇告诉了你们。您那天沉默了许久,您思索着,思索着,然后,您断然说:"老王,不会老是这样子的。请想一想,一个国家,怎么能够没有诗人呢?没有诗人,一个国家还能算是一个国家吗?元首、官员、诗人,这是任何一个国家都不能缺少的。老王,放心吧,政策不会老是这个样子的。"您没有文化,您不会写自己的名字,您不懂汉语,没有看过任何书,然而,您是坚定的。您用您自己的语言,表达了您的信心,对丁常识,对十真理,对于客观规律总比任何人的个人意志强大的信心。如今,您的信心应验了:诗人和作家在我们的国家受到了应有的关心和爱护。排斥诗人、废黜诗人的年代终于一去不复返了,而您,也已经老迈了……

还有二大队的支部书记阿西穆·玉素甫。一九七一年,我离开巴彦岱前去乌鲁木齐"听候安排"的前夕,阿西穆同志对我说:"不要有什么顾虑,放心大胆地去吧!如果他们(指当时乌鲁木齐的有关部门)不需要你,我们需要你。如果他们不了解你,我们了解你。你随时可以带着全家回来,你需要户口准迁证,我这里时刻为你准备着。你需要房屋,我们可以立刻划出九分地,打好墙基。一切困难,我们解决。"这真是披肝沥胆,推心置腹!巴彦岱的父老兄弟呀,在我最困难的时候,你们给过我怎样巨大的支持和鼓励!古人说,"人生得一知己足矣",而在巴彦岱,成百上千的贫下中农都是我的知己!在最困难的时候,最混乱的时候,我的心仍然是踏实的,我仍然比较乐观,我没有丧失生活的热情和勇气。至今有人称道我四十七八岁了还基本上没有白发,说我身体好。其实,我的青少年时期身体状况是很糟糕的,为什么经过了那么多动乱和考验以后,我反倒更结实也更精神了呢?那是因为你,你们——阿卜都热合曼、依斯哈克、阿西穆·玉素甫、阿卜都克里木、金国柱、艾姆杜拉、满素艾山……你们支持我,帮助我,知己知心,亲如父子兄弟,你们给了我多少温暖和勇气!不是吗?当我来到四队庄子上,看望依斯哈克老爹的时候,他激动得哭个不停。心连心,心换心啊!此意此情,夫复何求?

慢慢地在青杨掩映的乡村大路上前行吧,每一株树,每一个院落,每一扇木门,每一缕从馕坑里冒出来的柴烟,每一声狗叫和鸡鸣都会唤起我无限的怀念。清清的小渠啊,多少次我到你这里挑水?阿帕是贫寒的,她的水桶一个大一个小,她的扁担歪歪扭扭,严格说来那根本不能叫扁担,因为它一点也不扁,而是一根拧了麻花的细棍子。那东西压在肩膀上,才叫闹鬼呢,它好像随时要翻滚,要摆脱你的手心……就是这样,我用它挑了多少水啊。而当枯水季节,或者当小渠被不讲道德的个别人污染了的时候,我就要沿着田埂向北走上三百多米,从另一处渠头挑水了。给房东大娘把水挑满,这也是党的传统,党的教育,党的胜利的源泉啊,我能够忘记吗?即使我住在冷热水龙头就在手边的地方,我能忘记这用麻花扁担挑着大小水桶走在巴彦岱的田野上的日子吗?

继续往前走,就是原来的大队部了。我不由得想起一九六五年到一九六六年,我们每天早晨天不亮就聚集在这里"天天读"的情景。我把"天天读"变成了学习维吾尔语的好机会,我认真地背诵着"老三篇"的维吾尔译文,并且背下了上百条"语录"译文。一方面做学生,一方面又担任教维吾尔新文字的"先生",有许多个早上我在这里给大队干部教授拉丁化的维吾尔新文字。那齐声朗诵 A、B、C、D 的声音，还在这里回响着吗？

当然，原来的大队部也使我想起那阴暗的日子，一阵"炮轰"以后的半瘫痪状态，"一打三反"时候的恐怖气氛……这些，已经成为往日的陈迹了。我会见了艾姆杜拉和司迪克，艾姆杜拉已经被落实了政策，担任巴彦岱中学的教员，一家十一口，也转为吃商品粮的了。"你现在和队上没有什么关系了么？"我问。"呵，如果我给队上缴一车肥料，队上就给我一车麦草。"他笑着说。而曾被捆绑和殴打过的司迪克呢，他骄傲地把他新盖的高台阶、宽前廊的房屋指给我看，端来了自己栽植收获的葡萄、梨……劳动者的心地是最宽阔也最厚道的，我们共同引用着维吾尔族的谚语：男子汉大丈夫总要经受各式各样的磨难的。沉重的回忆就这样被欢畅的笑声冲刷过去了。

巴彦岱的农民弟兄们，你们终于安定了，轻松了，明显地富裕起来了。孤儿出身的曾是穷苦的光棍儿的阿卜都克里木啊，你现在也有三间正房，上千元的存款、自行车、手表、驴车并且饲养着牛、鹿、驴了。你包了十一亩菜地，和你的精明的妻子一起种植管理。当年我曾经多少次睡在你的独间土房里，睡在你那个只有架子没有床板，用向日葵秆托着我的身躯的歪歪扭扭的床上，共同诉说着生活的艰辛和期望啊！今天，我又睡到你这间房子里来了，你用伊犁大曲、爆牛肉、炒鸡蛋和煮饺子来招待我。曾经教会我扬场、自称是我的师傅的金国柱也来了，他拿着酒杯向我祝酒说："如果不替我们说话，我们就把你拉下来！"善于经营理财的穆成昌也来了，问我："农村的政策不会变吧？"为什么要变呢？符合人民心愿的，有利于生产发展的政策，要靠我们自己来贯彻啊！巴彦岱的各个大队，正在进一步落实责任制，把责任包到每户、每个劳动力身上。大家都说，真能这样搞下去，就会搞好了。难道可以不搞好吗？我们已经付出了那么多代价，那么多时间！

中秋刚过，明月出天山，天山上的月亮才是最亮、最无尘埃的啊！但愿我们的生活，我们每个人的心像天山上的明月一样光亮饱满。月光下的新居民点，房屋和庭园，属于社员个人的房前屋后的树木，堆积着的饲草饲料，还有不时发出哞哞声的牛吼马嘶，显示出多少希望！过去大队干部为购买一辆货运卡车绞尽了脑汁，现在，大队已经拥有两辆这样的汽车了。过去收割的时候靠马拉机具和人工，现在主要靠康拜因了。过去轧场的时候靠马拉石磙子，现在主要靠手扶拖拉机了。过去粮食加工靠水磨，现在在拥有更大的水磨的同时，电磨已经占据重要的位置了。过去送信时骑马，现在邮递员都备有崭新的挎斗摩托车了。过去谁家里有个半导体收音机就会引起轰动，现在，一些社员的家里已经有了收录两用机，有了沙发、大衣柜、五斗橱和捷克式写字台，还有的社员已经提前买下了电视机了（伊犁的电视台正在建设中）。不管有多少挫折和失望，我们生活的洪流正像伊犁河水一样地滚滚向前。

我又来了。我又来到了这块美好的、边远的、亲切的和热气腾腾的土地上。愿已经与世长辞的赫里其汗妈妈、斯拉穆老爹、阿吉老爹、穆萨子大哥安息！愿年老的阿卜都热合曼老爹、马穆提和泰外阔老爹在公社的照料下安度晚年。愿还在工作岗位上的阿西德、金国柱同志实现自己的抱负，做出成绩！愿当年的小孩子，现在的青年人能过上远胜于上一代的更加富裕更加文明的生活！巴彦岱的一切，永远装在我的心里。

是的，我没有忘记巴彦岱，而巴彦岱的乡亲们也没有忘记我。

当依斯麻尔见到我的时候,他不是立刻提醒我,当年,是我给他写的结婚请帖,我帮他上的房泥;而我也立刻回忆起,那时他的夏日茶棚不是在南面而是在北面,他曾经有过一头硕大的黄毛奶牛。当那时的小姑娘、现在的三个孩子的母亲塔西姑丽见到我的时候,不是立刻问候我的妻子和我的孩子们吗?当吐尔迪、穆成昌……见到我的时候,不是还询问我的那辆因破烂而在巴彦岱有名的自行车和黄棉衣的下落吗?他们不是绘声绘形地回忆起我在哪块地上锄草,在哪块地上收割,怎样撒粪,怎样装车吗?无怪乎曾经担任大队会计、现在担任公社财会辅导员的小阿卜都热合曼库尔班对我说:"我不知道王蒙哥是不是一位作家,我只知道你是巴彦岱的一个农民。"没有比这更好的褒奖了!好好地回忆一下那青春的年华,沉重的考验,农民的情谊,父老的教诲,辛勤的汗水和养育着我的天山脚下伊犁河谷的土地吧!有生之日,一息尚存,我不能辜负你们,我不能背叛你们,不管前面还有什么样的胜利或者失败的考验,我的心是踏实的。我将带着长逝者的坟墓上的青草的气息,杨树林的挺拔的身影与多情的絮语,汽车喇叭、马脖子上的铜铃、拖拉机发动机的混合音响,带着对维吾尔老者的银须、姑娘的耳环、葡萄架下的红毡与剖开的西瓜的鲜丽的美好的记忆,带着相逢时候的欣喜与慨叹交织的泪花、分手时的真诚的祝愿与"下次再来"的保证,带着巴彦岱的盛情、慰勉和告诫,带着这知我爱我的巴彦岱的一切影形声气、这巴彦岱的心离去,不论走到天涯海角……

1982 年 1 月

又见伊犁

离开新疆后，一九八一年我曾返回伊犁，并且去了尼勒克牧区。这次经过九年再来，相隔的时间不算短也不算长。当飞机飞越天山的时候，也许可以说有点激动。我只是说"有点"，因为这一切似乎驾轻就熟。同样的天空，同样的航线，同样的噪音很大的安-24飞机，别来无恙的山山水水……这里没有任何不寻常的地方。

一下飞机就立刻感到了伊犁的宁静与清新。与乌鲁木齐相比，伊犁有一个更长的秋天，空气中弥漫着一种爽利的秋意，树叶正在变黄，天气稍稍凉一点，我的呼吸变得格外轻松和舒适……朋友们热情地向我介绍伊犁的变化，新的高楼大厦，新的柏油路面，新的商店市场。但我更愿意说伊犁没有变，不变的是她的悠然与安适，不变的是她的透明的秋天。就连新增加的许许多多的"六根棍"马车，我觉得与其说是新添，不如说是回复，我从它们那里获得的是一种怀念的旧情。

看看老邻居、老住所，也是一番无言的感慨。绿洲俱乐部对面的解放路二巷巷口已经认不出来了，找不到活渠，老杨树也被砍伐了许多。原来我们住过的第二中学的教工家属宿舍纷纷自己围起了院墙，那时候就无人照料的几株小苹果树已经无存，而人仍无恙。一个又一个的老师都见到了，眼泪涌了出来。有两个老师曾经与我一起在一个寂寞的春节开怀痛饮，现在一个已经大大地发福而豪迈的风度依旧，另一个却使我未能辨认出来。一个老师因为不知什么罪名而在那时不能任教，他赶着马车为大家运煤炭，皮里青、察布查尔、干沟、铁厂沟的煤矿成为他常常出没的地方。如今,平了反,退了休,也算是安度晚年吗?他流泪了,我们也流泪了。

还有那个躲武斗时居住过的新华西路"大杂院",房东老太太和她的长子已经去世,她的孙媳妇住的正是我们当年的房子。另一家的小孩子早已长大成人,我们看到的是他的媳妇和酷似当年的他自己的孩子。时光果然已经流过那么多那么多吗?逝者长已矣,生者独恻恻,"别来无恙"。"别来无恙"并不容易,"别来无恙"又是怎样珍贵的欣慰!

不要说巴彦岱了。那是承受不了的回忆、友情、温暖与挂记。老书记已经退休,他的院子里堆满了金黄的玉米。他站在院门口寻找我,我说:"在这呢!"走进院子,我说:"你这几间房子,还是原来的吗?""当然了。"他答。"你这房梁,还是我帮着上的呢。"我回忆起了给他上房梁的事。

我的老房东仍然健在。他的家里也挂上了颜色鲜艳的挂毯和腈纶毛毯。而在庄子,另一家老房东与房东大娘已经谢世。他们的儿媳妇与我抱头大哭。是哭逝去的时光与逝去的长辈吗?是哭这终于又见面了的欢欣?在他家的墙壁,还挂着我一九八一年来时与他们全家包括逝者的合影呢。

也许这并不算记忆的恢复,因为记忆从来未曾消失。也许这不算时间的衔接,因为一九七三年我们就从伊犁搬走了。再来,再多来,我们毕竟已经不能朝夕相处,我们各自有各自的天地、各自的忧乐。也许这也算不上叙旧,因为热情的招待,"堵住嘴"的食品和众多的乡亲使我们很难认真地说点什么。然而,为什么我又觉得我们是这样地互相了解、默契、知心!没有说出的话也许比说出的话更透亮,没有交流的回忆也许比已经交流的回忆更深刻地深藏在我们的心中！我们之间已经不需要说更多的话了，伊犁的乡亲啊，知我爱我，这不是几句话可以表达的。

　　与其说是激动，不如说是平静。伊犁这块土地是实在的，人们的日子越过越好，伊犁的丰姿越来越美，伊犁的友人永远那样友好和热情。我从来没有离开过伊犁，想离也离不开。就让伊犁成为我永远的思念、永远的慰安、永远的镜鉴吧，我还要歌唱你的，你是我永远的歌。我常常遗憾而且急躁，我在伊犁那么多年，怎么没学会一首道地的伊犁民歌呢？比如那首《黑黑的眼睛》，我听人唱过不知多少次，我为之沉醉，为之落泪，为什么至今没有学会唱它呢？我觉悟到，这是一个启示，一个象征。关于伊犁的歌，还要慢慢地学，慢慢地唱呢。我要学唱伊犁的歌，又舒缓又热烈，又迂回又开阔。我要永远问自己，怎么样才能惟妙惟肖地歌唱伊犁？

1991 年 1 月

新疆的歌

黑黑的眼睛

在遥远的伊犁，几乎每一个本地人都会唱《黑黑的眼睛》这首歌，几乎每一次喝酒的时候都要唱这一首歌。

喝酒和唱歌这二者，从声带医学的观点来看是互相排斥的，从情绪抒发的角度来看却是一致的。

第一次听到这首歌是一九六五年冬天，在大湟渠渠首——叫作龙口工程"会战"的"战场"。我与农民们一起住在地窝子里。那里临时开设了几个食堂。寒冬腊月，食堂的厚重无比的棉帘子外面挂满了冰雪，也许不是雪而是霜，食堂里的水汽从帘子边缘逸出来，便凝结成霜。掀开这沉重得惊人的门帘，简陋的食堂里热气弥漫、灯光昏暗、烟气弥漫、肉香弥漫。更重要的是歌声弥漫，歌声激荡得令人吃惊，歌声令人心热如焚，冬天的迹象被歌声扫荡光了。

在关内的时候，我们也听过一些新疆歌曲。但是伊犁民歌自有不同之处，它似乎更散漫，更缠绕，更辽阔，没有开头也没有结尾，抒不完的感情联结如环，让你一听就陷落在那里，痴醉在那里。

从此我爱上了伊犁民歌。在伊宁市家中，常常能有机会深夜听到《黑黑的眼睛》的歌声。是醉汉吗？是夜归的旅人？是星夜赶路的马车夫？他们都唱得那么深情。在寂寥而寒冷的深夜，他们用歌声传达着对那个永远的长着"黑黑的眼睛"的美丽的姑娘的爱情，传达着他们的浪漫的梦。生活是沉重的，有时候是荒芜的，然而他们的歌是热烈的，是愈加动情的。

后来我有几次与农民弟兄们一起喝酒唱歌的经验。我们当中有一位歌手，他是大队民兵连长，叫哈里·艾迈德。他一唱，我们就跟，随着每一句的尾音，吐出无限块垒。我傻傻地跟着唱，跟着唱，却总觉得跟不上那火热的深沉与辽阔的寂寞。

也有时候我不跟着唱，只是听着，看着哈里和别的人们的那种披心沥胆地唱歌的样子，就觉得更加感动。

一九七三年我离开了伊犁，一九七九年我离开了新疆。

一九八一年中秋节前后我重访伊犁，诗人铁依甫江与我同行。为了将《蝴蝶》改编成电影的事，长春电影制片厂的一位导演不远万里跑到伊犁去找我。一天晚上，我们一同出席伊宁市红星公社在西公园附近的一次露天聚会。饮酒之际，请来了民间的盲艺人司马义尔，他弹着都塔尔，唱起了歌，当然，首先唱的仍然是《黑黑的眼睛》。

他的声音非常温柔。他的歌声不是那么强烈，却更富有一种渗透的、穿透的力量。那是一首万分依恋的歌，那是一种永远思念却又永远得不到回答的爱情，那是一种遥远的、阻隔万千的呼唤，既凄然又温暖。能够这样刻骨铭心地爱，刻骨铭心地思恋的人有福了，能唱这样的歌，也就不白活一世了！看不见光明的歌手啊，你的歌声里充满了对光亮的向往和想象！在伊犁辽阔的草原上踽踽独行的骑手啊，也许你唱这首歌的时候期待着人群的温暖？歌声是开放的，如大风，如雄鹰，如马嘶，如季节河里奔腾而下的洪水。歌声又是压抑的，千曲百回，千难万险，似乎有无数痛苦的经验为歌声的泛滥立下了屏障，立下了闸门，立下了堤坝。

一声"黑眼睛"，双泪落君前！他一唱我的眼泪就流出来了！

伟大的维吾尔诗人纳瓦依说过："忧郁是歌曲的灵魂。"这又牵扯到一个民族的性格问题来了。你为什么那么忧郁？由于干旱的戈壁沙漠吗？你的绿洲滋润着心田。由于道路遥远音信难传吗？你的好马和你的耐性使你们的交往并不困难。由于得不到心上人的呼应、得不到知音吗？你的歌、你的舞、你的饮酒又是那样的酣畅淋漓。而你的幽默更是超凡入圣。

快乐的阿凡提的乡亲们，却又有唱不完的"黑眼睛"的苦恋。

我没有解开这个谜。虽然我标榜自己对新疆、对维吾尔人的生活、语言、文字颇有了解。我至今学不会这个歌。虽然我喜欢唱歌、粗通乐谱、会唱许多歌、自信学歌的能力不差，那么熟悉，那么想学，却仍然不会唱。也怪了。

就让我唱不好，唱不出这首《黑黑的眼睛》吧。唱不好，但是我知道她，我爱她，我向往她。小小的一声我就能从万千音响中辨识出她。她就是我的伊犁，她就是我的谜一样的忧郁。至少是因为告别了伊犁，至少是因为它是唯一的我又喜爱又熟悉又至今唱不成调的歌儿。

阿娜尔姑丽

以喀什噶尔为中心的南部新疆的歌儿与以伊犁为中心的北疆的歌儿有很大的不同。如果说北疆民歌的代表是《黑黑的眼睛》的话，那么，南疆民歌的典型则是《阿娜尔姑丽》。"阿娜尔姑丽"的意思是石榴花，而这又是一个在南部新疆常见的姑娘的名字。这个名字很美。电影《阿娜尔汗》的主题歌就是根据民歌《阿娜尔姑丽》整理、配词而成。歌一开始便唱道:"我的热瓦甫琴声多么响亮,莫非装上了金子做成的琴弦?"而民歌的起始两句,据我所知的一个版本是这样的:"夜晚到来我睡不着觉呀,快赶开巢里的乌鸦,啊,我的人!"最后一个词是 bala,是孩子的意思,这里叫一声孩子,类似英语中的 baby,是一种昵称,故译作"我的人"。

以《阿娜尔姑丽》为代表的南疆民歌似乎更具有节奏感,人们唱这些歌的时候似乎正迈着沉重有力的步子,似乎正在漫漫沙石戈壁驿道上长途跋涉。四周杳无人迹,远山上雪光晶莹,干枯的柴草在风中颤抖,行路者的歌声坚毅而又温情,我好像看到了歌者的被南疆的太阳烧烤成了酱紫色的脸庞。

也许他们是骑着骆驼唱这些歌的吧?在"沙漠之舟"上,他们体验着大地的辽阔、荒芜、寂静与神秘;他们也体验着自己内心的火焰的跳动、炽热、熬煎和辉耀。他们已经漫游了许多日日夜夜。他们已经寻求了许多岁岁年年。他们已经创造了许多城市乡村。他们热烈地盼望着更多的人间的情爱。

我永远不会忘记我第一次受到这样的歌声的冲击的情景。那是在叶尔羌河东岸、塔克拉玛干沙漠西缘的麦盖提县,一九六四年,我住在县委招待所,准备去洋达克乡。招待所正在盖房子,每天早晨八时以后,来自农村的临时建筑工开始上班。有两个年轻的女人,她们不紧不慢地用抬把子抬砖,一边装卸,一边走路,一边大声唱歌。她们唱的是《阿娜尔姑丽》,她们的唱歌就像呐喊一样的自然、朴素、开阔、痛快,她们的唱歌就像呼唤一样响亮、多情、急切、期待着回应,她们的唱歌又像是一种挑战、放肆的发泄,自唱自调,如入无人之境。她们戴着紫红色的小帽,穿着红色的裙子，红色的裙子下面还有绿色的灯笼裤。这歌声响彻一个上午，中午稍稍歇息，又一直唱下去，唱到太阳快要落山。她们的精力，她们的热情，她们的喉咙里，似乎都有着无尽的蕴藏。

即使是生活在城市中、生活在忙乱中、生活在纷扰与风霜雨雪中也罢，想起这样的歌，能不为那股热流而心潮激荡么？

1991 年 3 月

我们大队的同事们

一九七八年初春,我给《人民文学》写"文革"结束后第一篇小说《队长、书记、野猫和半截筷子的故事》。小说的前言是这样的:应该怎样为人民公社的基层干部画像呢?描写他们风吹日晒下的黝黑而皲裂的皮肤吗?刻画他们的沾满了尘土、芒刺、树叶、粪肥的长靴吗?渲染他们的黑条绒上衣的后背上透过来的白花花的汗渍吗?同情他们熬红了的眼睛和嘶哑的喉咙吗?羡慕他们在本地的无上威权,走到哪里都被注视、被谛听、被请示、被申诉和被包围起来的举足轻重的地位吗?还是为了他们往往处在矛盾的焦点,受到各方面的夹击而不平呢?我写这一段话是有感而发的。因为一九六五年到一九六六年"文化革命",我在我"劳动锻炼"的新疆维吾尔自治区伊犁哈萨克自治州伊宁县红旗人民公社二大队(巴彦岱乡)担任了一年副大队长。"文化大革命"开始,我不再担任大队的领导工作,但是至今(去年——一九九〇年十月我曾旧地重游)当地一些农民仍然称我是"王大队长"。如果真写简历,我希望各方不要忽略我的这段经验。

这个大队的干部,除了我都是维吾尔人,大队书记阿西穆·玉素甫,正派、任劳任怨、廉洁奉公,有条有理有板有眼地做事,是一个难得的农村干部,只是文化差点。几次参加扫盲学习,我还手把手地给他教过维吾尔语新文字,但他始终未摆脱半文盲的状况。这样,到老他也没挣上工资,没吃上"皇粮"。一九六八年他家里盖房子,我帮他上过大梁,所以,去秋到他家里做客,我指着房梁居功自傲地说："还是我(当然不是一个人啦)帮助着抬到顶子上去的呢!"

大队长马木提·乌肖尔，本是一生产队队长，一九六五年被评为"学大寨先进人物"去大寨参观取经回来，当了大队长。他大字不识，但仪表堂堂，气宇轩昂，特别是翘然扬起的黑胡子极有风度。他经常考虑大队的工作，有时下地归来，一路上自言自语都是讲生产的事。但他的生活很狼狈，他的妻子乌肖尔汗是个病身子，三天两头看病吃药。老大嫂又喜欢诉苦，又喜欢花钱——其实也没花什么钱，因为实在无钱可花。她要喝很浓的砖茶，所以用茶比较"浪费"，不过如此之类。马木提大队长穿着棉袄过六月，因为没钱买夏季衣衫。他一直欠队里钱，大概临终也没还清。他们二位，早已去世多年了。

还有一名副大队长塔列甫江，管水利，本人和妻子都瘦得出奇。特别是他的大儿子，患软骨病，八九岁了仍坐不起来立不起来。我去探望过，并给他讲维生素 D 与钙的大道理，他说钙片和鱼肝油都用过，无效。终于，孩子死了，大家吊唁得仍很隆重，并不因其为小孩而轻视。到一九六九年搞"一打三反"时，略有一点关于塔副大队长的风言风语，那以后，他不再担任大队工作。

塔列甫江上过学，能做记录、传达文件。

大队部有一秘书，名吐尔迪·哈吉。瘦高，能饮酒，健谈。他掌握着大队图章，地位显要。遇到他不愿意管的事他会说找不到开公文柜的钥匙了，因而无法代开介绍信之类。有一位女社员几次跑大队部被拒，最后一次听到这话，大怒，大哭大闹大骂起来，连鼻涕也甩到大队办公室的洋灰地上(这是穆斯林们最不能容忍的肮脏现象)。一闹，吐尔迪便没有了主意，不知怎么就把钥匙找出来了。

一九六六年,"文化大革命"开始时大队召开批判"三家村"大会,吐尔迪代表大队干部发言。虽然都是抄的报纸,但他毕竟批得上纲上线、头头是道、音调铿锵、文句流畅,煞是了得。

大队会计年轻秀美,名阿卜都拉合满。他的字、画都很漂亮。"一打三反"时大队搞一个关于"反革命集团"的展览,就是王蒙文,阿卜都拉合满画。其中被揭露的一个"集团头子"恰是这位会计的亲戚。他一面积极作画,一面仍很亲切地称他的亲戚为"阿哥",我纠正他数次,无效。还没等展览完中央来了政策,定一个"反革命集团"要经过中央审批,于是一个又一个雨后春笋般被揪出来的集团,又肥皂泡一般破灭了,其实我们大队并无一个这样的集团。一九九〇年再次见他,他已由"奶油小生"变成"将军肚"的中年人了。

大队出纳伊利塔依社教后被搞下去了,因为他和一个地主的女儿搞恋爱。后来他不当大队出纳了,当生产队会计。有一次我在大路上走着被伊利塔依叫住,他正在路边大渠旁饮酒。没有酒杯,他把自行车铃盖拧下来做酒杯。他敬了我一铃盖,我一饮而尽。我到他家喝过几次茶。他和妻子确实是充满爱情,他们是真正自由恋爱结的婚,我深为他们家的幸福而感动。我妻子回北京的时候给他妻子带过头巾。

我们大队还有一个不拿补贴工分的干部,"贫下中农协会"主席毛拉·库图鲁克。他常常参加会议并讲话。他参加扫盲学习态度认真,成效显著。他学会了用阿拉伯语字母拼写,不过字写得大了一些。他给我最深的印象是他参加批判"三家村"大会时带领喊口号,他一再把"万岁"(亚莎孙)与"打倒"(邀哈孙)弄倒,弄得主持会议的大队书记面红耳赤,紧张地为他纠正。还好,没人抓辫子把他打成反革命。无怪乎维吾尔人喜欢说自己是一些温和手软的人。

生产队长们我就更熟悉了。我最佩服的是他们贯彻上级精神的本领。先到县上开一星期"三级干部会",又到公社开五六天"两级干部会",会议内容百分之九十五是关于政治挂帅、活学活用、阶级斗争、反修防修、路线为纲、大批判开路等等的,只有百分之五是关于生产、收购、水利的。这些队长弟兄,回来就利用午休时间在地头召开大会,口若悬河地传达上级精神。调门很高,绝不含糊,百分之百的革命彻底,"老三篇""走资派"如数家珍。话语很短,十来分钟传达完那百分之九十五,再用一小时讲百分之五,当然是结合实际讲。调门高的那些话讲尽管讲,却从来讲完就完,不抓落实——反正也落实不了。

对生产队长们,我最不理解的是他们几乎天天在地头向出工的社员讲话,批评那些不出工的懒汉懒婆娘。我弄不懂我们这些出工的人何必要一而再、再而三地替懒人们接受"训话"呢?我们不是都来了吗?我们来了却要不断受训斥,明天不来不是耳根清净吗?

"文化大革命"后我不当副大队长了,但还常参加大队的具体工作、在生产队劳动,一直延续到一九七一年。这些大队、生产队干部经济上干净不干净呢?根据我的观察,起码我们这个大队的绝大多数干部都是比较奉公守法的,确实没发现太大的问题。到瓜地里吃个瓜,到果园里吃个苹果,干部还是受优待的,我也受过优待。供销社里来了白酒,有时干部们会先得到消息,至于钱,一文不能短少。干部欠队上的款,以我们大队长为最,但他们的生活确实是非常困难非常困难啊！吃请受礼，问题也不严重。这是因为，第一，那时普遍贫困，谁摆得起酒席、谁送得起礼呢？第二，穆斯林的"请客"是比较多的，生老病死，都有"礼行"，请的人面很宽，吃的"水平"也很一般。

个别坏人当然有，但他确实不能代表农村干部。

骂村干部之风源远流长。至少国民党时候就骂，流风余音至今不止。但谈起村干部来我总替他们有点抱屈之感，他们不容易。记得那时有一句俗话，说这些农村干部是春天的红人（择优选中）、夏天的忙人（当然）、秋天的穷人（拿什么分给社员们呢）、冬天的罪人（冬天搞运动，他们自然是"运动员"）。我特别同情他们，可能是因为我毕竟与他们朝夕相处，"同流"共事过吧。

1991年6月27日

我想念乌鲁木齐

除了北京，乌鲁木齐是我最熟悉的城市。我至今记得一九六二年底初次到达乌鲁木齐时的情景。广播喇叭里放送着完全别一样风情的维吾尔族歌曲。从火车南站下眺，一片白雪。乌鲁木齐是异域情调的歌声悠扬的城市，是洁白如银的雪城。就这一下，我永远也忘不了了。

最初，我住在南门——文化路五巷六号。巷子的东口斜对着大银行——这几乎是盛世才时期留下的唯一遗迹，那高石阶还是挺壮观的。大十字和小十字商业区的景象也很繁华。大十字清真食堂"文革"时期曾经改名为红卫食堂——现在是不是叫穆斯林餐厅了呢？至于南门的人民剧场，当时看也是相当讲究的。一九八四年我去塔什干访问，才发现了人民剧场的母本——塔什干的纳瓦依剧场。人民剧场是苏联援建的呢。

后来我曾经两度在南梁团结路住家。二道桥子的百货店是我们全家经常光顾的地方。一九八七年我因参加艺术节开幕式又去乌鲁木齐，看到二道桥子上的卖熟食的摊贩好热闹呀。团结剧场是我常看电影的地点。从二道桥子上行去三医院看病，我也走过不知多少回那上坡和下坡的路。

团结路这边是风口，每年春天都会赶上一两次大风，真够厉害的。

胜利路邮局是我常发信的地方。回北京时间长了，我自觉维语的退步很大。一九八七年回到乌鲁木齐，一到了胜利路，一看到那些维吾尔族市民，忽地一下子，只觉豁然贯通，全部维语都想起来了，一样的流利，一样的说起来眉飞色舞，一切恢复，就像我从来没有离开过乌鲁木齐一样。

乌鲁木齐的西公园也是别具特色的。我尤其喜欢在初冬时分去欣赏那满地的落叶，满天的薄烟。游人稀少，枝头犹有串串的叶子，水依然在流，但又有一些收敛，似乎一下减少了流量。它也知觉它要被冻结了么？有几分萧瑟，有几分安详。面对着漫长的严冬，它仍然告诉你刚刚有过一个多么兴旺发达千姿百态的夏日。从红山的公园正门进去，从黄河路的南门出来，经过还保留着野趣的土路、渠沟与丛林，每走一遍都令人依依难舍，那温柔的心情甚至超过了在北京逛颐和园。颐和园太大也太帝王太神气了，不像鉴湖公园——西公园这么令人珍惜、惹人怜爱。

还有红山、鲤鱼山，八楼斜对着新疆医学院。刚到新疆那阵，听人把昆仑宾馆称作"八楼"觉得特土。现在，这里又加上了人民会堂和科技馆。还有三通碑、红卫兵水库和贵宾馆、红雁池水库，我在两个水库里多次戏水……我的生命中的一些最美好的日子是在乌鲁木齐度过的哟！

我也有过小小的抱怨：乌鲁木齐吃不上鱼，乌鲁木齐喝不上啤酒，乌鲁木齐的早餐少有油条豆浆，副食店里也没有豆制品……所有这些都已经是老皇历了。在我离开乌鲁木齐以后的这十几年，所有这些"问题"都解决了。乌鲁木齐和全国其他地方一样，迎来了她的盛世。她愈来愈美好了。

想你，我的乌鲁木齐，我的乌鲁木齐的老友。祝你们好。

1993年2月

在鲁迅故里

凝视

维吾尔人

春　天

　　原来不知道中国有个维吾尔族，一九四九年以前，中国官方最多承认咱们是汉满蒙回藏五大民族。知道维吾尔是始自庆祝中华人民共和国诞生。那一回中国一下子出了五十六个民族。

　　应该是一九五〇年建国周年的文艺晚会吧，来自新疆的维吾尔族艺术家表演了《迎春舞曲》，"哎，我们尽情地跳跃，在五星红旗下面，我们快乐地迎接着，美丽的春天"。这歌声的曲调像是抛出的绣球，夹带着泪水滚得遍地碧草如茵。"太阳一出来，赶走那寒冷和黑暗，毛泽东给我们，带来那快乐和温暖。"不，它不一样，许多云南的歌、东北的歌、蒙古族的歌、藏族的歌，它们都是倾吐，是诉说，是表达，是呐喊。而维吾尔的《迎春舞曲》是潮涌，是波浪，是滚滚滔滔，是一片汪洋，是从心的深处燃烧起火焰，是笑逐颜开也是泪流满面。尤其是在唱到赶走了"寒冷和黑暗"的时候，我听到了婴儿与妇女的哭声，包括"哆啦哆啦"与"梭梭梭梭梭梭哆"的过门，被后来北京的淘气鬼孩子们唱成"人人都说辣椒辣"的，也是那样激动心肺，化释块垒，按摩灵魂。

　　后来知道这音乐的旋律取材于《十二木卡姆》舞曲。它给了我冲击，我怔在那里：什么歌舞体会得如此深沉，它表现得如此披心沥胆。应该就是此次晚会上吧，"火树银花不夜天，弟兄姐妹舞蹁跹"，柳亚子赋词；毛主席和之："一唱雄鸡天下白，万方乐奏有于阗(田)",于田是和田地区的一个大县,古代还叫过于阗国呢,那里是百分之九十几的维吾尔族居民。那里的妇人,除了围白纱巾,还常常在纱巾上别住一个小小的如同玩具一般的小黑帽子,似有含意。别的县市,没见过这样打扮的。

更早接触的是王洛宾改编的新疆歌曲:"温柔美丽的姑娘,我的都是你的,你不答应我的要求,我向喀什噶尔(河)跳下去。"一九六四年坐车快要到达喀什时经过喀什噶尔河,我为有幸亲眼看到寄托了爱情的决绝幽默的喀什噶尔河,而狂喜得几乎喊起来。还有最初听过"那天从你门前过,你端着一盆水往外泼","掀起你的盖头来,让我看看你的脸","达坂城的石头硬又平啊,西瓜大又圆啊"……那是一九四八年平津学生大联欢时唱起来的歌曲,由中共中央华北局城市工作部领导的北平与天津地下党组织的。城工部的办公大楼在河北省泊头市,坚牢的高墙建筑,像一个碉堡。城工部部长是刘仁,副部长是武光。

一九五一年,我在区里做其时还叫作新民主主义青年团的工作,结识了一位自行从乌鲁木齐来到北京上中学,并且成为一个积极分子、团员、团干部的女生,从她那里学会了用汉字标注的维吾尔语发音唱《伟大的毛泽东》:"巴哈米兹能巴哈班尼达赫依毛泽东,阿亚特米兹能甲尼甲尼达赫依毛泽东……(我们花园的园丁是领袖毛泽东,我们生活的意志是伟大的毛泽东……)"你能不为这样的歌词而感动吗?

一九五二年,庆祝中华人民共和国成立三周年,苏联派来阵容强大的艺术家演出团,来自乌兹别克的人民演员姑海丽·巴侬用汉语演唱了这首关于伟大园丁的歌曲,而且在原歌唱"万岁万岁万岁"的地方,用生动的笑声代替了吐字,以笑为唱,以唱为笑。

维吾尔语中的小舌音与送气音，发音部位深入，歌声更给人以掏心窝子的感觉。维吾尔人表达痛苦的"啊赫"与表达疲累的"呜夫"绘声绘象，令人感同身受。我想起后来读到的维吾尔/乌兹别克诗人纳瓦依的名言："忧郁是歌曲的灵魂。"一旦忧郁沉重，就会更期待忧郁的消释，就会以生命倾吐，以生命讴歌，以生命呼唤。忧郁的灵魂盼到了伟大的园丁与满园的春色，怎么能够不欢歌笑语如花儿盛开？那次演出中还有苏联人民演员、哈萨克斯坦的哈里玛·纳塞罗娃，她唱了《哈萨克圆舞曲》，同样带动了满地欢笑的翻滚。

这样，一九六三年，我在中国文联组织的读书会上与新疆文联的领导同志策划了去新疆的事宜，为此我给妻子瑞芳打电话，她立即回答："新疆挺好的，新疆的歌舞挺好的。"

而对父亲说了我去新疆的前景的时候，父亲的第一反应是："新疆的维吾尔人体形很好……"

如此这般，一九六三年底，经过中途换车五天四夜旅程，第五天黄昏时分到达乌鲁木齐火车南站。一开车门，还在月台上，立刻被车站扩音装置播送的维吾尔语歌声所陶醉，所惊叹，所新奇。抬头是博格达峰的皑皑雪山，然后是乌鲁木齐河引入了和平渠，还有街道的冰天雪地，是内地不常见的橙红色橘黄色洋铁顶楼房屋顶，是奇妙的维吾尔语与维吾尔文字与汉语汉字的相伴……

到新疆不久，见到了从北京去的大作家大诗人，他们刚刚从南疆回来，他们众口一声的赞美词是："多么好的人民！"

你为什么这样高兴？莫非你以为自己是去旅游？好的，我引用过《红楼梦》里有的版本说是黛玉、有的说是宝钗的诗句"焦首朝朝还暮暮，煎心日日复年年"，我知道那并不是一个快乐的年代。然而不正是那个不快乐的年代更需要光明、乐观、自信或者是叫作文化自信，需要尽自己的力量在学习上进行充实，需要创新，努力汲取新的生活经验，经营新的生活方式——我称之为生活创新吗？

在那个不快乐的年代，我开始了我的地理创新、知识创新、文化领域创新、交友创新、写作题材创新，或者可以说是命运创新、人生创新！我没有可能创新那时的政治气候，但是或许当真敢于创新自己。

麦盖提·洋达克

新疆，维吾尔，一个极有特色的地方。山重水复疑无路，柳暗花明又一村。天外有天，山外有山，城外有城。言外有言，曰维吾尔语：阿尔泰语系，主宾谓结构，黏着语，一个动词十来个词尾。诗外有诗，中国除了四言五言七言还有西域的"柔巴依"与"格则勒"，而唐明皇早就制定了来自龟兹（今阿克苏）的词牌"苏幕遮"，范仲淹吟咏了"碧云天，黄叶地，秋色连波，波上寒烟翠"，成为最有名的"苏幕遮"形象代言人，他是北宋名臣，他词通新疆，神通新疆。

我在赴疆路途上写的诗句有："日月推移时差多，寒温易貌越千河，似曾相识天山雪，几度寻她梦巍峨"；"乌鞘岇峰走铁龙，黄河阔浪跨长虹，多情应笑天公老，自有男儿胜天公"……

一九六四年夏，我来到了喀什地区麦盖提县洋达克乡红旗人民公社。"洋达克"的原意是骆驼刺，就是说那里是一个长满沙漠野生骆驼刺的地方。骆驼刺是草外有草：远芳何必尽如茵？劲草星星亦动人！劳动旗红闹戈壁，骆驼刺里韶华新！由于工作成绩，那里被自治区领导王恩茂树立为全区"三多（粮多、棉多、油多）""五好(好水渠、好林带、好条田、好道路、好居民点)""一强(人强)"新农村榜样。

县文化馆派了工作人员阿不都米吉提·阿吾提做我的向导与半通不通的翻译,帮我深扎人民,深入生活。他是我较深结识的第一个维吾尔人。他戴着巴达木黑白花纹小帽,经常穿着条绒衣服,朴厚、谦逊、彬彬有礼、面带笑容,满头大汗冲刷着脸上的泥沙,带着浓重的南疆口音艰难地说着汉语,向我介绍各方面的情况,陪我采访了当地的库万大队书记、买合甫汗妇女队长等著名先进人物。我们每天晨兴夜寐,东跑西颠,辛苦得很,也感觉新鲜得很。那时候农村电话只有手摇式的,当听到库万(即库尔班)使劲摇着电话机,吃力地叫喊着"曼,库万书记(我是库万书记)",很有不同感。而买合甫汗说话时频频摊开双手的姿势也显得极其大气,甚至使我想起苏联表现二战后东欧风云的影片《阴谋》,片子的主角是一个女共产党人政治家,买合甫汗的风度紧跟此姐。

只是阿吾提的口音土得掉渣,特别是所有的 F 音他一律发成 P,房子叫成旁子,吃饭说成吃盼,叫人忍俊不禁。他常常显示着满脸满身的泥汗,不知道是不是与下述状况有关:饮用水也是从大渠里或者一种叫作涝坝的水塘里舀上来的,而渠水涝坝水都裹着泥沙。你喝一碗水,速度慢一点,快要喝完的时候会发现不少沉淀在碗底的泥沙。而喀什人最潇洒的午餐方式是带上一个苞谷馕,走到渠边,拿起一个馕,噌地向上游抛去,然后是馕被水流冲下来,然后再去捡拾馕饼。喀什噶尔人"逝者如斯夫"的要点不在于"不舍昼夜",而在于"润我馕饼"。润我馕兮,渠水长流,逝者如斯,无夜无昼。有斯大渠兮,无患无忧。他们会感激水与水渠、小麦、苞谷、菜籽、棉花与馕。如果孔圣人看到南疆维吾尔人的逝者如斯，他会不会有更接地气的不同的感受呢？喀什人觉得吸了水的馕饼已经够湿软，就可以开口享受上苍的赐予了。而宗教徒的进食伴随对主上的感恩。如果还偏于干硬，再向上游抛 N 次捡拾 N 次，齐活。

新疆有一种说法，说是肉食为主的哈萨克人一年要吃一车动物的毛，吃菜多的汉族是一年吃一车草，而维吾尔人是一年吃一车土。倒不是仅仅指大渠水里的泥沙，尤其是指用陶土做的馕坑土炉，咸而香的新烤熟的馕背面，总会多多少少地沾上一点用盐水和泥烧就的馕坑壁上的土。那个土也好吃。本来咱们就认为人是女娲用泥捏出来的嘛。

米吉提带我去县里与他的朋友伊明相会，伊明穿着翻领土布衫，弹着都塔尔(双弦琴)，循循善诱地教我唱影片《阿娜尔汗》的主题歌。而在县委招待所基建工地上，我听到了抬生土坯的女孩子边干活边唱"阿娜尔姑丽(石榴花)"的原版。原版唱道："夜晚我睡不着觉啊，我的孩子，且先赶走聒噪不休的鸦鸟。"而影片版的唱词是："我的热瓦甫琴声是多么响亮，莫非装上了金子做的琴弦？"那种呐喊式、召唤式、不吐不快式的歌唱，给我的心里注入了一片光明、一片自由、一片活泼泼沉甸甸的强调。我还发现维吾尔人干起活来相当轻松，他们很少用肩挑运，他们两个人抬一个抬把子。抬把子是红柳条编的，面积不小，凹陷很浅，放上要运的材料，例如砖瓦土石，二人四手抬起来走，我的经验是抬的物件很少超二十公斤的，费力比肩挑小得多。

阿吾提此前结过一次婚，后来"另干了"（这是维吾尔人吸收的汉语口语对离婚的说法，生动精确）。我来时他刚刚再婚，他的新婚妻子是确确实实的美女。这个时机让这位哥们儿去洋达克村陪我"采风",确实太扫兴,而我未免缺德。所以他与我一道,对我来说即使有一千般好处,却有一条坏处:与我一起活动上三四天,就要找借口离开农村回县城找媳妇去。而他说的"明天回来"也是极其靠不住的,他的明天多半是明天的明天或者是明天的明天的明天……他的善良、友谊与好脾气里包含着一种稀松、拖拉、没有准头、跟你穷对付。真是好人啊,真是没有办法呀!

而后林花谢了春红,太匆匆!上世纪九十年代初,经过了一番大历史的风云变幻,已在北京定居的我再一次到喀什讲演,这位老友米吉提专程从麦盖提赶了来,经过四分之一个世纪,在全新的情况下再次见面,很是感动。只是见面握手,分别握手,人头簇拥之中,一切的一切何其仓促!

此后进入新世纪,老友阿不都米吉提·阿吾提逝去,归于永恒。是担任多年喀什地区妇联主席的茹仙古丽与我取得了联系,她是米吉提的女儿。我们多次在北京见面,包括她的两个女儿都被请到家里吃大盘鸡与抓饭。她特别告诉我,她的父亲坚持孩子们必须上汉语学校,以扩展孩子们的发展空间。今年春节前还收到她寄来的喀什噶尔馕饼。我对喀什寄来的馕充满期待,然而,毕竟不是当年的味道了。这些事,后面分解。

巴彦岱

一九六五年,我干脆去到了伊犁哈萨克自治州伊宁县巴彦岱镇红旗人民公社二大队劳动锻炼。我与维吾尔、哈萨克、汉、回、满、蒙古、乌兹别克、俄罗斯、柯尔克孜各族社员同吃同住同劳动了年复一年。我住到了阿不都热合曼·努尔与赫里其罕·乌斯曼老夫妇家里。

应该是土改以后，没有结过婚的热合曼与丧偶的赫里其罕结为夫妇。热合曼那时一无所有，赫里其罕则有一套房子。他们在一九六〇年困难时期收养了来自兰州孤儿院的孩子部周安，将其更名为阿不都克里穆。他们有一个小院子，三株大苹果树，一个葡萄架，靠近木门——应该叫"柴扉"——是玫瑰花。我住进克里穆原来住过的一间厢房，只有四五平方米，一个土炕，内墙上挂着一张未经鞣制的生牛皮，散发着腥味，还有一面细罗，与牛皮综合成一张现代派画面。小房间的木门有意留了门楣上的一个三角形空隙，提供了鸟儿飞进飞出的通道。而我住进去没几天，一对黑色的燕子飞来了，在门楣上方门梁上安家落户，开始了勤劳的筑巢安居工程。

热合曼首先发表了感想，传出去了：老王是个善人，好几年没有燕子来了，他一到，燕子就在他眼前筑起窝来了。用燕子筑窝考察人品是不是可行，我不清楚，也无意向组织人事部门推荐这样的识别人品方法。但是至少说明我与飞鸟相亲。一只燕子、两只燕子，然后孵化出四只小燕子。我的小屋每天凌晨四时开始燕子的家庭联欢，小合唱与二重唱、三重唱、四重唱，也有对话、研讨会、辩论小品、语言类节目。它们的声音好听，它扰乱睡觉，它叽叽喳喳，它哓哓喋喋，它亲亲密密、黏黏糊糊，足以填补我来到村里头五个月只有孤家寡人时难免的一点点孤独。

天色渐亮，我也渐渐醒转，我干脆从矮矮的土炕上站立起来，走到燕巢旁边，与燕子室友与家族成员互问早安。阴影里我看到了那么多双小小的黑中透亮的眼睛，然后是小脑袋，然后是翅膀上的羽毛。巨大的与不无茫然的我，与它们这个亲密的多话家庭结为一体。我不胜这种生命的差别与奇异、相通与相亲。此前，无论如何也想不到这样的脉脉含情与一片嘈杂的新的生活体验。

羡慕小燕子的热络,知道了燕子除了觅食、哺喂小崽、打盹儿,它们的生活内容便是交谈沟通,如陕北绥德民歌《三十里铺》中所唱的"说不完的话"。民歌说的是见到了"情哥哥",燕子则是见到自身夫妻儿女一家子,至于它们怎样在门楣上分析切磋,就是我所不知的了。我决心也要在新的环境交谈,也要说话,也要了解维吾尔人、哈萨克人和新疆各族同胞。我要和人民交流如燕子呢喃的频密与多情,不论有多少莫名与难解。我相信人民,我相信生活,我相信辽阔的新疆,相信燕子飞入寻常百姓家,不介意你的民族归属与是否具有王谢大户背景,我更相信我们已经并且终将生活在永远的春天。我也相信这燕语的调性,相当靠近维吾尔语。头一年春天在南疆莎车,自治区党委书记林渤民同志特别鼓励我深入生活,学习维吾尔语。他说生活就是恋爱,通过翻译"搞"恋爱不是好办法。好挑毛病的人儿们,也许会质疑生活怎么还需要特别嘱咐去深入,但是我完全明白,如果一切是自我自由,我不会深入到那么深入的地方去。

而一家燕子,除了亲昵,除了温馨,除了涉嫌小资与琼瑶、邓丽君情调外,它们还告诉了我生命的威严与胜汰无情的铁律,以及小资的不中用。一只雏燕涉嫌疾病,它被抛到地上,温情燕道主义使我拾起落地的半死不活的雏燕放回燕窝,没有等我来得及转身,病燕立即再次被衔抛于地。我似乎看到了燕子父母的怒目而视,它们正在准备必要时把王蒙也叼起来,抛到我们常说的"历史的""社会的"垃圾堆里,而燕子们也许会说是"生命的垃圾"堆里去。

不成功,就成仁;不垃圾,您就努力深入生活、深入边疆、深入亲爱的各族人民吧。

好 汉 子

上世纪六十年代,八届十中全会以后,政治形势一天紧似一天,我难以再在自治区文联上班,下乡参加"四清"社教,也因政审不合格被退回。区党委与文联的领导想出了一个极好的方法,下放我到一个条件较好的伊犁州伊宁县巴彦岱镇红旗人民公社锻炼,兼任二大队副大队长。从此开始了我的村干部生涯。"文革"开始后不再提副大队长了,但我的大队干部身份已经树立起来了。

二大队大队长马穆提·乌守尔刚刚去大寨取经回来。他是大队干部中年纪最大的一个。他穿着一身黑条绒衣服,口里常含几粒用烟草制就的"那斯",品味苦涩火辣,专治稀松懒散。他的雍容微笑,他的身高力大,他的端庄诚笃,他的腹腔共鸣男中音……我越琢磨越佩服,他本来足足地像一位族长、议长、军政委、副总统,至少也是董事长,但是他,真的,是文盲。

直到六月初,他还穿着这一身黑条绒。我才知道,他欠着生产队的账,在参观大寨支用了生产队的钱以后,他不可能再有购买替换冬装的衣衫的"普鲁",普鲁就是现钱,在新疆,最最不懂民族兄弟的语言的汉族,也知道这个词儿。

怎么回事呢?他的"阿衣郎子"即妻子据说是花钱太快,或者说是收入的普鲁太少。我也见过这位大队长夫人,有点娇滴滴,白白软软细细,哼着哟着喂着呷着走路,有病呻吟与无病呻吟相结合。维吾尔语的主要感叹词是"喂呷",相当于"唉哟"。更重要的是公社整天开会动员女性社员出工,但是此姐绝对不出工,据说自古他们的妇女是不下地的,她不能接受"男女都一样"的观念。

就如自古打麦场上大牲畜是不戴笼嘴的,他们认为夏收季节是老天对万牲包括人类的恩惠。麦收期间人与马都可以放开肚皮。我见过多少次,上级领导前来检查麦场,他们临时给牛马戴上笼嘴,领导一走,立即解放牛马的嘴巴,搞得牛马消化不良,整吃整拉整粒整团。习惯的力量令人恐怖。

而上过学的维吾尔人也喜欢找我讨论,毛主席所讲"时代不同了,男女都一样"究竟是什么意思。译成维吾尔文以后,文本无论如何会令人解释为:"时代更替变化很大很明显完全不同啦,但男人女人分类则变化很小很少,时代已非原来的时代,男女则还是照样的男女。"我给他们解释这是指时代变化引起了社会观念的变化,过去认为男尊女卑,男强女弱,现在认为男男女女平等,同工同酬等等。他们死活接受不了我的诠解,他们在语法上如此呆板较劲,令我觉得绝望。我怀疑他们是不接受男女平等观念,他们有意无意地跟你抬杠,将意识形态的命题歪曲为语言学(非意识形态)死结。

还是年轻人可爱,他们动辄走在一起唱"打格打格哟路哒蒙唉米孜(我们走在大路上)"与"丁艾孜哒帕拉霍特塔衣内普蒙啊(大海航行靠舵手)",传达的是昂扬与清新。

马穆提大哥传出来的一个故事使我感动——有一位当地的老新疆汉族社员告诉我,有一次大队长一边在大渠边走路,一边自言自语,被这位汉族农民听到了,大队长一路与自己谈队里的工作事宜:这块地的深耕,那块地的轮作,还有优秀麦种"陕西134"与"乌克兰86"……

大队支部书记叫阿西穆·优素普,绰号是黄胡子。"黄胡子"一词在这里本来代表的是东北抗日联军旧部。一部分抗日联军人员在形势不利的情况下进入苏联，辗转来到新疆伊犁地区，他们作风彪悍，与当地居民开始时有些隔阂。而阿西穆的黄胡子，纯粹是生理细节特点，他的胡子不仅黄，而且稀疏，不如大队长的派头。

他也是文盲，他说话办事极有章法分寸，他讲的话无懈可击，他处理各种事务公正合理。有一次赶上了伊犁地区数十年不遇的大雨，新疆地区那时的特点是农家屋平平的泥顶子，靠厚厚的麦草泥吸收与散发雨水，冬天则是爬上房顶把积雪扫下，在这个冬多雪而夏少雨的地方，无须考虑房顶雨水的引流。一旦下了大雨，房泥吸水饱和，不但会滴答水，还会叭叭地从房顶往室内掉泥片泥块。夜间大雨，阿西穆把大队干部全叫了起来，我不忘大雨中阿西穆带着我到一些穷困、屋顶泥薄的农家检查漏雨落泥情况，接引老弱病残人民公社社员到大队部避雨的情景。农村干部是经常在火线上拼搏的。大雨中农村干部救援弱势农民的经验，我写到获奖长篇小说《这边风景》里，这就叫作"生活是创作的源泉"。

听过一次书记同志的长篇大论，是教训大队的会计与出纳，那是两个帅气的小伙子，两个人工作有了差错，书记结合忆苦思甜给两人上了一个多小时的阶级教育课，诚恳雄辩，高屋建瓴。

阿西穆翻修自己的房屋，我参与帮助他上过顶子，站在高处脚手架上搭手运送摆正梁、檩、椽、苇席……农村都是这样，盖房靠自家，上顶子时候乡亲邻友一拥而上。一直到数十年后，每逢回到巴彦岱，见到阿西穆兄，我都会问他房顶子的情况，以示对他的屋顶施工质量终身负责。

现在他九十多岁了，有点罗锅，还算健康，不久前我在巴彦岱见到了他。我表达了对他老的一点心意。

大队还有一位与我"级别"相当的副大队长塔里甫，"塔里甫"一词是伊斯兰神学研究生的意思,是阿富汗的"塔里班"一词的词根。我们的这位塔里甫显得带几分儒雅乃至文弱。他常常要黑夜骑马去各田地检查浇水情况。他有一个十岁左右的男孩,长得眉清目秀,却有佝偻病,背腰腿脚发育不良,站不起来也坐不起来。我去看望他们,给他讲了一大堆补钙呀补维 D 呀之类的话,他表示他全懂,也都做了,但是不管用。然后他说了一些我听不懂的名词与理论,表达的是无望。后来,这个病孩子去世了,令人难过。

本村有一对近亲结婚的极友善文明的夫妇,男方是中央民族学院的毕业生,不愿在喀什任教,回来当农民。他是乌兹别克族,而乌兹别克语与维吾尔语的差别小于北京话与天津话的差别。他有一个聪明伶俐的儿子,却渐渐显示出来了发育不良的疾病,也早早地夭折了。他的父母非常悲伤,为儿子举行了正式的乃兹尔葬礼祈祷。以至于村里有人提出质疑,认为做法有些夸大了。

大队有一个出纳,聪明麻利,善于言谈交际,他与一位地主的女儿恋爱,当时正是抓社会主义教育运动的高潮,对于地富后代的阶级斗争是很敏感的。我大队对他的这个可能被认为是中了阶级敌人糖衣炮弹的婚姻居然没有什么反应,"社教"工作队来了四五个月,然后走了,对此也没有什么说法。在某些条件下,马虎与厚道彼此不能分离。他与所谓地主的闺女正常地结了婚,他们的生活幸福。我听到过那位女孩子"哥哥"长"哥哥"短地叫他,那个女孩老实巴交而且甘甜,她的大眼睛流露出太多的请求与期待。

乱避于乡

这里毕竟是边远地区啊，老百姓的话："天高皇帝远，人少马牛多。""文革"开始以后，西大桥上仍然有一位俄罗斯族老汉练摊儿，他小本经营，出售未曾去核的杏干、葡萄干、莫合烟（苏联文学作品中称"马合烟"）。最奇怪的是还有一些女明星的小照片，上演了《海霞》，他那里就有了蔡明的肖像；上演了《同志，感谢你》，就有了刘晓庆。照片的黑白对比度反差特别强，别有风味。领导层管理层对这位俄罗斯族商贩没有任何干涉，倒是百姓们恶评如潮，都说他悭吝贪婪，对顾客一分一厘不让，而在这个边远的地方，来买你东西的都是乡里乡亲，怎么可以只讲价钱不讲面子呢？

"文革"开始一年多了，伊宁市武斗激烈，我们想找一个比较僻静的地方住，居然被介绍去看一个小院子的房屋，是准备出卖的，两千多元。由于我自己的政治敏感，觉得在"文革"高潮中置产成为房主，未免不识时务也不合逻辑，没有敢走这一步。

我还碰到过一个人物，开始我是在一生产队参加劳动，后来是六生产队。一九六五年密云欲雨的时刻，《人民文学》杂志十期，发表了林雨的小说《政治连长》，影响很大。于是，包括与北京时差一百二十分钟的我所在的巴彦岱，也要求各人民公社生产队设政治队长。我们六队的政治队长曾是中学教师，因为男女作风问题被处理，回乡务农。我姑且只称他的绰号"快嘴"吧，他说话的速度赛过了语言类节目明星。他的名言是"人们的设备没有大区别，送风鸣响可就差老鼻子了"。从他担任了政治队长，每天上工前给大家讲话五分钟，他的小嘴吧唧吧唧令全队鼓掌喝彩。这天他早上刚刚讲了阶级斗争，晚上却从一个地主婆的家里吃饭走了出来。我当时为什么走过那里，已经无由可想。他见了我似乎有点尴尬，还解释了几句，说是个什么"礼行"。维吾尔人的"礼行"很多，出生有类似满月的四十天礼，葬礼几天几天也有悼念活动，男孩子有割礼，婚姻有喜宴，出门患病丧事等有"乃孜尔"聚宴与祈祷……他当然能够自圆其说，大概其，难得糊涂，倒也是司空见惯。

面目清秀的大队会计多才多艺，一九七〇年春天，他画了"一打三反"漫画，说明本村本乡敌我斗争多么激烈。可那时的一打三反中恰恰揪出了他的一个什么舅舅，他一边画着连环画批他的舅舅，指名道姓说是舅舅参加了反革命集团，一边向舅舅照常侍候问安，并无不便不顺之尴尬。而过了几个月，说是周总理指出不可以滥划集团，随着上级"精神"的传达贯彻，雨后春笋一样冒出来的反革命集团一个个无疾而终，大风大雨了一阵子，天下太平。然后该吃吃，该喝喝，该割包皮割包皮，该娶媳妇娶媳妇。

我上小学时读过胡适的《差不多先生传》，讽刺国人的不认真不细致不严格。没想到来到新疆，在维吾尔人当中发现了的不仅是"差不多先生"，而且是差不多大师、差不多教主、差不多老爷、差不多活祖宗。

差不多云云透露着懒散马虎不负责任，但也表现了某种坚持与耐性，甚至还表现了善良与无条件与人为善。当年在麦盖提就见过，一个远道而来的农民，为了找公社书记，在墙角蹲了十几个小时，他早晨七点到了，勤劳的书记已经坐上六根棍马车下村检查生产，他墙角一靠一躲，灌木一般坚持了十六个多小时。夜十一时半了，书记回来，他终于迎到了书记同志，说了自己要说的话，提了自己要提的申请。然后说不定他要走上六个小时回自己的"房子"。这是新疆，一个村落距离另一个村落可以是几百米，可以是几公里，可以是几十公里。维吾尔人的耐性无与伦比，他们像石头一样，磨砺得与他们打交道的人也必须创造耐性方面的世界纪录。马虎拖拉凑合是美德吗？不是。在"文革"条件下也许硬是变成了——是！

一个也是在新疆结识的读书人告诉我，说是明末清初戏曲家李渔小说中曾引用当时的谚语："大乱避于乡，小乱避于城。"像"文革"这样的大乱避之于边远乡村，乃是上上之选。我不敢自吹一九六三年底赴新疆是我的避乱之策，但是我当时感觉到在北京一个大学教书不是办法，我无法理解与实行无产阶级专政下的继续革命学说，在大学里我比较碍眼，不若到新疆歌唱祖国统一与民族团结友爱以及我们新疆好地方，还要鼓励大学毕业生到农村去，到边疆去，到艰苦的地方去。如果说当时的内地还是前现代，那么新疆是前前现代，日子好过得多。

我经历过这样的事，我骑着一辆上海造"生产"牌自行车，前叉子断了再焊接上了，全车除了铃不响哪儿都响。就这样，我的车在伊宁市与巴彦岱也都成为维吾尔弟兄的抢手利器。所有的弟兄借车时都说是一小时、半小时、一刻钟乃至十分钟，说是去放下一张收条或者取回一块肥皂就回来。一般说，本日自行车回到我手，就算谢天谢地，弄不好三天后车才返回。当然，他们可能同时带回了一点北京不常见的无花果，或者是伊犁的男人也常常手执的红玫瑰。他们给我讲，玫瑰是天堂的消息，是真主的恩宠，是生命的享有，而且他们宣称准备帮我栽种成片的玫瑰园。或者，他们带来一枚柳叶，卷起来给我吹一个凄然的爱情歌曲，那样的歌曲里动辄声称自己的心已经焦灼为串烤，阿拉伯语叫作"卡瓦甫"的。

有关我的破自行车的更加美好的记忆是我骑着车，砰的一声，一个身材高大的维吾尔女孩儿坐到破车的破货架子上了，叫着"大队长"，她要我带她到三公里以外的一个路口。到了地点，噌就蹦下去了，我甚至没有看清她的面孔。下车的时候回头，只看到青春万岁的背影。那时的新华书店里没有我十年前已经打出清样的《青春万岁》的踪影，我姐姐说她听到过一个孩子到书店里问"《青春万岁》出来了吗？"不，出不来了，我想代书店回答。我在离北京很远的地方，我的生活里则出现了另类的青春万岁。

还有一次我骑着自行车碰到对面骑车而来的大队出纳，他发现我的提包里有一瓶伊犁大曲，便将我拉到公路旁的玉米青纱帐里，拧下车铃，用上衣下摆将铃碗擦净，以此为伊犁酒樽，一樽二人，互祝各自萨拉买提（健康），一饮而尽。

至少是伊犁，人们纷纷不断地引用一个谚语：人生在世，除了死亡，其他都是游玩。也许不应该译成游玩，"塔玛霞"，包括了轻松、享受、自娱、快活，也许还有自由。还有一句谚语：如果你有两个馕，你吃一个就可以了，另一个留着作手鼓，你可以敲起手鼓来跳舞。

果然发生过这样一件事，伊犁地区有旱田，即山坡地，略略有所修整，但不是内地的那种精雕细刻的梯田。这一年旱田丰收，上远山收割春麦的人原计划两天的活，干了三天仍然没有完结，可人们带的馕已经吃完。他们决定停一顿饭，收完麦子再下山回家用餐。按常理我们认为此种情况下应该收敛休息，减少能量消耗。但他们是怎样克服饥饿感的呢？难以置信，他们是通过跳了一回舞来克服难耐的饥饿感的。你对这种办法会怎样评价呢？

也许这证明这个地区的营养状态良好，肚子里已经积存了一些油水。伊犁人张嘴就会提到自己家乡的小麦、胡麻、蜂蜜、奶油、干酪、苹果与葡萄架。而且，我印象最深的是一九六五年夏天的两个月，伊宁市干脆取消了粮票使用，你背起一个口袋或者麻袋，你到馕铺子买热馕去吧，管够管饱。这个时间段，能做到不要粮票供应粮油制品的，中国境内还有别处吗？

维吾尔人还有一个谚语说伊宁（汉族则干脆将伊宁市、县直接称为"伊犁"）人的特点："伊宁的好汉子，吹牛皮的大王，虽然哆里哆嗦，冬天也要穿西装。"吹大炮，取笑他人，夸张其词，已经成为天经地义的生活方式，快乐源泉。谁受不了取笑，就被说成小心眼儿、伪娘、发育不良、不算伊犁男儿。农民也是一样，他们说什么年轻时碰到过一条巨蟒，吞掉了两把砍土镘，最后被他徒手撕成八截，血溅苜蓿地。一面吹得天花乱坠，一面听着众位中青年女社员的笑骂："泡！泡！泡！（牛皮！大炮！胡吹！）"他仍然吹得遍体舒泰，姑娘媳妇们听得心花怒放，骂得更是痛快淋漓。这样的初心、乡愁，百世难忘！

"好汉子"，这个汉语词已经直接被维吾尔语使用，读如"吼汉唖"。如果硬译加音译他们谈论对伊宁好汉的反应，则是"伊宁的呶者（好汉），同时是伊宁的泡者（吹大泡者）"。

他们有时候一面吹嘘自己的慷慨大方，一方面又显摆自己有好方法让一毛不拔的铁公鸡请客，加上付账时候的"躲付"妙计，小小地算计了某一个愚而奸诈的买买提或者赛买提，这也是伊犁维吾尔好汉的一大乐事也！说到这一类话，他们都是相声演员的坯子。伊犁维吾尔，牛啊！

我现在也常常反刍我的伊犁哥们儿们。什么是他们的大炮特色与放炮本质呢?乐观主义?爱乡情意?自我安慰?语言技巧?言说功力?驱逐烦闷?寻觅噱头?挖掘谈资?显摆吹嘘?与他人相处中小试锋芒?不容小觑?释放?发泄?趁机拉拢?趁机打压?略施小计?就酒的小菜一碟?帮助消化……反正人生苦短,不如意事常八九,你应该宁牛勿吹,宁吹勿泄,宁可吹大发了让女生们笑,不可动辄诉苦,满脸晦气,用窝囊废风貌博得廉价的眼泪。我现在相当讨厌电视节目对"泪点"的装腔作势人为营造,不管是多么成功的节目。中华民族绝对不能成为一个泪迹斑斑的民族。

获　奖

此生中我还没见识过领教过比一九六六年图尔迪家中点燃发射的这一炮(泡)更威烈的大泡(炮)。

我的房东大姐赫里倩姆有一个姐姐或堂姐,叫阿茜罕。维吾尔人的兄弟姐妹称呼有时我搞不明晰。第一,他们不讲辈分,只讲年龄,岁数大的,管爹也可以叫哥,叔叔伯伯更可以叫哥;妈妈、姨姨、姑姑都可以叫姐,同时侄儿女外甥儿女也都可以是你的兄姐。第二,即使在旧时代,他们结婚、离婚、再婚都比较正常,与这个人同父,与那个人同母,与另外一个人同父同母但并非同一家庭中长大,第四个人不同父不同母却是生活在一起成长在一起。所以一定是兄弟姊妹相称相亲。

阿茜罕有两个似亲似故也可能非亲非故的孩子。儿子是伊犁区(后来改作州)党校干部,名图尔迪·苏菲,据说由于某些"问题"从一九五九年就"挂"了起来,"挂"就是没有工作任务了,等待"结论"已经七年,不妨再等七年。而后"文革"爆发,更挂于一边了。但也没有受处分，没有划成"分子"。划为"分子"，也是有维吾尔特色的说法，他们从不说到底是啥分子，如"地、富、反、坏、右"分子，"地方民族主义""贪污""蜕化变质"分子等等。而只说某某人已成分子，大家也就心照不宣了，听起来颇有大而化之的幽默，却也有可能是不无幸灾乐祸的窃喜。他人"分子"了，俺没有分子，能不雀跃乎？

阿茜罕女儿叫什么什么克孜，名字忘了，天真可爱。她是本镇小学教师。她把照片送给了我，被我珍藏，后来丢了，对不起。

一九六六年"文革"爆发，不久，我在假日应邀到图尔迪在伊宁市的住家去小坐。到后他嘱咐我说今天有重要客人光临。他的妻子是乌兹别克族，能干、漂亮，抚育着四五个孩子，本人是著名的食品店十门市部售货员，把一个不足二十平方米的家整理得头头是道。她的名字似乎是玛赫卜莱提罕。

我与图尔迪坐好，喝了一会儿奶茶。顺便说一下，第一，如果是以喀什噶尔为代表的南疆人，他应该先吃两口馕再喝茶；以伊犁为代表的北疆人，则是反其道而行之，先喝茶再掰碎馕泡到奶茶里喝。这一点我的记忆与描述可能与事实相反，可怜王副大队长已经年老昏聩，竟然说不清这样的生动情节了，评论家甚至于称赞王某的《这边风景》是维吾尔生活习俗的百科全书。惭愧呀！丢人呀！如果发微信，这里肯定要上一个号啕大哭的表情了。

第二，像王蒙这样，坚持掰碎了馕泡入奶茶再边吃边喝的路子到了二十一世纪，已经属于过时的老派了。老派维吾尔人，玩笑话叫作"老缠头"，缠头，是更古老的习惯，维吾尔男子曾经用"赛来"巾缠头代替帽子，像如今印度的某个民族一样。汉族曾经不甚郑重地将缠头用作维吾尔人的绰号，但绝无恶意。维吾尔人也曾经根据俄语的发音将汉族人称作赫依达衣,即 kitay,本源也绝无恶意可言,只有愚昧无知的人才会在这样的说法上生事作乱。

果然,二十分钟后,进来一位中等身材的先生。他微驼着背,手抚前胸,问好致敬,同时左右张望,对不起,他的神态使我想起北方人称作"小绺",新疆人称作"贼娃子"的某类人物。

图尔迪介绍说:"他是反修医院的内科主任帕郎契(某某人)。"

医生坐下,悄悄从胸前上衣内兜里掏出一个药水瓶子,上写"药用酒精,不可入口"。他说:"今天咱们干掉它,力量大得很。"

我说:"不能喝。"

他说:"我喝了一年了。"

图尔迪体己地低声告诉我:"可以喝。我喝过。"

毋庸赘言,那个时期,美丽的、已经开始出产而后来成为中国名牌的"伊力特"、当时叫作"伊犁大曲"的名酒,常有供应短缺情况。"伊力特"成名出道以后,我曾应邀给他们题字:"一杯伊力特,双泪落君前!"

酒饮三巡。维吾尔人习惯,众人只用一个杯子,依次旋转轮流,规矩严格,每次饮酒都有一个公认的德高望重的"酒官"掌握节奏与顺序。我们只有三个人,从简,就约定俗成地按规矩喝将起来。

终于,内科主任站立起来,正式宣布,经他的查访与案卷科研,老王此人,不仅是一个作家,而且是苏联斯大林文学奖获得者!

一开头,图尔迪一怔,事出意外,晴天霹雳。他用了一秒加半秒的时间,略一眨眼,过程完成,立即心领神会,神清气爽。他被鼓动了起来,兴奋了起来,脸色泛红,笑容满面,显出了中年人的面部纹络，嘴唇使劲，鼓掌跺脚，接过了内科主任杀过来的好球，喝道："当然！绝对！老王是斯大林文学奖金获得者！我们的老王我们不简单！"（维吾尔语说到定语用途的物主代词时，要在主词后面再重复一次同一代词的宾格，即"我们的老王我们"）

我拦阻这两位老弟的激情神哨，他们却更加亢奋。他们大喊大叫："老王，不要客气，不要胆小，不要怕！得了斯大林奖就是得——了，得了奖为什么不说是得——了奖？得了奖为什么一定要说是没有得——过？"

维吾尔人的语言逻辑构思逻辑与表演逻辑无与伦比，我必须承认，在他们麻利干脆情理并茂地斥责了我的胆小畏缩孱弱没有面对巨大光荣的勇气之后，我至少有五十分之一秒时间，不免疑惑，莫非我本来就硬是获得过斯大林——要不就是托尔斯泰、契诃夫，或高尔基，或西蒙诺夫，也许是伏罗希洛夫文学奖——了？我学会的第一个苏联歌是《喀秋莎》，第二个歌就是"联队最光荣，走呀走过草原……我们的将军，就是伏罗希洛夫，从前的工人，今天做委员！"到二十世纪中期，伏氏任苏联最高苏维埃主席。真的？天啊，我本来就是具有获得苏维埃社会主义共和国联盟文学大奖的质素的！我硬是被挫折得忘了自己惊喜如狂的获奖经历啦？一时泪花翻滚，心如刀绞，立刻自我提醒，总不至于瞬间失常吧？

二位维吾尔哥们儿的讲法太坚决、太清晰、板上钉钉、嘎嘣那个脆哟！他们又是蓦然出手，泰山压顶，煽情如火，论理严密，完美无缺！我、我、我，我也真想拍桌子立即接受这项国际文学奖啊！

我体验了一下瞬间得奖的满足感与疯狂感。于是我含笑降低分贝给他们解释：中国当代作家只有丁玲师的《太阳照在桑干河上》

与周立波师的《暴风骤雨》得过斯大林奖。

他们反而更加火爆："丁？玲？周？立？啥？不认识。我们知道的就是老王获奖！"

不能再讨论，再讨论起来他们一定可以喊得整个区党校家属院沸沸扬扬，能够喊遍新疆维吾尔自治区与伊犁哈萨克自治州，一直到伊宁县巴彦岱红旗人民公社。这将成为一个事件，这个事件传到乌鲁木齐，乃至于传到北京，也许会传到莫斯科，甚至于会变成王某招摇撞骗冒充斯奖得主的惊人奇闻，那就成了真正的国际笑话或者国际罪行啦，您哪您。

平静了十米分钟，他们高谈阔论了鲁迅、巴金、纳瓦依（维吾尔/乌兹别克族诗人）、莪默·迦谟（波斯诗人），酒过五巡，内科主任二次两眼发直，大喊大叫，进入第二次高潮："老王进去过克里姆林宫，他受过斯大林大元帅接见！"图尔迪则喝道："同时接见王蒙同志的就有伏罗希洛夫！"我耳边响起了四部合唱与轮唱："从前的工人、工人、工人工人，今天、今天、今天做委员、委员、委员委员！"

他们的激情像洪水，已经决口，力能发电。我的拦阻像用一个小砍土镘挖起的一块土，根本不可能阻挡他们的气势与规模。他们一唱一和，声称他们都在莫斯科与阿拉木图的《真理报》上看到过我领奖与被接见的照片。医生说本来今天他找到了刊有王某人获奖与在克里姆林宫被斯元帅接见的苏联报纸，出门时被"头发长而见识短"的婆娘打搅，只顾赶紧离家会王大作家，却忘记了带上哈萨克加盟共和国阿拉木图版《真理报》。而图尔迪甚至为自己曾用那张报纸卷了莫合烟而悔恨无比。他哭了。他也要哭了。我则是一喜后的无比尴尬狼狈，如坐针毡，哭笑不得。时而感觉到入了重围，登天无路，入地无门。时而感觉到嘻嘻哈哈、轻松愉快而又稀奇古怪，白日做梦，边地游仙。甚至我也迷惘：这到底是怎么回事呢？我究竟想起了或是忘记了什么呢？我现在究竟是干什么说什么想着什么呢？我喝醉了？我也喝了五杯药用酒精啦！他们讲酒精过去多用俄语借词"алкоголь"（读阿勒阔高里），现在则干脆用汉语"jiǔ jīng"。第一次获奖高潮来源于酒力，第二次高潮肯定是来源于药力喽！

同时我很欣赏二位维吾尔知识分子老弟的政治正确，甚至是政治精到。他们的政治警觉性绝对不在王某人之下。毕竟是"反修"医院的大夫，毕竟是一直"挂"着，等候处理的党校老师。毕竟同处反修斗争第一线，这里离"修"不过七十几公里。

首先这里是伊犁，苏联的影响不能小觑，他们有意无意地想让我知道这一点。第二，几年前刚刚发生过边民外逃事件，中苏交恶，涉苏言语十分敏感。第三，涉及国际文学奖，他们俩包括我老王，除了苏联的奖别国的不怎么知道，知道个诺贝尔如果说出来无异于意欲叛国通敌。第四，苏共二十大后，赫鲁晓夫大骂斯大林，但是中共发出了不同声音。这里的二位老弟大喊斯大林的什么奖，没有修正主义的问题，没有里通外国(新疆叫作两个脑袋)的问题。相反，他们矢口不提苏联那边从一九五七年取代斯大林奖的、一九二五年其实就设立过的更老资格的列宁文学艺术奖。他们滴水不漏。他们喝着反修药酒，从心所欲，不逾矩！

我想起了来疆前在京参加学习的日子，一位德高望重的老教授向领导表示要控诉赫鲁晓夫，他认识到了一九五七年落马的中国知识分子，都是受了赫鲁晓夫的害……又怎么能不提约瑟夫·维萨里昂诺维奇·斯大林同志呢？

炮 与 泡

这段故事我一直贮存了四十五年,四十五年来一回想便觉得有几分离奇,有几分古怪,有几分难解。撒酒疯?他们二位激动得声泪俱下,郑重得指天画地,讲述得惊心动魄,完全超出了正常理智的底限。直到二十一世纪,我与在京工作的一位维吾尔高级别领导同志交流,他们听得也是忍俊不禁。他们告诉我,喝了掺凉水的药用酒精之后,"反修"医生已经就任了该年度斯大林文学奖评奖委员会主任,而"挂"起来的党校教员,至少是该委员会副主任。他们当时就是隆重庄严地将他们主管的"斯大林文学奖"授予你老王无疑了。

伊犁的炮手果然了得!维吾尔的炮手惊天动地!无怪乎最有名的维吾尔诗人铁衣甫江在诗里嘲讽"那些用舌头攻城略地的勇士",可惜的是他的这句诗被作了"别有用心"的解析,"文革"前夕文艺(假)整风时给他找了麻烦,被称作用雕虫小技猖狂进攻。在我的经验里,用舌头攻占碉堡,是维吾尔人的生活方式生活趣味,是日常生活的必有,是维吾尔的常态,特别是喝了酒。他们可爱于斯、荒唐于斯、幻想于斯、聪敏于斯、匠心独运于斯、笑一笑十年少于斯、雕虫小技于斯……特定情况下谁知道是否别有用心于斯。注意,这是一个说话的民族,说话是他们的首爱,然后才是歌舞、打馕拉面、戴花帽、梳小辫、经营数公里长的葡萄架,与湖南茯砖茶水加奶皮子的女人竟日饮。

也许喝酒的魅力恰恰在于此,兴奋了,大叫了,无化为有,有化为无,心想事成,想到什么成什么,坚持什么就一定是什么。天

维吾尔人

可以翻，地可以覆，奖可以得，财可以发，舌头可以攻城略地！如若不然，喝那个酒干什么？

也许更简单一点说，他们第一要表达伊犁人的眼界、心胸、牛气与词令，表达伊犁人的想象力与表现力。第二要表达对老王的友善乃至喜爱、激情与想象力。他们爱上了你。他们要让你高兴，兴之所至，金石为开。

喝酒干什么？我早就注意到了汉族与维吾尔族喝酒的不同路数。汉族人慢慢地品，将酒斟在美丽酒器中，闻一闻，徐徐入口，咂摸滋味，滋润口舌，再徐徐细细咽下，是一种享受。而维吾尔人更喜欢的是一饮而尽的豪爽，直奔兴奋的迅捷。喝完后他们更愿意表演酒的热辣刺激带来的不堪忍受的痛苦，与对此种痛苦与折磨的享受。酒入口时他们表现出的是某种准迫害狂的辛辣与自我撕裂，苦就是楚，痛就是快。他们追求的是亢奋燃烧腾云驾雾翻江倒海的感觉。

从"老规矩"来说，一些老穆斯林是不喝酒的。但是新疆各族同胞的男性公民，大多嗜酒。波斯大诗人阿菲兹吟道：

　　来啊！拿美酒来！酒能消除世间的烦恼。
　　在这蓝天下——人们都应自由无羁；
　　我为这崇高理想奋斗——感到自豪。
　　告诉你什么？昨夜我在酒店里昏醉，
　　一位传令天使把虚幻世界的喜讯带到。

而莪默·迦谟的"柔巴雅特"（一种诗歌体例，犹如汉族的绝句）是这样说的：

空闲时候多读快乐的书稿，
莫让心头生长忧郁的杂草。
何不饮酒呢一杯一杯一杯，
谁管死亡的踪影慢慢来到。

我将后一首诗译成五绝："无事须寻欢，有生莫断肠。遣怀书共酒，何问寿与殇？"

宗教圣地麦加有泉水曰天方圣泉，原文叫啧嗨啧嗨水，而维吾尔的青年想喝酒的时候一般不提酒，将酒说成啧嗨啧嗨水。

有人问我："你怎么那么快就学会了说维吾尔语？"

我回答："我与维吾尔人共同喝了两吨白酒。"

当然喝酒也会喝出娄子。五生产队的一位维吾尔青年与四生产队的回族青年一起饮酒，醉后发生口角，然后是肢体冲突，然后是一人打死了另一个人，然后是审判与服刑。还有一次是几个生产队干部饮酒，醉后有人说红卫兵是"艾纠居母纠居"（小妖），被夺权而上的"造反派"队长掀翻了桌子，将胡说八道的人扭送公安机关，使有问题的人受到应有的惩处。

顺便说一下，这里提到的维吾尔农民，绝大多数是文盲，但是他们很精明，很有掂量，喝醉了，就更有主张，更有警觉，更要坚决立于不败之地。莪默·迦谟还有一首律诗，我也很喜欢：

我们一手拿着《可兰经》一手拿着酒壶，
有时候是清真有时候也会拆拆（读擦）烂污。
在同一个蓝宝石般晶莹的苍穹下面，

何必划分什么穆斯林与什么异教徒？

波斯大诗人莪默·迦谟的诗的乌兹别克文手抄本，我是上世纪七十年代后期，从自治区文联的评论家帕塔尔江那里得到的，我手抄了一部分，背诵了一部分。帕塔尔江与我讲过他的一些阅读经验，当实在找不着书读的时候，他读过电话簿。其后许多年，我在观看美国电影《雨人》时看到了"雨人"（自闭症患者）夜宿旅店背诵电话簿的情节，不禁想到帕塔尔江。可惜斯时他已离世，没有交谈的机会了。他的手抄本《柔巴雅特》，带给我许多知识与快乐，我想念他。

帕塔尔江的另一个故事是运动初期他在乌拉泊劳动，听到敲锣打鼓，当时叫作"小将"的人们来了，与他一起劳动的其他处境不妙的作家立即藏匿起来。但是他的视力与听力都有不足，听不懂别人的关照。结果他落到了"小将"们手里。批斗后他问旁人，"小将们"在他的衣服背面写了什么？作家们告诉他写的是"黑作家"。他打趣道："周扬同志在二次文代会后的一次全国委员会议上，点名表扬了我，可是你们几个小子看不起我，不承认我是作家，现在你们知道了吧，你们不承认，人民承认！"

维吾尔人对酒的兴趣与他们对于玩（塔玛霞）的兴趣分不开，对于塔玛霞的兴趣又与他们对于很多非塔玛霞的事情闹不清、不知如何反应是好有关系，世事纷纷乱如麻，说来归其塔玛霞。你甚至可以说他们有点玩世不恭，但不是魏晋名士风度，而是伊宁好汉——冒泡大王的路子。他们如是说伊宁人，然后再说阿克苏人南（傻）瓜，说和田人顽固，卖东西收钱的时候承认一元人民币是一元，承认十个一角钱是一元，但是决不相信两张五角的票子是一元。至于喀什噶尔人呢，说他们"口臭"，不是说口腔不洁，而是说说话太巧妙，语带挖苦。如果你在馆子里吃完饭没有结账就走人，店主追出来绝对不会喊："钱呢？你们没有交钱啊！"而是温文尔雅地说："先生，那么我该找您多少零儿呢？"

有一次与英国友人聊起说话的艺术，英国人赞美喀什噶尔的讨账说法，说这是地道的英国绅士风度。

语言通天

我在新疆的时候，多次听维吾尔农民讲过，语言可以通天，这句话，一直到离开了新疆四十七年后即二〇一五年才庶几弄明白了它的含意。

二〇〇四年，我在接受俄罗斯科学院远东研究所的荣誉博士学位后，回程中顺访哈萨克斯坦原首都阿拉木图市。设于阿拉木图图书馆的中国文化中心的主任、原驻华大使库阿尼什·苏丹诺夫招待我们晚宴，他的夫人表达对文学事业的尊敬的时候说，"我们认为，'语言可以通天'。"

二〇一五年，我读了土耳其诺奖得主帕穆克的长篇小说《我的名字叫红》，然后看了《读书》杂志上的评论，才了解了语言通天说的重大意义。伊斯兰教坚决否定偶像崇拜，认为能宣示真主圣谕与表达信徒的崇拜的只有能变成经文与祷词的言语文字。经文的语言极其宏伟精到讲究，它表达了一切，通神通天。至于绘画，表达的是真主眼睛里的世界，所以细密画要的是二维空间与散点透视。这样，土耳其小说上写到的画派问题，也就是一个牵扯到具象神学的极其严肃重大的信仰问题了。

你或许未能很好地体验贯通"叫红"所讲的神学文艺观，但是你无法不欣赏沉醉于伊斯兰世界的细密画。而欣赏细密画丝毫不影响你同样震服于文艺复兴时期的欧洲三维油画与源远流长的中国文人画。同时，你完全不明白，你震惊于"叫红"们提到的或有的对于文艺复兴画派的格格不入。

是不是有时候维吾尔人太陶醉于夸张于语言了呢？岂止是攻城，他们自觉是语言可以攻心夺魄。

物极必反，言极也必定成炮、成泡、成油滑，成为对言与言所表现的伟大、真诚与崇拜的亵渎。我们大队的几个民兵骨干加一个干部一个小学教师，一起喝酒进入了神哨阶段，一位青年说，他善写攻魂夺魄的情书，他的情书百发百中，所向无敌。众人不信，他当场写好春心荡漾的求爱信札，然后几个小子骑马出巡，星光中见到一个中年女子迎面走来，将信札抛给了她……关键在于次日写信的小子收到了回信，那位结过几次婚的女子接受他的求欢，要求立即月照柳梢头，人约黄昏后，成其好事，吓得小子落荒而逃。

回想起在新疆参加的各种聚会，差不多都专门邀请一个善于词令的人，他在整个喝茶吃饭饮酒过程中，滔滔不绝，妙语连珠，鼓掌欢笑，春色满园。而所有参加聚会的人，一要个个善于用最美好的语言歌颂友人，表达赞美，彰显自己的真诚热烈聪敏，好友遍天下，从而确立自己的声誉；另一方面又要时有幽默，略有揶揄，逗得大家捧腹，更显示出智巧光鲜，四海之内，至少是本席餐饮之周遭，皆为兄弟的团结友好深情无限。

对于语言文字的特殊尊重，发展成了对诗歌的尊重，人们像敬神一样地敬诗。一九八一年我与诗人铁衣甫江共游鄯善县，我们在一户农民家里做客，来了许多中青年农民，他们一个又一个地起立朗诵"老铁"的诗，然后是古典的维吾尔语诗篇，其盛况是在内地农村想也想不到的。而即使在他们遭遇政治运动，处境不妙的时期，只要一有机会，就仍然是语带机锋，欢声笑语，把说与听笑话、机敏话、微言大义的话作为人生极高的享受。

而铁兄最有趣的经验是，改革开放后不久，他到苏联的哈萨克斯坦探望母亲与弟弟，他到了阿拉木图的一个郊区，而那个郊区按照规定是不准外国人前去的。他受到苏联警察的追究，不得不亮出他一九四六年十六岁时在苏联哈萨克共和国阿拉木图出版的诗集，以求宽大通融。警察见诗起敬，乃允许他待一个晚上，同时要求他写一个检讨。

他告诉我，在祖国的历次运动中写了不知多少检讨，而后做客苏联一个多小时，开始写检讨。

我们俩笑出了眼泪。

而我报答铁衣甫江的隽语来自于我们同去鄯善县他下乡劳动时住过的一农家，我们临走时女主人给了诗人不少棵刚收获的大白菜。我赞道："真是人民的诗人啊，吃到这么多人民的白菜！"他为之喷饭。直到他患不治之症，在北京住院一段时间，回乌鲁木齐之前出席赛福鼎同志安排的小型送别会时，他还提起这句话。

诗人与维吾尔知识分子

另一个维吾尔大诗人是克里木·霍加，熟朋友更喜欢称他为霍加也夫，正像他们称铁衣甫江是艾力尤夫一样。

而克兄是哈密人，他有极好的汉文底子，他是很好的翻译家，我参加过以他为核心之一的周总理诗作与《红楼梦》前四十回的汉译维研讨。他的知识与语言感觉不能不令人赞赏。一九六四年一月四日，新年节日气氛中我从《光明日报》副刊上读到他用汉语发表的《柔巴依》即前面讲到波斯诗人时说的"柔巴雅特"体歌颂党的诗篇。

一

任何一个人都很平凡，
他只是大海里的一滴。
当他心里扎下党的根子，
能用双臂拥抱整个世纪。

二

孩子们脸上没有眼泪和悲伤，
任何角落没有黑暗和悽怆，
颗颗谷粒上也闪耀着光芒，
因为有了你，亲爱的共产党。

那次他发表了十首，这里只引用了两首。他的文笔令人羡慕。"柔巴依"犹如内地的"七绝"，也许比七绝还"绝"，除了韵脚的讲究还有句首与句腰的说法，我未知其详，只知道他的诗令我佩服羡慕。紧接着看到的却是他在当时的城市"五反"运动中的一点点窘态。他不但诗写得好，形象也与诗很吻合，高个子，笑容可掬，头发有些自来的弯曲。即使某些窘态中，他永远含着微笑，他散发着中华谦逊与善良亲切，他宽容了一切，当然也包括他自己。

与他相比，铁衣甫江似乎更强壮、豪爽、机敏。他是边境地区霍城人氏，父亲是经师毛拉，自己上过经文学校。少年诗名远扬，解放后他参加过朝鲜战场对志愿军的慰问。他写的一批歌颂志愿军的诗结集《当我看见山》，气势宏伟。他的《献给祖国》等诗集脍炙人口。他写道：

> 多么自豪啊，我有幸成为
> 时代的一名乐师和歌手。
> 这红色的岁月充满了，
> 新世纪的光荣和骄傲。

再看他的柔巴依：

> 水滴汇聚成波澜壮阔的海洋，
> 没有大海生活之帆怎能远航？
> 倘若为了你那涓滴自吹自擂，
> 试试一滴水珠能走什么船舫！
> 我从情人眼里寻找温柔欢喜，
> 看不到渴望的笑靥只好叹气。
> 她说想看到笑脸其实也容易，
> 只需把枪弹射向人民的仇敌。

为之一震。厉害了，我的铁诗人！铁衣甫江有幸与赛福鼎同志友谊深厚。但是"文革"中他也有一段时间被"双开"，下乡劳动，在离乌鲁木齐不远的呼图壁县。据说由于他懂经文，受到尊重，日子过得不错。根据赛福鼎同志关于文联的人才不要散失的指示他又被"收回"。他家里挂着厚厚的壁毯。他的妻子赫里倩姆,在七一棉纺厂工作。党的十一届三中全会后,他当选中国作家协会副主席。

霍加也夫的妻子高华丽娅是塔塔尔人,金发美人,非常有性情。可能她花钱比较冲,造成了克诗人的某些尴尬。他们有三个女儿一个儿子。对她的回忆加深了我对全面小康的期待。我们总算渐渐与贫困拉开了距离。

二位诗人每天都在研究一些新名词,都有心得。"文革"中常常说某个文学作品"放毒",他们就研究这个毒字。毒,在维吾尔语中读音为"栽害尔",栽害尔变成了他们的口头禅,每天这个栽害尔那个栽害尔,批判不止。他们还不停地找我讨论汉语"活该"二字的维吾尔语译法,对这个汉语词陶醉不已。

他们两人,铁五十九岁,克六十岁,都因同样的肺癌而去世。我想这与他们吸莫合烟有关。莫合烟就是苏联小说里常常写到的马合烟。苏联诗人特瓦尔托夫斯基描写红军战士瓦西里·焦尔金的时候写道:

> 战士的马合烟卷,
> 正像战士的婆姨,
> 凶恶、呛辣、霸气,
> 却不可缺乏须臾!

可惜,他们没有能在好时光多写几年、多活几年。他们走得太快了。

加上前面提到的帕塔尔江,这三位彼时的维吾尔文学大家都随身带着匕首，都会宰羊。尤其奇妙的是他们都会打馕，维吾尔人当中，一般只是女人打馕，但这三位不同。另外还有一位专打窝窝馕的老编辑、评论家。经过长期研究，我认定美国人喜欢的称作"背钩"的以色列面包，就是新疆的窝窝馕。人类是命运的共同体，地域、宗教、民族的区分抹杀不了人类生活的共同性。

一九九〇年，二位诗人先后过世了，我也从文化部的岗位上全身而退。我去看望高华丽娅与赫里倩姆，两位各自搂着我号啕痛哭。朋友们看到这种情况说，做人能做到这样，也就可以了。

到现在霍加也夫的孩子们还与我有联系有来往，我们是世交，通家之好。他的外孙女艾特丽巴嫁到德国，也与我有微信联系。

至于铁衣甫江，我一九七五年后获得实际上的创作假，全靠他的支持。他临终还与友人谈及与王某的交往呢。

还有许多维吾尔知识分子。特别是歌唱家迪里拜尔·尤努斯，她在中央音乐学院读研究生时获得了芬兰的声乐奖。在国际交流协会的成立会上与她相识，我找了几位在京的新疆领导同志一道帮她解决了当时婚姻大事上的一些难题。后来一段时期她在欧洲开拓自己的事业，我在波恩正巧与上演歌剧《塞维利亚的理发师》的她碰头，我看到她拿着的歌谱，厚得更像博士论文的参考书。我还获得过机会在访问瑞典哥德堡时与妻瑞芳一道住在她与男友的住所。无论何时，她见到我都以爹爹相称。目前她或在北京，担任中国音乐学院的教授，带硕士生；或在新疆歌舞团主持一个以她的名字命名的工作室，整理新疆民间音乐宝库。她的奋斗精神、学习精神、工作精神，令世间许多庸人汗颜。她可以使用汉语、维吾尔语、英语、瑞典语、芬兰语。为了国际交流的方便，她保留了芬兰护照，同时她有在祖国长期居留的身份。

我也时而想起与我有同室之谊的诗人阿不都热衣木·哈斯木。他是个大帅哥，嗜酒、善词令，做人或有频频虚晃一枪处，他也是俺们伊犁人。传说他与妻子——新疆大学一位老师离了婚，而且到边界的另一边与那里的一个女子结了婚，显然那时中苏边界随随便便。因此他一直涉嫌有一个准克格勃的神秘媳妇，中苏交恶以后边界严峻了，此婚姻从人间蒸发。没有任何其他人见过他的媳妇，但一提起这件事都觉得神秘古怪，似乎此诗人又是艳福不浅。当时新疆有个词儿，叫作"两个脑袋"，他是两个脑袋的吗？

在与之同室期间，有几次他回来得很晚，说是到他原妻那边去了。说是在商议复婚的事，始终未成功。因为原妻提出今后要处处听她的，"听她的没错"。英俊的诗人一直较劲，他问："为什么她认为只要'听她的'就'没有错失'呢？"他像一个硬是答不上入学考题的孩子，悲哀无助。

他由于酗酒，患了胃癌，做过手术，切掉了大部分胃，后来又活了十余年，终于去世。他一生生活得不太正常，他本来可能过得更好、成就更多，他的生命力倒也算是相当坚强的了。

温　柔

写到这里我才越来越意识到我对新疆、对维吾尔人的记忆里的时间元素。不可思议，不可接受，不过如此。半个世纪以前的事了，人生能有几回五十年？孩子，不哭！回忆中的事件与人物都变得分外温柔。我已经告别了二十世纪，告别了巴彦岱，告别了那么多亲人、朋友，往事似烟非烟其实都没有什么大不了的。那时的友人，一个又一个地离我而去。连前面提到的在维吾尔父母照顾下成长的汉族孤儿郜周安——阿不都克里穆——也于二〇一七年春季离世。叫作天人相隔，叫作一去不复返，叫作仍然活鲜。那时去一趟新疆，先从北京坐火车到西安，下车住店，第二天午后上另一趟车走四天三夜才到乌鲁木齐。前现代的旅行为什么反而富有凄楚与壮阔的情怀？记忆至少是刻下了那么深。而现在的四小时飞行，也许只剩下了时间带来的焦躁与期待，却失去了对于空间与道路距离的感受。那时候新疆没有啤酒，极偶然来一点啤酒，卖一块多钱一瓶，而在北京原价是三毛六。那时候烤全羊是一个神话中的概念。那时候人们将喀什说成哈什，现在，人们都读如喀秋莎的 kā 了。那时候伊宁市最高只有三层楼房，现在伊宁市最高的是沿伊犁河建筑的恒大雅苑与恒大绿洲公寓，三十三层楼，不加屋顶设备间是九十八点一八米。那时候乌鲁木齐最繁华的地点是南门、大十字、小十字、百花村，而最雄伟的高层建筑是昆仑宾馆，俗称八楼。现在八层大楼算是什么呢？八楼的附加建筑其实已经是九层楼了。八楼生活在更高耸得多的楼群里。只有在刀郎的歌里八楼还略显神气。而我在的那时，二道桥建个小小的百货公司也要大肆报道。现在地名依旧，风物全新，车水马龙，宾客如云。但是我已经找不到当年的馕的味道，那时发面靠的是酵面，发酵到欲酸未酸之时，掌握好火候赶紧打馕，馕有一股西北地区叫作酵头子的朴厚生鲜的味儿。现在多用发酵(其实是膨化)粉，那股子微微的鲜酸头儿没有了。加上也可能是陶土馕坑变成了金属馕坑，甚至于是馕坑变成了电烤箱，你上哪里找真正的老馕去？所谓祖母的厨房，只活在、仍活在记忆里。包括最最受欢迎的摩登的阿不拉馕，也与记忆错了位。工具与材料进化无罪，老王的记忆正在过时，呜呼却未尽哀哉。

还有南疆到处栽种的白杨树，过去的新疆人根本没有见过。茅盾写过的名篇是《白杨礼赞》,现在已经被确实更美好更成材的白桦替代了。援疆的专家从自己的家乡找到了最适合新疆水土的内地树种。而过去的沙枣,又如何能与若羌的灰枣与和田的骏枣相比,后二者树苗来自内地,带来的是无与伦比的营养与美味、滋补与效益。若羌连续八年是西部十二省中农牧民人均收入最高的县份。骏枣大如梨,枣肉嚼起来如半干牛肉。新疆不但是灯火耀高楼,照明不用愁,而且有例如库尔勒的孔雀河上的游船,让人想起巴黎的塞纳河。

毕竟还有胡杨林,还有雪山,还有塔克拉玛干的沙漠,还有电影歌曲《花儿为什么这样红》的背景艾提尕清真大寺与巩乃斯草原,弃我去者昨日之日不可留,迷我眼者今日繁花迷行舟!你相信这里写的是新疆吗?

而且,人事早非当年。国家领导人已经改变了若干届。新疆的老领导,一个个离开了我们。在"文革"当中有过戏剧化经历,而且更早担任过我所向往的中共中央华北局城工部副部长的、一九一一年出生的武光同志,活了一百零四岁,于二〇一五年去世,之前我到北京医院看望了已经昏睡的他老人家。分管过文教工作的书记,"一二·九"运动中参加革命运动的林渤民同志,后在京任中国科协党组书记,我在医院与他碰过面。他在二〇一四年去世,享年九十九岁。是他从一开始就谆谆嘱咐我一定要学维吾尔语,并且策划了"文革"前夕对我的赴伊犁"锻炼"的最佳安排。他仪表堂堂,永远透露着几分高贵与文雅。

赛福鼎同志一家都与我友好亲近,我至今感到赛老的音容笑貌。赛老最怕、最想避免的就是维吾尔民族落在发展与潮流的后面。赛老最期盼的就是以《十二木卡姆》为素材,做成大交响乐,举世演奏，响彻寰宇。而健在的司马义·艾买提、阿不来提·阿不都热西提等同志，与他们的交流，仍然时时唤起我的新疆乡愁与对维吾尔等各族同胞亲切的与特别的情思。

时间哪里去了？不，哪里也没有去，时间在我心里，你们在我心里，友情在我们心里，微笑与眼泪在我心里。我也在你们心里。

时间在天地间也在天地外，时间就是天命、天心、天意。我在梦里滔滔不绝地卖弄维吾尔语，我与你们一起扬麦子、掰玉米、浇夜水，说笑话（也许是语带双关）余音绕梁。我还被邀参加你们的许愿聚餐，叫作乃孜尔，你们颂祷，我安静地坐在一边祝福。

一切都是瞬息，一切都会过去，一切仍然刻骨铭心，一切仍然生动栩栩，形神俱全，欢声笑语。神龟虽寿，犹有竟时，感恩之心，永无止期。天长地久有时尽，此爱绵绵无绝期。也许本来应该与你们一道活得更好？也许并没有遗憾，只有满意，只有得意。试试为我做一个其他的设计，能不能在那样的岁月中活得这样有收获而且居然不乏欢愉！人可以老，友情不老；人事可以无常，人心有常；政治社会情势会有这样那样的变化沧桑，人民、国家、乡土的眷顾万古长青，百年如一日。对于永恒来说，千年如一瞬；对于虚无来说，瞬间永远，心动即是永恒，泪花即是永恒，一笑一颦皆是永恒，一诗一文更是永恒。我有过各种愚蠢与昏乱，所幸是从没有虚无，充满生命与趣味的新疆与维吾尔，填充丰富了我本来最可能最痛心的空虚。唉，阿不都热合曼哥，唉，赫里其罕姐，唉，铁衣甫江哥与霍加也夫哥，王蒙想念着你们，念叨着你们。道可道，非常道，乃大道。善良依旧。爱心依旧，俏皮依旧，记忆与怀念温柔了天山与塔里木河、枞树林与茫茫大漠、和田玉与胡杨林、《福乐智慧》与《木卡姆》、龙卷风与雪峰……塔玛霞的快乐精神永远护佑着中国维吾尔人,中国山山水水,民族五十六个!

一九六七年,伊宁市发生了两派小将间武斗。后来,一位维吾尔教师问我:年轻人怎么这样激烈啊?我们这边,我们是一批手软的人,我们怎么能在政治辩论之中下狠手呢?

当时他说的是事实。请看人们描绘当时一些城市两派形成以后的情况,维吾尔干部见面后,有时互相问候:"你是什么观点?"一位回答说:"我是造叛(反)。"另一个人则说:"曼(我)保杭(皇)。"然后笑嘻嘻再见。应该说他们是怀着塔玛霞的游戏精神来参加"文革"的。汉族干部就紧张多啦。瑞芳妻的教书同事祖尔东·萨比尔,后来是著名作家,当时在伊犁二中闹了一回"革命",过了个把月发现"革"得无趣,学校又停了课,干脆回了大湟渠——人民渠龙口附近团结公社老家,过了大半年,说是要复课闹革命了,他回来了,同时带上了一个俊俊的媳妇。

一九六七年我从北京接来了我的姨母董效帮助料理家务,姨母到后没有几天发作了脑溢血,不幸去世。那一天午夜,我发觉了姨母的病情严重,临时带去诊病,援我以手的就是这位认定维吾尔人出手绵软的老师。他半夜赶起了马车,送我们到了医院急诊。

许多年过去了,情况自然有各样的变化,但是我仍然乐观,维吾尔兄弟姊妹是笑眯眯的,是绵软的,是活泼与快乐的。他们说:"可以听阿訇的话,不能学阿訇的样儿。"他们喜欢商品交易,他们说:"如果一天没有做成交易,那就把左口袋里的商品码到右口袋里去吧。"伊犁的哈萨克人称维吾尔人是"萨尔特",萨尔特一语是小商人的意思。他们是具有中国新疆特色的人民,他们营造的是世俗生活,不是极端的神权狂热。他们永远不可能接受三种势力的疯狂与仇视。

看望巴金

和陈荒煤交谈

他们有什么缺点吗？当然。我前边已经提到他们借自行车十分钟，闹不好是三天后才还给你。他们有的人会向你借钱，让你十分为难。我就多次碰到这种情况，包括一个很有分量的人物写一个小纸条来借钱的事儿。多数情况下他们会拖延还钱的时间。但是你一旦调动工作，要离开那边了，会有许多你忘记的"债户"来找你"还账"。债户实在凑不齐现款，也会提着奶油或者手工纺织的土布或者挑补花的窗帘来与你告别。他们有他们的底线。

在我最最不快乐的处境下面，我与维吾尔弟兄一起享受了生活的别开生面的和蔼与童趣，在一个不快乐的年代，我天真地度过了当时看来可以说是也算够快乐了的，更是大有获得的十六年。说起一九六三到一九七九，我越来越庆幸。有道是人生如球场，关键在后半场，即使前半场开局精彩，进了球却误判越位，然后一不做二不休连续被误判罚进了五个点球，以零比五败得惨不忍睹，架不住下半场天时地利人和技高志猛而且绝对不犯规、不呷兴奋剂，您与各族队友进了六个球！悲莫悲兮生别离，乐莫乐兮新相知，何所遇兮维吾尔，念伊犁兮长相思。至今，回忆你们的故事仍然使我充满了快乐与温暖，甚至是得意洋洋。我想念你们，我感恩你们，我祝福你们，我也惦记你们。今天还有事儿，明天好得多。今天还有莫名其妙的外来病毒妖风的影响，明天会雨过天晴，阳光灿烂，新疆是一个日照最充足的地方。老王与你们一起，内心充满阳光。

2017 年 11 月

华老师，你在哪儿？

在我快要满七周岁的时候，升入当时的北平师范学校附属小学二年级，那是一九四一年，日伪统治时期。

我至今记得北师附小的校歌：

北师附小是乐园，
汉清百岁传。
…………
向前，向前，
携手同登最高巅。

第二句的"汉清"两个字恐怕有误，如果这个学校是从汉朝办起的，那就不是"百岁传"，而是一千几百年了，大概目前世界上还没有那么古老的学校。

在小学一年级，我们的级任老师（犹今之班主任）姓葛，葛老师对学生是采取"放羊"政策的，不大管。遇到天气冷，学校又没有经费买煤生火炉，以至有的小同学冻得尿了裤子（我也有一次这样的并不觉得不光荣的经历），葛老师便干脆宣布提前散学。

二年级换了一位老师叫华霞菱，女，刚从北平师范学校（简称北师）毕业，二十岁左右，个子比较高，脸挺大，还长了些麻子，校长介绍说，她是"北师"的高材生，将担任我们班的级任老师。

她口齿清楚，态度严肃，教学认真，与葛老师那股松垮垮的劲头完全相反。首先是语音,她用当时的"国语注音符号"(即ㄅ、ㄆ、ㄇ、ㄈ)一个字一个字地校正我们的发音,一丝不苟。我至今说话的发音,还是遵循华老师所教授的,因此,有些字的读音与当代普通话有别。例如"伯伯",我读"bāi bai",而不肯读"bó bo",侦察的"侦",我读"蒸"而不是"真",教室的"室",我读上声而不肯读去声等等。为"伯""磨"之类的字的读法我还请教过王力教授,他对我的读音表示惊异。其实我出生就在北京,如果和真正的老北京在一起,我也会说一些油腔滑调的北京土话的,但只要一认真发言,就一切按照华老师四十多年前教导的了,这童年的教育可真重要。

华老师对学生非常严格,经常对一些"坏学生"训诫体罚(站壁角、不准回家吃饭),我们都认为这个老师很厉害,怕她。但她教课、改作业实在是认真极了,所以,包括被处罚得哭了个死去活来的同学,也一致认为这是一个比葛老师强百倍的老师。谁说小孩子不会判断呢?

小学二年级,平生第一次造句,第一题是"因为"。我造了一个大长句,其中有些字不会写,是用注音符号拼的。那句子是:"下学以后,看到妹妹正在浇花呢,我很高兴,因为她从小就勤劳,她不懒惰。"

华老师在全班念了我这个句子,从此,我受到了华老师的"激赏"。

但是,有一次我出了个"难题",实在有负华老师的希望。华老师规定,写字课必须携带毛笔、墨盒和红模字纸,但经常有同学忘带而使写字课无法进行。华老师火了,宣布说再有人不带上述文具来上写字课,便到教室外面站壁角去。

偏偏刚宣布完我就犯了规,等想起这一节是写字课时,课前预备铃已经打了,回家取已经不可能。

我心乱跳,面如土色。华老师来到讲台上,先问:"都带了笔墨纸了吗?"

我和一个瘦小贫苦的女生低着头站了起来。

华老师皱着眉看着我们,她问:"你们说怎么办?"

我流出了眼泪。最可怕的是我姐姐也在这个学校,如果我在教室外面站了壁角,这种奇耻大辱就会被她报告给父母……天啊,我完了。

全班都沉默着,大家感到了问题的严重性。

那个瘦小的女同学说话了:"我出去站着去吧,王蒙就甭去了,他是好学生,从来没犯过规。"

听了这个话我真是绝处逢生,我喊道:"同意!"

华老师看了我一眼,摇摇头,叹了口气,厉声说了句:"坐下!"

事后她把我找到她的宿舍,问道:"当×××(那个女生的名字)说她出去罚站而你不用去的时候,你说什么来着?"

我脸一下子就红了,我无地自容。

这是我平生受到的第一次最深刻的品德教育。我现在写到这儿的时候,心里仍怦怦然:不受教育,一个人会成为什么样呢?

又有一次修身课考试,其中一道答题需有一个"育"字,我头一天晚上还练习了好几次这个"育"字,临考时却怎么也想不起来了,觉得实在冤枉,便悄悄打开书桌,悄悄翻开了书,找到了这个字,还自以为无人知晓呢。

发试卷时,华老师说:"这次考试,本来有一个同学考得很好，但因为一些原因，他的成绩不能算数。"

我一下子又两眼漆黑了。

又是一次促膝谈心，个别谈话，我承认了自己的错误，华老师扣了我十分，但还是照顾了我的面子，没有在班上公布我考试作弊的不良行为。

华老师有一次带我去先农坛参加全市中小学生运动会，会前，还带我去一个糕点铺吃了一碗油茶、一块点心，这是我平生第一次下馆子。这种在糕点铺吃油茶的经验，我借用了写到《青春万岁》里苏君和杨蔷云身上。

运动会开完，天黑了，挤有轨电车时，我与华老师失散了，真挤呀，挤得我脚不沾地。结果，我上错了车，我家本来在西四牌楼附近，我却坐了去东四牌楼的车。到了东四，我仍然下不来车，一直坐到了北新桥终点站……后来我还是找回了家，从此，我反而与华老师更亲了。

那时候的小学，每逢升级级任老师就要换的，因此，一九四二年以后，华老师就不再教我们了。此后也有许多好老师，但没有一个像华老师那样细致地教育过我。

一九四五年抗日战争胜利以后，国民党政府在北平号召一部分教师去台湾任教以推广"国语"，华老师自愿报名去了，据说从此她一直在台北。

日前我得知北京师大附小的特级教师关敏卿是当年北师附小的"唱游"教师，教过我的。我去看望了关老师，与关老师谈了很多华老师的事。关老师在北师时便与华老师同学。后来，关老师还找出了华老师的照片寄给我。

华老师，您能得知我这篇文章的一点信息吗？您现在可好？您还记得我的第一次造句(这是我的"写作"的开始呀)吗?您还记得我的两次犯错误吗?还有我们一起喝油茶的那个铺子,那是在前门、珠市口一带吧?对不对?我真想念您,真想见一见您啊!

1983 年 5 月

我的一日

早点起床去看丁香，我和妻商量好了的。十天以前起了一个大早去天坛公园看了桃花，桃花已过盛时，丁香含苞欲放。此后便不得闲，公务之后还是公务。

早五点四十分起床后双双换上了旅游鞋。妻一再指出她新买的福建产的旅游鞋质量远优于我三年前买的那种，材料更加轻柔，式样更加美观。我表示完全信服。于是我们跑跑走走，六点前便到了陶然亭公园。

好生杀风景也！陶然亭正是打扫时刻，到处在横扫一切，尘土飞扬，呛得人喘不过气来。别说已误了丁香花期，就是天再好、花再美、兴致再高也经不住这百八十个扫帚的直推横扬。记得报纸上登过读者来信，恳求各公园把清扫时间改在开园以前或净园以后，大概实行起来有困难吧？

吸饱满肺尘土后回到家里洗头洗脸，洗干净了，心平气和地上班去。

下午去北京大学参加授予日本著名作家井上靖先生名誉博士学位的仪式。我与井上先生去年夏天在西柏林艺术节上曾经巧遇，去年秋天又在参加中日二十一世纪委员会例会的开幕式上谋面。此次见面，井上老益发容光焕发，谈锋劲健。人逢喜事精神爽，概莫能外。仪式举行得干脆利落，数百名青年学生虽未有讲话机会，但坐在大厅里，从他们的笑容和掌声里仍然让人感到青年一代的热情。

回家吃饭时，接到电话，说是人民文学出版社社长、老作家韦君宜同志突然发病，住进了协和医院，我连忙赶去。君宜同志处于半昏睡状态。君宜老太太虽然不久前已从工作岗位上退下来，但她一直处于极紧张兴奋的工作状态。她一面长、中、短篇小说不停地写作，一面参加各种社会活动、业务活动。几天前在北京饭店，在"人民文学奖"发奖大会上她还即席讲话，音调铿锵，声音洪亮。今天下午，她主持研究作家协会期刊工作委员会即将召开的一个会议的事，正发着言，忽感不适，右手功能失灵，语言产生障碍，急急忙忙送到了医院。

说是她多日既兴奋又郁闷。兴奋于自己要写的东西，要做的工作。郁闷于从第一线退下来了，还没有完全适应非第一线的"无官一身轻"的生活。她又顶认真，忧国忧民，忧文忧艺，发表了一些见解，有时不能得到及时的理解和共鸣，颇觉不安不快，心里得不到平衡。这些，都是病因。当然，最根本的病因还是一个残酷无情的"老"字。不服老是雄心，但"老"却不管你服抑或不服啊！

几十年来，君宜对我关心爱护备至。五十年代她主编的《文艺学习》开展过对我的小说《组织部新来的年轻人》的讨论，我曾受到她和她的丈夫杨述（当时任北京市委宣传部长）的开导关注鼓励。六十年代，空气略略松动一些，她就为《青春万岁》的出版而奔走，终于因为历史条件的限制未能成功。一九七八年，国运再造，君宜立即关心我的一切……前不久还收到她送来的新著《母与子》。这位老太太的善良笃诚认真坦直，于今也是不可多得的了。

但愿她能战胜病魔，重操笔墨，完成她的诸多心愿。

莫非是"哈雷彗星"靠近地球造成的祸患么？丁玲、朱光潜、聂绀弩相继辞世，之后艾青患病，现在又是君宜。就连正值壮年的李准也因脑血管病辍笔两年了……哈雷哈雷,何迫众文星之急也!

从医院出来,又赶到了民族宫,看青年艺术剧院演出的《魔方》话剧。迟了一个多小时,看了戏的后半部。其中一个哑巴说话的片段,倒也有味。哑巴多年无法说话,一旦治愈能说,不免喋喋不休,语无伦次。哑巴患了多语症,或者用中医的说法叫作"话痨",却原来比不吭声更讨厌,更令人受不了……荒诞乎?幽默乎?象征乎?扯淡乎?

晚上入睡前喝了一听"汉尼肯"啤酒,一位远亲送的,荷兰产,如今是行销全球的最佳啤酒之一种。睡下的时候,我又回味了一下最近写的几首诗。这大概也算"腹稿"或者"推敲"吧。老了老了,我还能得到诗神的恩宠吗?

我知道我写得再好也不是诗。

如果你没有收到没有读到的话。

1986 年 6 月

清晨的跑

那一年我住在美国衣阿华城郊外的五月花公寓。公寓面对着清冽的衣阿华河,河道有点弯曲,水流仍然从容。每天早晨我都醒得很早。在国外总是睡不实,不是由于不放心,而是由于没完没了的好奇和兴奋以及更加没完没了的思念。天色微明我就醒了,便起床漱洗,然后换上质地柔软的球鞋。美国的球鞋外观比我们的国产货显得瘦长,但极跟脚。然后穿起四角运动裤衩,裤腿很短,略呈弧形。然后穿好印有衣阿华大学字样的运动衫。穿上这样的运动衫裤以后,似乎上臂和小腿的肌肉自动就鼓凸和收紧了,力气增大,年纪变轻了。踏遍青山人未老,犹谓偷闲学少年!

乘电梯下楼去,楼里四处静无声息,这儿的人的习惯是睡得晚也起得晚。走过阒无一人的宽阔的公寓前厅,推开沉重的大玻璃门,先对着公路那面的枫树林做深呼吸,然后开始慢跑。虽是清晨,仍然要小心翼翼地越过公路,终于,来到了靠着树林、透过树林还可以看到闪光的衣阿华河的自行车道上。

本来这里骑自行车的人就不多。清晨的这一段时间自行车更是难以见到。于是我"如入无人之境"地开始跑步了。我没有受过多少体育训练,长跑、短跑也没有姿势可言,但我仍然充满了一种生命的愉悦,一种向前行进的信心,一种轻快而又脚踏实地的努力跑的热情。我的步子开始加快了,我的呼吸开始深化,但我相当有意识地调整着与掌握着呼吸,决不让它出现气喘吁吁的窘态。

Morning! 一个瘦高腿长、戴眼镜的小伙子从背后超过了我,虽然素不相识，跑步者仍然有自己的友谊和礼节。我们互相问了早安。快到桥头了，对面又跑来一位金发披肩的胖姑娘。在美国，从早到晚，长跑者当中不乏这样的胖姑娘，她们"刻苦锻炼"的目的也许主要在于追求苗条的体型。这位姑娘已经跑得汗流浃背了，她很辛苦，但也很快活，毕竟健康有力，足以跑完她的路程。我们也互相问了早安。

从桥头转向，进入了郊外公园。这里的公园很简单，块块枫林和更大的块块草坪，几把油漆过后又掉了色的木凳子，这便是公园了。公园里的人行道是沙径，道路十分柔软，跑在上面发出沙沙沙的响声。这时，我的跑步已经变得"自动化"了，似乎是完全放松的，步子在自动起迈，身体在自行前进。也许身体并没有前进，却只见晨风迎面吹来，枫林从身边走过，草坪变幻着图形，蓝天也在舒展身躯，清新的空气沐浴着肺腑，荡摇的地面热烈而又多情。不时有活泼的小松鼠从脚边蹦跳而过，却也不走远，它在注视着我那拙劣的却是欢快的跑步的身影呢。

现在跑到了衣阿华剧场门口了。剧场是现代化的建筑，门口有抽象派的雕塑。它们好像给了我一点冲动，我的步子迈得更大了，两臂摆动的幅度也更大了。我绕着剧场跑，剧场旋转着它那巨大的身躯，用它的不同的侧面鼓励着我加油。跑啊，跑啊，穿过树，穿过草，踏碎落叶，惊跑松鼠，大喊一声："你早！"

什么是清晨的跑步呢？像是唱了一首激越而又自由的歌，像是一声响亮的宣告：来吧，白天，来吧，世界！

1986 年

搬　　家

我有许多次搬家的经历。

记得幼年时期曾经住在北京后海附近的大翔凤胡同，那是一个两进的院落，我们是租住的。我至今记得夏日去什刹海的搭在水面上的店铺里吃肉末烧饼，喝荷叶粥，傍晚看着店工费劲地点燃煤汽灯的情景。

后来家境每况愈下。住不起两进的院落了，搬到北京西四北南魏儿胡同14号去，住里院，外院是另一家。里院有一架藤萝，初夏开起红紫白相间的花朵。花朵很好看、很香，如脂如玉，藤萝架也很美。藤萝花还可以吃，把花洗净了，用白糖腌起来，然后做蒸饼的甜馅，好吃。

藤萝角长得很大。小时候我爱想的一个问题是：藤萝角有什么用？没有人能告诉我藤萝角的用途。我幼年时曾经有志于研究藤萝角的用途，我认定，像柄柄匕首一样垂在藤萝架下的藤萝角，一定是有用的，关键是还没有人把它们的用场研究出来，而我，应该完成这个使命。

后来把这个使命感就丢了，忘了。如果写检讨，说不定这是我在人生道路上的一次选择失误。好好地研究一下藤萝角的用途，正像电影《决裂》上的那位农学教授研究"马尾巴的功能"一样，应该还是有用的。我也会因而多做出点实事来。

后来在西城报子胡同住过一个地方，当年似乎是甲3号。那是人家房东的大院子后院的几间厢房。房无奇处，但后院似有几分

"后花园"的意思：有假山、有几簇竹子，假山与竹子都破败了，年久失修，无人照管。可能是因为社会不安定，政局不安定，谁还有心管什么竹子、山石？但我似乎看到过小猫在山石上爬上爬下。我和几位小学同学也利用这地形玩过亘古长青的打仗的游戏。晚上，我欣赏过窗户纸上映出的竹叶的阴影。我那个时候又有志于画国画了，还买过芥子园画谱。后来又忘了学画了，这又是一件该叹息的错处了。

还住过受壁胡同18号，小绒线胡同27号等等的。

一九六三年底来了一次大搬家，搬到新疆去。一到乌鲁木齐就被接到了文联家属院的家。天寒地冻，冰封雪掩，房子从外面看一片土黄，黄土墙黄泥顶子，更像乡下的房子。进屋以后还不错，刷得白净，烧(火墙)得暖和，只有窗玻璃上结满了比玻璃本身不知厚几倍的冰凌，使窗户呈现出一种不规则的水晶体的半透明。隔着这样的窗户望出去，一切都看得见，一切又是变形与错位的，好一个富有现代感的窗子！为什么房里生着温暖的火灶火墙窗冰凌都不融化呢，主要是因为窗外太冷了，零下二十多度。我这才明白爱斯基摩人用冰造房子，而房内温暖如春的道理。这是我第一遭住机关单位的"家属院"。

不久我搬到妻子所在的乌鲁木齐一所中学里去，为了她上班更方便，也因为那边是三间房。一家占三间房，这简直阔绰得难以思议，搬进去才发觉了缺点，原来那房是土地，没有地板，没有洋灰地，也没有砖。土地起土，卧室里的地还发出一股强烈的尿臊味，此前住这房子的人家一定有小孩子就地小便。我始终觉得值得一忆一笑一叹的是我们决定搬家的时候竟还不懂得需要看一看新居的地面是什么样的、竟不懂得地面状况是挑选房子的标准之一。我们曾经多么天真过呀！人是总能够自慰的，想到幼稚天真就想到了纯洁可爱，为自己曾经傻瓜过而眷眷依依。那时候我们已是"而立"之年了呢。

一九六五年去了伊犁。先住在一间办公室里，顶棚和地都镶着木板，只是木板已经破旧，漆面已经剥离脱落，走这种破地板地比土地还容易崴脚。三个月后搬入新落成的教工宿舍。由于房子入冬才建好，潮气大，一点火，屋里氤氲弥漫，谷草味很浓。又由于麦子打得不干净，麦草里混着麦粒，和成泥抹在墙上，一升温，便纷纷发芽，墙上居然长出了一根根的绿麦苗。当然，它们长不成小麦，虽然我玩笑地向农民朋友称之为"我的实验田"。这点经验写在一篇小说里了，也算是文学效应吧。

在伊犁—伊宁市搬过多次家。每次搬家都是用俄式的四轮马车，大体上两车搬完，一车拉家具行李，一车拉煤柴、破烂。那时的家当确实很少，符合"轻装前进"的原则。

再以后从伊犁再搬到乌鲁木齐。为修房子又临时搬到充满药品气味的化学实验室。"化学屋"的好处是夏天不进蚊蝇。

一九七九年搬回北京，先住一个小招待所，再住"前三门"、虎坊桥，直到现今又住起了平房。平房的特点与优点是更接近自然，听得清雨声风声，室温随着气温变得快，下过雪后可以堆雪人，便于养花养草养猫养狗。我养花多失败，不会侍候花过冬。植树倒小有成绩，除原有的枣和香椿以外，我们自己移栽了石榴、柿子和杏。石榴移栽当年就结了八个，杏树开花一朵（仅仅孤单的一朵，一花独放，绝了），柿子只长树叶。平房更利于夏季乘凉，完全可以在院内"派对"。这个小院接待过日本作家井上靖，作曲家团伊玖磨，旅美诗人郑愁予、台湾作家琼瑶等等。夏夜放置躺椅数个，饮茶与可口可乐及绿豆汤，闲话天南海北，怨而不怒，乐而不淫，亦福事也。

缺点当然也有，蚊子多，虫子多，有潮气，有会飞的与不会飞的土鳖，有攻枣的臭大姐（学名犁椿象），有好杏的蚜虫。虽几经征战，虫子还是落而复起。这也是大自然的一部分吧，有虫子，是天意。

回忆半个世纪，重要的搬家已十余次，不知是反映了变动、不稳定还是反映了改革和发展。我的生活还是丰富多彩的。搬家是个体力活，即使有了全套服务的搬家公司，也还得花力气。尤其是书，常用的书没几本，不常用的书也死沉死沉的，打点起来活活要人的命。还有就是旧物，扔又舍不得，不扔又白白地占地方，白白地自我霉烂、自我死亡。其实理论上我完全懂得，家庭面貌在很大程度上决定于是否充斥着多余的什物。家里东西摆设的道理与写文章是一样的，精少为佳。应该在增购新物品的同时搞精简，这件事上也需要点魄（破）力的。

常搬家太累，太不稳定。见到一些数十年如一日住在一处的老友又替他们憋闷得慌。我们有一家亲戚，最近搬了一次家，条件似还不如原来。但他们说，他们已老了，这次不搬，恐怕底下就"没戏"了。我完全理解和同情这种心情。为搬家而搬家，就像为吃苦而吃苦，为上大学而上大学，为艺术而艺术，为锻炼而锻炼一样，未必堪为训，实亦不足奇。

刚搬到一处总有几天的新鲜劲，临搬前告别旧居又有点依依不舍。行李打成包，乱纸扔一地，东西一堆堆的搬家前的情景甚至使人想起电影上敌军司令部溃散前的场面。呜呼，哀哉！上车！而且往往在搬家的时候，人会想起："又是好几年，就这样无影无踪地过去了。过去的年代、过去的家,都一去不复返了。"如《兰亭序》所言,俯仰之间,已成陈迹。

其实不搬家,时光也在不停地迁移着。

1991 年 7 月

我爱喝稀粥

在我的祖籍河北省南皮县,和河北的其他许多地区一样,人们差不多顿顿饭都要喝稀粥。甚至在米饭炒菜之后,按道理是应该喝点汤的,我们河北人也常常是喝粥。

家乡人最常喝的是"黏粥",即玉米面或玉米子熬的糊糊。乡亲们称做这种粥为"馇",他们说"馇锅黏粥",而不说什么"熬一锅粥"。新下来的玉米,有时候加上红薯,饭后喝上两碗,一可以补足尚未完全充实饱满的胃,二可以提供进餐时需要摄入的水分(那时候我们进餐的时候可没有什么饮料啊——没有啤酒可乐,也没有冰水矿泉水),三可以替代水果甜食冰激凌,为一顿饭收收尾,做做总结,把嘴里的咸、腥、油腻、酸、辣(如果有的话)味去一去,为一顿饭打上个句号。

喝稀粥的时候一般总要就一点老腌萝卜之类的咸菜。咸菜与稀粥是互相提味、互相促进、相得益彰的,这一点无须多说。吃惯了这种搭配,即使吃白米粥、糯米粥、牛奶麦片粥、燕窝粥、海鲜粥,如我后来有幸吃过的那样,也常常不能忘情于老腌萝卜、云南大头菜或者四川榨菜;还有天源酱园、六必居、保定"春不老"的名牌特制酱菜,咸菜也是不断发展丰富提高的,常吃稀粥咸菜也罢,食者是完全用不着气馁的。

也有属于甜点性质的粥:赤豆汤、八宝莲子粥,板栗、杏仁、花生做的羹食等等。就不就咸菜,则无一定之规了。

粥喝得多、喝得久了,自然也就有了感情。粥好消化,一有病就想喝粥，特别是大米粥。新鲜的大米的香味似乎意味着一种疗养，一种悠闲，一种软弱中的平静，一种心平气和的对于恢复健康的期待和信心。新鲜的米粥的香味似乎意味着对病弱的肠胃的抚慰和温存。干脆说，大米粥本身就传递着一种伤感的温馨，一种童年的回忆，一种对于人类幼小和软弱的理解和同情，一种和平及与世无争的善良退让。大米粥还是一种药，能去瘟毒、补元气、舒肝养脾、安神止惊、防风败火、寡欲清心。大鱼大肉大虾大蛋糕大曲老窖都有令人起腻、令人吃不消的时候，然而大米粥经得住考验而永存。

另一种最常喝的粥就是"黏粥"了。捧起大粗碗，"吸溜吸溜"吸吮着玉米面馇的稠稠糊糊、热热烫烫的黏粥，真有一种与大地同在、与庄稼汉同呼吸、与颗颗粮食相交融的踏实清明。玉米粥使人变得纯朴，变得实在，玉米粥甚至给人一种艰苦奋斗、先天下之忧而忧、后天下之乐而乐的乡土意识、忧患意识、安贫乐道随遇而安人不堪其忧我也不改其乐的意识。玉米粥会叫人想到贫穷困难，此话不假，笔者在三年困难时期就有过一天只喝两顿粥的经验，玉米粥拼命喝，喝得肚子里咣里咣当，喝得两眼发直。正因为如此，笔者才由衷欢呼十一届三中全会以来改革开放、繁荣经济、人民生活提高的有目共睹的伟大成绩。同时，玉米食品又是和营养学、现代化、生活选择的多样化联系在一起的。例如在那个一些小子认为月亮都要比中国的圆的美国，炸玉米片、崩玉米花都是深受欢迎的大众食品，少量的玉米糊糊也可以作为配菜与主菜一道上台盘，为西式大菜增色添香。近年来，国内的玉米方便改良食品也方兴未艾起来。呜呼，吾乡之玉米粥也，且莫以其廉价简陋而弃之，山重水复疑无路，柳暗花明又一村，它的生命力还远大着呢！

至于每年农历腊月初八北方农村普遍熬制的"腊八粥",窃以为那是粥中之王,是粥之集大成者。谚曰:"谁家的烟囱先冒烟,谁家的粮食堆成尖"。是故,到了腊八这一天,家家起五更熬腊八粥。腊八粥兼收并蓄,来者不拒,凡大米小米糯米黑米紫米黍米(又称黄米,似小米而粒略大、性黏者也)鸡头米薏仁米高粱米赤豆芸豆绿豆豇豆花生豆板栗核桃仁小枣大枣葡萄干瓜果脯杏仁莲子以及其他等等,均融汇于一锅之中,熬制时已是满室的温暖芬芳,入口时则生天下粮食干果尽入吾腹,万物皆备于我之乐,喝下去舒舒服服、顺顺当当、饱饱满满,真能启发一点重农爱农思农之心。说下大天来,我们十多亿人口中的八九亿是在农村呀,忘了这一点可就是忘了本、忘了自己是老几喽。

闽粤膳食中有一批很高级的粥,内置肉糜、海鲜、变蛋乃至燕窝鱼翅,食之生富贵感营养感多味感南国感,食之如接触一位戴满首饰的贵妇,心向往之赞之叹之而终不觉亲近。这大概反映了我土包子的那一面吧。

当然,不是说稀粥至上,随着生活水平的提高,眼界的开阔,我们的餐桌上理应增添许多新鲜的、富有营养的饮食,饮食习惯上的保守是不足取的。其实讲到吃东西我是很能接受新鲜事物包括各种东洋西洋土著乃至特异食品的。诸如日本之生鱼片、美国之生牛肉、法国之各色(包括发绿发黑发臭者)计司(乳酪)、俄罗斯之生鱼子、伊斯兰国家之各种羊肉羊脂、我国白族喜吃之生猪肝生猪皮以及生蚝生贝、桂皮味之冰激凌苹果派、各种冷饮热饮天然人工含酒精含咖啡因或不含这些玩意之液体食品,均在在下小小胃口的受用之列。这一点使我深觉自豪,这一点使我时而自吹自擂:鄙人口味,就是富有开放性兼容性嘛。我喜欢尝试新经验,包括吃喝,这样，活得不是更有滋味吗？对身体健康不是更有利吗？

　　但是，我对稀粥咸菜似乎仍然有特殊的感情。当连续的宴请使肠胃不胜负担的时候，当过多的海鲜使我这个北方人嘴上长泡、身上起荨麻疹的时候，当一种特异的饮食失去了最初的刺激和吸引力、终于使我觉得吃不消的时候，当国外的访问生活使我的肠胃不得安宁的时候，我会向往稀粥咸菜，我会提出"喝碗粥吧"的申请，我会因看到榨菜丝、雪里蕻、酱苤蓝，闻到米粥香味而欢呼雀跃，因吃到了稀粥咸菜而熨帖平安。不论是什么山珍海味，不论是什么美酒佳肴，不论走到哪个地方，在不断尝试新经验，补充新营养的同时，我都不会忘记稀粥咸菜，我都不会忘记我的先人、我的过去、我的生活方式，以及那哺育我的山川大地和纯朴的人民。我相信我们都会吃得更美好、更丰富、更营养、更文明、更快乐。

1991 年 10 月

在声音的世界里

我至今忘记不了孩提时代听到过的算命瞎子吹奏的笛声。寒冷的冬夜,萧瑟的北风,一声无依无靠的笛子,呜咽抖颤,如泣如诉,表达着人生的艰难困苦、孤独凄清,轻回低转,听之泪下。不知道这算不算我这一生的第一节音乐课。

我慢慢知道,声音是世界上最奇妙的东西,无影无踪,无解无存,无体积无重量无定形,却又入耳牵心,移神动性,说不言之言,达意外之意,无为而无不为。

我喜欢听雨,小雨声使我感觉温柔静穆和平而又缠绵弥漫无尽。中雨声使我感到活泼跳荡滋润,似乎这声音能带来某种新的转机,新的希望。大雨声使我壮怀激烈,威严和恐怖呼唤着豪情。而突然的风声能使我的心一下子抽紧在一起,风声雨声混在一起能使我沉浸于忧思中而又跃跃欲试。

我学着唱歌,所有的动人的歌子似乎都带有一点感伤,即使是进行曲谐谑曲也罢。当这个歌曲被你学会,装进你的头脑,当一切都时过境迁的时候,记忆中的进行曲不是也会随着时间的流逝而变得越来越温柔么?即使是最激越最欢快的歌曲也罢,一个人唱起来,不也有点寂寞吗?一个真正的强者,一个真正激越着和欢快着的人,未必会唱很多的歌的。一个财源茂盛的大亨未必会去写企业家的报告文学。一个成功的政治家大约不会去做特型演员演革命领袖。一个与自己的心上人过着团圆美满的夫妻生活,天长地久不分离,人丁兴旺,子孙满堂的人,大概也不会去谱写吟唱小夜曲。

莫非，艺术是属于弱者、失败者的？

我喜欢听单弦牌子曲《风雨归舟》，它似乎用闲适并带几分粗犷的声音吐出了心中的块垒。我喜欢听梅花大鼓《宝玉探晴雯》，绕来绕去的腔调十分含蓄，十分委婉，我总觉得用这样的曲子做背景音乐是最合适的。河南坠子的调门与唱法则富有一种幽默感，听坠子就好像听一位热心的、大嗓门的、率真本色中流露着娇憨的小大姐有来到去（趣）地白话。戏曲中我最动情的是河北梆子，苍凉高亢，嘶喊哭号，大吵大闹，如醉如痴。哦，我的燕赵故乡，你太压抑又太奔放，你太古老，又太孩子气了。强刺激的河北梆子，这不就是我们自己土生土长的"滚石乐"吗？

青年时代，我开始接触西洋音乐，《桑塔露琪亚》《我的太阳》《伏尔加船夫曲》《夏天最后的一朵玫瑰》《老人河》。所有的西洋歌曲都澎湃着情潮，都拥有一种健康的欲望，哪怕这种欲望派生出许多悲伤和烦恼，哪怕是痛苦也痛苦得那样强劲。

很快，我投身到苏联歌曲的海洋里去了。《喀秋莎》和《我们祖国多么辽阔广大》打头，一首接一首明朗、充实、理想、执着的苏联歌曲掀起了我心头的波浪，点燃了我青春的火焰，插上了我奋飞的双翅。苏联歌曲成了我生命的一部分，我生活的一部分，我命运的一部分。不管苏联的历史将会怎么书写，我永远爱这些歌曲，包括歌颂斯大林的歌，他们意味着的与其说是苏联的政治和历史，不如说是我自己的青春和生命。音乐毕竟不是公文，当公文失效了的时候（尽管与一个时期的公文有关的），音乐却会留存下来，脱离开一个时期的政治社会历史规定，脱离开那时的作曲家与听众给声音附加上去的种种具体目的和具体限制，成为永远的纪念和见证，成为永远可以温习的感情贮藏。这样说，艺术又是属于强者的了，艺术的名字是"坚强",是恒久,正像一首苏联歌曲所唱的那样,它是"在火里不会燃烧,在水里也不会下沉"的。

说老实话,我的音乐知识、音乐水准并不怎么样。我不会演奏任何一样乐器,不会拿起五线谱视唱,不知道许多大音乐家的姓名与代表作。但我确实喜爱音乐,能够沉浸在我所能够欣赏的声音世界中并从中有所发现,有所获得,有所超越、排解、升华、了悟。进入了声音的世界,我的身心如鱼得水。莫扎特使我觉得左右逢源,俯拾即是,行云流水,才华横溢。柴可夫斯基给我以深沉、忧郁而又翩翩潇洒的美。贝多芬则以他的严谨、雍容、博大、丰赡使我五体投地地喘不过气来。肖邦的钢琴协奏曲如春潮、如月华、如鲜花灿烂、如水银泻地,听了他的作品我会觉得自己更年轻,更聪明,更自信。所有他们的作品都给我一种神圣,一种清明,一种灵魂沐浴的通畅爽洁,一种对于人生价值包括人生的一切困扰和痛苦的代价的理解和肯定。听他们的作品,是我能够健康地活着、继续健康地活下去、战胜一切邪恶和干扰工作下去、写作下去的一个保证、一个力量的源泉。

流行歌曲、通俗歌曲,也自有它的魅力。周璇、邓丽君、韦唯,以及美国的约翰·丹佛、芭芭拉,德国的尼娜,苏联的布加乔娃,西班牙的胡里奥,都有打动我的地方。我甚至设想过,如果我当年不去搞写作,如果我去学唱通俗歌曲或者去学器乐或者去学作曲呢?我相信,我会有一定的成就的。并非由于我什么事都逞能,并非由于我声带条件特别好,只是由于我太热爱音乐,太愿意生活在声音的世界里了。而经验告诉我,热爱,这已经是做好一件事的首要的保证了。

人生因有音乐而变得更美好、更难于被玷污、更值得了,不是么?

1992年2月

吸　烟

在某些社交场合，当朋友拿出一支"万宝路"或者"红塔山"向我让烟，我说我不会吸的时候，他们往往会表示惊愕：搞写作还不吸烟？

其实我也吸过烟，不搞写作的时候，不能搞写作的时候，"文化大革命"的时候。

我吸过的最差的烟是"航行"牌的，吸时不断灭火，不断爆响，吸完一支整个房间连整个楼道又辣又臭又呛，没吸烟的人闻到这个味比吸入这样的烟还要觉得可怕。丙级烟里"绿叶"就很不错了。乙级烟吸过的就多了："青鸟"、"海河"、"烟斗"（"文革"中改为"战斗"）、"解放"、"古车"、"飞马"……介于甲乙级之间的有"前门"和"光荣"，特别是"光荣"，物美价廉，是抢手货。好烟嘛，"牡丹""凤凰""红山茶""彩蝶"直到"中华""熊猫"，咱们也都享用过。我的一位朋友主张换着各种牌子吸，这样才能突出那些质地最好的香烟，才能在吸好烟时产生有所不同的感觉。如果天天吸你最喜爱的一种好烟，好与不好的界限也就没了。我的实践完全证实了他的经验哲学。

我在一部苏联小说里读到过这样的描写：约瑟夫·维萨里昂诺维奇·斯大林点烟时从不用打火机，他认为打火机的汽油味会破坏最香的第一口烟的享受。我本人的实践也证明了这位伟人的经验是正确的——如果小说的描写属实的话。所以，即使在我吸烟的全盛时期，我预备过烟斗、烟嘴、烟缸、莫合（俄语译为"马合"）烟荷包、莫合烟的金属与塑料烟盒……却从未预备过打火机。

我还常考验自己的控制力,例如吸着吸着突然停吸一天,或一天只准吸一支,或两天吸一支。我给自己提的口号是:不做烟瘾的奴隶,也不做戒烟教条的奴隶!

确实一直没怎么让烟成瘾。为什么还要吸呢?给自己找点事干,给自己创造一个既不打搅别人也不需要别人的机会,给自己制造一个漫思遐想的气氛,给自己的感官与精神寻找一个对象——注意烟的色、香、味,分散一下种种的压抑、烦恼的虚空。

至于"促进文思",从来没有的事。我吸烟的效益是促进消除文思而不是促进文思。一吸烟就恍惚,一吸烟就犯困,一吸烟就用夹烟替换了执笔,用吞云吐雾替换了推敲词句,用一口一口吸烟的动作代替了一笔一画的写字,用自生自灭的思忖代替了文学构思。于是不再冲动,不再技痒,不再对文学恋恋依依,乃至不再对社会生活、对友情恋恋依依,也不再有什么疑难,有什么不平了。吸烟可真好啊!

所以,到一九七八年六月,当"文革"以后又收到中国青年出版社约我去北戴河改稿子的信函以后,我说戒就把烟戒了。刚戒时也略有失落感,吃完饭手指头老想揉搓点什么,嘴唇也想叼住点什么。那时就找出一篇论述吸烟害处的科普文章看看,一看那些危言耸听的告诫,也就不想吸烟了。

我戒得很彻底,十余年了,再没吸过一支。有一次别人硬是递给我一支"555",吸了一口,觉得不是味,扔了。不但自己不吸,而且很讨厌别人吸,呛人。(请吸烟的师友原谅!)

那次我说,我可能要恢复吸烟了,但毕竟没有恢复,也再不想恢复了。吸烟的历史,结束了。

1992 年

我的喝酒

  我不是什么豪饮者。"一年三百六十日,一日畅饮三百杯"的纪录不但没有创造过,连想也不敢想。只是"文化大革命"那十几年,在新疆,我不但穷极无聊地学会了吸烟,吸过各种牌子的烟,置办过"烟具"——烟斗、烟嘴、烟荷包(装新疆的马合烟用),也颇有兴味地喝了几年酒,喝醉过若干次。

  穷极无聊。是的,那岁月的最大痛苦是穷极无聊,是死一样的活着与活着死去。死去你的心,创造之心,思考之心,报国之心;死去你的情,任何激情都是可疑的或者有罪的;死去你的回忆——过去的一切如黑洞、惨不忍睹;死去你的想象——任何想象似乎都只能带来危险和痛苦。然而还是活着,活着也总还有活着的快乐。比如学、说、读维吾尔语,比如自己养的母鸡下了蛋,有一次竟孵出了十只欢蹦乱跳的鸡雏。比如自制酸牛奶,质量不稳定,但总是可以喝到肚里;实在喝不下去了,就拿去发面,仍然物尽其用。比如,也比如饮酒。

  饮酒,当知道某次聚会要饮酒的时候便已有了三分兴奋了。未饮三分醉,将饮已动情。我说的聚会是维吾尔农民的聚会。谁家做东,便把大家请到他家去,大家靠墙围坐在花毡子上,中间铺上一块布单,称为 dastirhan。维吾尔人大多不喜用家具,一切饮食、待客、休息、睡眠,全部在铺在矮炕上的毡子(讲究的则是地毯)上进行。毡子上铺上了干净的 dastirhan,就成了大饭桌了。然后大家吃馕(一种烤饼),喝奶茶。吃饱了再喝酒,这种喝法有利于保养肠胃。

　　维吾尔人的围坐喝酒总是与说笑话、唱歌与弹奏二弦琴(都塔尔)结合起来。他们特别喜欢你一言我一语地词带双关地笑谑。他们常常有各自的诨名，拿对方的诨名取笑便是最最自然的话题。每句笑谑都会引起一种爆发式的大笑，笑到一定时候，任何一句话都会引起起哄作乱式的大笑大闹。为大笑大闹开路，是饮酒的一大功能。这些谈话有时候带有相互挑战和比赛的性质，特别是遇到两三个善于词令的人坐在一起，立刻唇枪舌剑，你来我往，话带机锋地较量起来，常常是大战八十回合不分胜负。旁边的人随着说几句帮腔捧哏的话，就像在斗殴中"拉便宜手"一样，不冒风险，却也分享了战斗的豪情与胜利的荣耀。

　　玩笑之中也常常有"荤"话上场，最上乘的是似素实荤的话。如果讲得太露太黄，便会受到大家的皱眉、摇头、叹气与干脆制止，讲这种话的人是犯规和丢分的。另一种犯规和丢分的表现是因为招架不住旁人的笑谑而真的动起火来，表现出粗鲁不逊，这会被指责为 qidamas——受不了，即心胸狭窄、女人气。对了，忘了说了，这种聚会都是清一色的男性。

　　参加这样的交谈能引起我极大的兴趣。因为自己无聊。因为交谈的内容很好笑，气氛很热烈，思路及方式颇具民俗学、文化学的价值。更因为这是我学习维吾尔语的好机会，我坚信参加一次这样的交谈比在大学维语系里上教授的三节课收获要大得多。

　　此后，当有人问我学习维吾尔语的经验的时候，我便开玩笑说："要学习维吾尔语，就要和维吾尔人坐到一起，喝上他几顿白酒才成!"

　　是的，在一个百无聊赖的时期，在一个战战兢兢的时期，酒几乎成了唯一的能使人获得一点兴奋和轻松的源泉。非汉民族的饮酒聚会似乎提醒人们在疯狂的人造阶级斗争中，太平地、愉快地享受生活的经验仍然存在，并没有完全灭绝。食满足的是肠胃的需要，酒满足的是精神的需要，是放松一下兴奋一下闹腾一下的需要、是哪怕一刻间忘记那些人皆有之、于我尤烈的政治上的麻烦、压力的需要。在饮下两三杯酒以后，似乎人和人的关系变得轻松了乃至靠拢了。人变得想说话，话变得多了。这是多么好啊！

一些作家朋友最喜欢谈论的是饮酒的四个阶段：第一阶段饮者像猴子，变得活泼、殷勤、好动。第二阶段像孔雀，饮者得意洋洋，开始炫耀吹嘘。第三阶段像老虎，饮者怒吼长啸、气势磅礴。第四阶段像猪。据说这个说法来自非洲。真是惟妙惟肖！而在"文革"中像老鼠一样生活着的我们，多么希望有一刻成为猴子，成为孔雀，成为老虎，哪怕最后烂醉如泥，成为一头猪啊！

我也有过几次喝酒至醉的经验，虽然许多人在我喝酒与不喝酒的时候都频频夸奖我的自制能力与分寸感，不仅仅是对于喝酒。

真正喝醉了的境界是超阶段的，是不接受分期的。醉就是醉，不是猴子，不是孔雀，不是老虎，也不是猪。或者既是猴子也是孔雀，还是老虎与猪，更是喝醉了的自己，是一个瞬间麻痹了的生命。

有一次喝醉了以后，我仍然骑上自行车穿过闹市区回到家里。我当时清醒地意识到自己是醉（据说这就和一个精神病人能反省和审视自己的精神异常一样，说明没有大醉或大病）了，意识到酒后冬夜在闹市骑单车的危险。今天可一定不要出车祸呀！出了车祸一切就都完！一定要控制住自己的身体平衡！一定要躲避来往的车辆！看，对面的一辆汽车来了……一面骑车一面不断地提醒着自己，忘记了其他的一切。等回到家，我把车一扔，又是哭又是叫……

有一次小醉之后我骑着单车见到一株大树，便弃车扶树而俯身笑个不住。这个醉态该是美的吧？还有一次我小醉之后异想天开去打乒乓球。每球必输。终于意识到，喝醉了去打球，不是一个正确的选择。喝醉了便全不在乎输赢，这倒是醉的妙处了。

最妙的一次醉酒是七十年代初期在乌鲁木齐郊区上"五七干校"的时候。那时候我的家还丢在伊犁，我常常和几个伊犁出生的少数民族朋友一起谈论伊犁，表达一种思乡的情绪，也表达一种对自己所在单位前自治区文联与当时的乌拉泊干校"一连"的没完没了的政治学习与揭发批判的厌倦。一次和这几个朋友在除夕之夜一起痛饮。喝到已醉，朋友们安慰我说："老王，咱们一起回伊犁吧！"据说我当时立即断然否定，并且用右手敲着桌子大喊："不，我想的并不是回伊犁！"我的醉话使朋友们愕然，他们面面相觑，并且事后告诉我说，他们从我的话中体味到了一些别的含义。而我大睡一觉醒来，完全、彻底、干净地忘掉了这件事。当朋友们告诉我醉后说了什么的时候，我自己不但不能记忆，也不能理解，甚至不能相信。但是我看到了受伤的右手，又看到了被我敲坏了桌面的桌子。显然，头一个晚上是醉了，真的醉了。

好好的一个人，为什么要花钱买醉，一醉方休，追求一种不清醒不正常不自觉浑浑噩噩莫知所以的精神状态呢？这在本质上是不是与吸毒有共通之处呢？当然，吸毒犯法，理应受到严厉的打击。酗酒非礼，至多遭受一些物议。我不是从法学或者伦理学的观点来思考这个问题，而是从人类的自我与人类的处境的观点提出这个问题的。

面对一个喝得醉、醉得癫狂的人我常常感觉到自我的痛苦、生命的痛苦。对于自我的意识为人类带来多少痛苦！这是生命的灵性，也是生命的负担。这是人优于一块石头的地方，也是人苦于一块石头之处。人生与社会为人类带来多少痛苦！追求宗教也罢，追求（某些情况下）艺术也罢，追求学问也罢，追求美酒的一醉也罢，不都含有缓解一下自我的紧张与压迫的动机吗？不都表现了人们在一瞬间宁愿认同一只猴子、一只孔雀、一只虎或者一头猪的动机吗？当然，宗教艺术学问，还包含着更高更阔更繁复的动机，而且不是每一个人都做得到的。而饮酒则比较简单易行、大众化、立竿见影，虽有它的害处却不至于像吸毒一样可怕、像赌博一样令人倾家荡产，甚至也不像吸烟一样有害无益。酒是与人的某种情绪的失调或待调有关的。酒是人类的自慰的产物。动物是不喜欢喝酒的。酒是存在的痛苦的象征。酒又是生活的滋味、活着的滋味的体现。撒完酒疯以后，人会变得衰弱和踏实——"几日寂寥伤酒后，一番萧索禁烟中"。酒醉到极点就无知无觉，进入比猪更上一层楼的大荒山青埂峰无稽崖的石头境界了。是的，在猴、孔雀、虎、猪之后，我们应该加上饮酒的最高阶段——石头。

好了，不再做这种无病呻吟了。（其实，无病的呻吟更加彻骨，更加来自生命自身。）让我们回到维吾尔人的欢乐的饮酒聚会中来。

在维吾尔人的饮酒聚会中，弹唱乃至起舞十分精彩。伊犁地区有一位盲歌手名叫司马义，他的声音浑厚中略有嘶哑。他唱的歌既压抑又舒缓，既忧愁又开阔，既有调又自然流露。他最初的两句歌总是使我怆然泪下。"一声何满子，双泪落君前"，我猜想诗人是只有在微醺的状态下才能听一声《何满子》就落泪的。我最爱听的伊犁民歌是《羊羔一样的黑眼睛》，我是"一声黑眼睛，双泪落君前"。我现在在香港客居，写到这里，眼睛也湿润了。

和汉族同志一起饮酒没有这么热闹。那时酒的作用似乎在于诱发语言。把酒谈心，饮酒交心，以酒暖心，以心暖心，这是最珍贵的。

还有划拳，借机伸拳捋袖，乱喊乱叫一番。划拳的游戏中含有灌别人酒、看别人醉态洋相的取笑动机，不足为训。但在那个时候也情有可原，否则您看什么呢？除了政治野心家的"秀"，什么"秀"也没有了。可惜我划拳的姿势和我跳交际舞的姿势处于同一水准，丑煞人也。讲究的划拳要收拢食指，我却常常把食指伸到对手的鼻子尖上。说也怪，我其实是很注重勿以食指指人的交际礼貌的，只是划拳时控制不住食指。

"何以解忧，唯有杜康""古来圣贤皆寂寞，唯有饮者留其名""光阴须得酒消磨""明朝酒醒知何处"（后二句出自苏轼）……我们的酒神很少淋漓酣畅的亢奋与浪漫，倒多是"举杯浇愁愁更愁"的烦闷，不得意即徒然地浪费生命的痛苦。我们的酒是常常与某种颓废的情绪联系在一起的。然而颓废也罢，有酒可浇，有诗可写，有情可抒，这仍然是一种文人的趣味、文人的方式。多获得一种趣味和方式，总是使日子好过一些，也使我们的诗词里多一点既压抑又豁达自解的风流。酒的贡献仍然不能说是消极的。至于电影《红高粱》里的所谓对"酒神"的赞歌，虽然不失为很好看的故事与画面，却是不可以当真的。制作一种有效果——特别是视觉效果——的风俗画，是该片导演常用的一种艺术表现手法，而与中国人的酒文化未必相干。

近年来在国外旅行有过多次喝洋酒的机会，也不妨对中外的酒类做一些比较。许多洋酒在色泽与芳香上优于国酒，而国酒的醇厚别有一种深度。在我第一次喝干雪梨(dry sherry)酒的时候我颇兴奋于它与我们的绍兴花雕的接近，后来与内行们讨论过绍兴黄的出口前景(虽然我不做出口贸易)。我不能不叹息于绍兴黄的略嫌混浊，既然黄河都可以治理得清爽一些，绍兴黄又有什么难清的呢？

我也不明白为什么中国的葡萄酒要搞得那么甜。通化葡萄酒的质量是上乘的，就是含糖量太高了。能不能也生产一种干红(黑)葡萄酒呢？

我对南中国一带就着菜喝"人头马""XO"的习惯觉得别扭。看来我其实是一个很保守的人。我总认为洋酒有洋的喝法。饭前、饭间、饭后应该有区分。怎么拿杯子，怎么旋转杯子，也都是"茶道"一般的"酒道"。喝酒而无道，未知其可也。

而我的喝酒，正在向着有道而少酒无酒的方向发展。医生已经明确建议我减少饮酒，我又一贯是最听医生的话、最听少年儿童报纸上刊载的卫生规则一类的话的人。就在我著文谈酒的时候，我丝毫没有感到"饮之"的愿望。我不那么爱喝酒了。"文化大革命"的日子毕竟是一去不复返了。

这又是一种什么境界呢？饮亦可，不沾唇亦可。饮亦一醉，不饮亦一醉。醉亦醒，不醉亦醒。醒亦可猴、可孔雀、可虎、可猪、可石头。醉亦可。可饮而不嗜。可嗜而不饮。可空谈饮酒，滔滔三日绕梁不绝而不见一滴。也可以从此戒酒，就像我自一九七八年四月起再也没有吸过一支烟一样。

1993年4月时居香港岭南学院

壮游的"阿甘"

有一年在青岛与作家同行们谈天,我说:"我是一不吸烟,二不大喝酒(过去喝的,近年害血压高,免了),三不搞什么花花事,什么桑拿浴、卡拉 OK 都与我无缘。那么这一辈子有什么享受?我的最最豪华的享受就是夏天找一个海滨疗养所住下来,上午写小说,下午游泳。"

我说的是真话。写小说的事人家都知道,这里,我只说一下游泳。夏天,万物蓬勃葱郁,人也可以少穿一点衣裳,多与阳光空气亲热亲热。再投入到大海里,飘飘悠悠,沉沉浮浮,击水万里,挥臂亿次。游过来,再游过去;叹碧海之无涯,哀人生之局促,惜华年之远去,乐今朝之犹健,笑吾身之区区,舒吾心之浩浩,忘世事之繁琐,喜游泳之自得。游泳真是一种难得的享受。

我学游泳始自一九五三年,学得很慢,而且开始时非常紧张,胆小、又笨,但还是要学,愈紧张愈要学。六十年代初期,我已经学游泳达八年了,才第一次与黄秋耘同志一起畅游昆明湖——从知春亭游到龙王庙,四百多米。只是我游得相当紧张,呼吸急迫,到了目的地已经喘不过气来。

不久秋耘去了广东我去了新疆,秋耘早就来信说是"壮游难再"了。

那是三十多年前的事。我呢,始终坚持着追求着壮游,一定要让它"再再",像是还一个愿似的。

早就会游了,但我仍然苦学换气,我无法接受那种把脑袋放到水面上的土办法，我坚信只有学好了换气，才能姿势正确，身体位置正确，最大限度地减少水的阻力，最大限度地发挥人的四肢摆动所产生的动力。也只有到那个时候，我才承认自己是会游泳了。

换气我又学了十几年，才差不多合格。当然，在新疆一年也难得有机会游几次泳。在新疆我更加惋惜夏日的短促。《夏天最后一朵玫瑰》，这首歌总是能让我体味到更多的忧伤。

我游蛙泳，也游老人式的仰泳。正规一点的仰泳则是最近几年才练习的。我虽然生性急躁，但是我在游泳中追求的是安详、沉着、节奏、舒展。

七十年代后期，我第一次去北戴河，呆了两个半月，可以游到防鲨网两个来回了，但仍然多少有点吃力。

只是在近年，我游泳才做到不慌不忙，不是闲庭信步，恰如闲庭信步。只要水不是过凉令人警惕抽筋这个游泳的死敌，理论上我似乎想游多远就能够游多远。这时我已经快到六十岁了。

我看到《东方时空》节目里介绍一个人的漂浮技术，我很惊奇，因为那对于我来说似是家常便饭。用家父的话来说，你可以仰卧在海面上，可以在海面上打个盹。

我不仅仅在北京或者在中国游，在美国在意大利在新加坡与马来西亚，在渤海黄海南海松花江镜泊湖伊犁河，在地中海与波士顿的德丽湖在澳大利亚冲浪天堂在赤道，我都下过水。我不仅在适宜于游泳的地方游，而且在不适合游的地方硬是坚持游。例如，在新疆的巴彦岱公社，我就与众顽童们一起在砖窑坑的充满黄泥的积水中游过泳。

最好的游泳当然是在大海里。在海里我喜欢往远处游，往深处游。这其实是有点犯傻，因为毕竟这要冒一定的风险。例如聂耳就是游泳中丧的生。一个人游到远处，赶上天气或者水情的一点异常，想起聂耳来，是有一点恐怖的。妻子多次建议我就在崖边"横向"多游几次算了，不是一样吗？在意大利的西西里岛的浴场上，没有一个当地居民往远处游，但我还是游了。为的是那种感觉，那种恐惧与对于恐惧的征服，或者再夸张一点说，是那种对于大海的恐惧与征服。那是在近岸处怎么长游也得不来的。

我游得太卖力气了，一下，又是一下，同样的还是一下，一次几百几千下，有时候我自己也觉得是在冒傻气。妻说："你游起泳来有点像阿甘。"阿甘，说的是美国电影里那个弱智而又走运的人。

我是一个游泳的阿甘，我很满意这个诨名，这使我很快活。

我为什么这样游，癖于游，傻于游呢？

为了身体健康，当然。我不喜欢动脑子的业余活动，如下棋、桥牌、麻将之类案头呀室内呀。我们这些人是太可怜太孱弱了。我喜欢的是体力活动，是大自然，更是一望无际的海。当然游泳很好。更为了那种感觉，开阔、自在、渺茫。投身于天空与大海。既感到自己的渺小，又感到自己的活力，胳臂呀腿呀的还挺管用。我感到一种与大海与蓝天融为一体的快乐和那种面对永恒与无垠的无解的忧愁。

为了哪怕是暂时躲开一些无聊的人事。大海边是别一个世界。有时候与人事相比，还是浪花与海鸥可爱得多。

为了记住青年时代。毕竟游泳与我的青年时代有很多的联系。我的童年是不幸的，而我的青春是"万岁"的。游泳，也是解放后的青年人的生活的一项重要内容。毛主席就提倡游泳嘛。共产党领导人都爱游泳。

为了我的父亲王锦第先生。他一辈子酷爱游泳。他一辈子一事无成，最后，他的生活里唯一留存下来的让他爱好的东西便是游泳。从小，他就给我灌输了游泳乃人间第一乐事的认知。

为了躺在海上看天。有时候天特别亲切而又庄严，这时候的天是你的天，这个时候的你是天的你。你属于这个天和地，你在几十年的时间里尽你的努力，然后你归于这个永远覆盖着你的天空和大地。你理应躺在海面上好好地看看——思摸思摸这个有时候湛蓝，有时候灰蒙蒙，有时候飘着白云，有时候落雨的天。有一次在雷雨中我还往远处游，据说这很可怕。好吧，打雷的时候就老老实实地呆在房子里。

1995 年

行板如歌

柴可夫斯基好像一直生活在我的心里。

当然与五十年代的唯苏俄是瞻有关系。但是对于苏俄的幻想易破——也不是那么易——对于柴可夫斯基的情感难消。他已经成为我的生命的一部分了。

他之容易接受，是由于他的流畅的旋律与洋溢的感情和才华。他的一些舞曲与小品是那样行云流水，清新自然，纯洁明丽而又如醉如痴，多彩多姿。比如《花的圆舞曲》，比如《天鹅湖》，比如钢琴套曲《四季》，比如小提琴曲《旋律》，脍炙人口，家喻户晓，浑如天成，了无痕迹，它们令人愉悦光明，热爱生命。他是一个赋予生命以优美的旋律与节奏的作曲家。没有他，人生将减少多少色彩与欢乐！

他的另一些更加令我倾倒的作品，则多了一层无奈的忧郁，美丽的痛苦，深邃的感叹。他的伤感，多情，潇洒，无与伦比。我总觉得他的沉重叹息之中有一种特别的妩媚与舒展，这种风格像是——我只找到了——苏东坡。他的乐曲——例如第六交响曲《悲怆》，开初使我想起李商隐，苍茫而又缠绵，缛丽而又幽深，温柔而又风流……再听下去，特别是第二乐章听下去，还是得回到苏轼那里去。他能自解。艺术就是永远的悲怆的解释，音乐就是无法摆脱的忧郁的摆脱。摆脱了也还忧郁，忧郁了也要摆脱。对于一个绝对的艺术家来说，悲怆是一种深沉，更是一种极深沉的美。而美是一种照耀着人生的苦难的光明。悲即美，而美即光明。悲怆成全着美，美宣泄着却也抚慰着悲。悲与美共生，悲与美冲撞，悲与美互补。忧郁与摆脱，心狱与大光明界，这就产生了一种摇曳，一种美的极致。

这也可以说是一种哲学。人生苦短，人生苦苦。然而有美，有无法人为地寻找和制造的永恒的艺术普照人间。于是软弱的人也感到了骄傲，至少是感到了安慰，感到了怡然。这就是柴可夫斯基的第六交响曲的哲学。

在他的第五交响曲与 D 大调小提琴协奏曲中，既有同样的美丽的痛苦，又有一种才华的赤诚与迷醉，我觉得缔造着这样的音乐世界，呼吸着这样的乐曲，他会是满脸泪痕而又得意洋洋，烂漫天真而又矜持饱满。他缔造的世界悲从中来而又圆满无缺。你好像刚刚迎接到了黎明，重新看到了罪恶而又清爽，漫无边际而又栩栩如生的人世。你好像看到了一个含泪又含笑的中年妇人，她无可奈何却又是依依难舍地面对着你我的生存境遇。

是的，摇曳，柴可夫斯基最最令人着迷的是他的音乐的摇曳感。有多少悲哀也罢，有多少压抑也罢。他潇洒地摇曳着表现了出来，只剩下美了。

这就是才华，我坚信才华本身就是一种美。它是一种酒，饮了它一切悲哀的体验都成了诗的花朵，成了美的云霞。它是上苍给人类的，首先是给这个俄罗斯人的最珍贵的礼物。是上苍给匆匆来去的男女的慰安。拥有了这样的礼物，人们理应更加感激和平安。柴可夫斯基教给人的是珍惜，珍惜生命，珍惜艺术，珍惜才华，珍惜美丽，珍惜光明。珍惜的人才没有白活一辈子。而这样的美谁也消灭不了，在火里不会燃烧，在水里也不会下沉。这后两句话是一首苏联革命歌曲中的句子。原谅那些毫无美感但知道整人的可怜虫吧,他们已经够苦的了。

在我的惹祸的《组织部新来的年轻人》中,我描写了林震与赵慧文一起听《意大利随想曲》。《意大利随想曲》最动人之处就在于它的潮汐般的、波浪般的摇曳感与阳光灿烂的光明感。人生太多不幸也罢,浮生短促也罢,还是有了那么迷人,那么秀丽,那么刻骨,那么哀伤,有时候却又是那么光明的柴可夫斯基的音乐。那是永久的青春的感觉与记忆。这能够说是浪漫么?据说行家们是把柴可夫斯基算作浪漫主义作曲家的。

一九八七年我在意大利的佛罗伦萨看到了柴可夫斯基的故居,在佛市郊区,在灌木丛下有一个白栅栏。可惜只是驱车而过罢了。缘止于此,有什么办法呢?

我宁愿说他是一个抒情作曲家。也许音乐都是抒情的。但是贝多芬的雍容华贵里包含着够多的理性和谐的光辉,莫扎特对于我来说则是青春的天籁,马勒在绝妙的神奇之中令我感到的是某种华美的陌生……只有柴可夫斯基,他抒的是我的情,他勾勒的是我的梦,他的酒使我如醍醐灌顶。他使我热爱生活热爱青春热爱文学,他使我不相信人类会总是像豺狼一样你吃掉我、我吃掉你。我相信美的强大,柴可夫斯基的强大。他是一个真正的催人泪下的作曲家。普希金、莱蒙托夫的抒情诗的传统和屠格涅夫、契诃夫的抒情小说的传统。我相信这与人类不可能完全灭绝的善良有关,这与冥冥中的上苍的意旨有关。

我喜欢——应该说是崇拜与沉醉于这种风格。特别是在我年轻的时候,只有在这种风格中,我才能体会到生活的滋味、爱情的滋味、痛苦的滋味、艺术的滋味。柴可夫斯基是一个浓缩了情感与滋味的作曲家,是一个极其投入极其多情的作曲家。

他的一些曲子很重视旋律，有些通俗一点的甚至人们可以跟着哼唱。其中最著名的应该算是第一弦乐四重奏第二乐章——如歌的行板了。循环往复，忧郁低沉，而又单纯如话，弥漫如深秋的夜雾。行板如歌云云虽然只是意大利语 Andante Cantabile 的译文，但其汉语语词也是优美的，符合柴可夫斯基的风格。我写过一个中篇小说，题目就叫《如歌的行板》，这首乐曲是我的主人公的命运的一部分，也就是我的生命的一部分了。冯骥才说本来他准备用"如歌的行板"为题写一篇小说的，结果被我"抢"到了头里。有什么可说的呢！大冯！你与柴可夫斯基没有咱们这种缘分。我不知道有没有读者从这篇小说中听出柴可夫斯基的音乐来。还有一些其他的青年时代的作品，我把柴可夫斯基看作自己的偶像与寄托。

　　真正的深情是无价的。虽然年华老去，虽然我们已经不再单纯，虽然我们不得不时时停下来舔一舔自己的伤口，虽然我们自己对自己感到愈来愈多的不满……又有什么办法！如果夜阑人静，你谛听了柴可夫斯基的《如歌的行板》，你也许能够再次落下你青年时代落过的泪水。只要还在人间，你就不会完全麻木。

　　于是你感谢柴可夫斯基。

1995 年

今天的延安

　　这片休闲广场里的灯柱活像支支矗立着的大雪糕,柱子像木柄,雪白的群灯在每根手柄上排成长方形,像奶油香草冰块,白炽光照耀得草坪油绿。二十五层高的大酒店外墙屏幕上放映着闭路电视,是美国(怎么总是美国?)的男男女女且歌且舞。音乐摇滚不息。市民们坐在草坪边乘凉。天清气爽。近处是所余无多的河水。高处是悬浮在夜空中的被不同方位的聚光灯照亮了的,层次不同,内外不同光色也不同的神塔。更高处是后来修起的,被文物部门责令拆除,但当地人仍然保留至今的"摘星楼",楼名极言其高,近看这座差不多百分之百的洋灰建筑虽然涉嫌粗糙伪劣,色泽也不协调,在夜色中仰视仍然璀璨迷人,乃至有几分神奇。同样神秘的是浮在空中的新建仿古烽火台和对面凤凰岭上的道观。宗教也愈益火了一些,所以当年的鲁艺,说是有可能要恢复它的原址的天主教堂功能。

　　初夏天气,不冷不热,广场上的休闲者显得惬意舒展。

　　这是哪里?

　　这是延安。

　　这是延安?

　　延安是革命的圣地,当然。枣园、杨家岭等地的革命文物展示符合文博专业的标准,新建的革命博物馆阔大巍然。观众怀着虔敬的心情倾听穿着退役军服的解说员的熟练的专业化的介绍,字正腔圆,情深词切,人们被他或者她的解说带入到了七十来年以前的峥嵘岁月，带入到那个时候的毛主席、周总理、刘少奇、朱老总和任弼时住过的窑洞，人们观察毛泽东与安娜·路易斯·斯特朗谈话的石凳石桌，听着斯特朗为了满足老百姓看"洋人"的好奇心建议与主席换座位，面对围观者的故事，思想着著名的"美帝国主义与一切反动派都是纸老虎"的命题。人们思索新中国是如何从这里走向了全国，走向了世界。

然后走了那么多起起伏伏的路，从前天、昨天、到了今天。

也是旅游热点。如果你想购买纪念品，毛主席雕像，纪念章，红军的军帽肩章草鞋背包等各种物品齐备。如果你想留影，这里摆设了斯诺当年为毛泽东拍的那幅有名的红军八角帽巨幅照片，英姿飒爽，才华横溢，眉清目秀，风华正茂。你可以租借这里预备好了的灰色红军服装，在毛泽东的此幅照片前留影，每次五元。租衣自己照相，每次三十元，不限次数，但不可换穿。集体在这里举办入党宣誓，摄影每次五十元。而在杨家岭中央大礼堂里，那里召开过党的"七大"，它的突出口号是"在毛泽东旗帜下前进"，除了原有的布置以外，还特地把讲台桌从主席台上搬到了下边，为了给旅游者腾出活动留影的空间与方便，撤掉并且归拢挤放了许多排座椅。

旅游的周到服务与成功创收，使参观活动更有程序更完满也更有后劲，保管、展览、服务与扩展将更加全面也更加细致，叫作良性循环，叫作一条龙服务。你有一点没有想到。

我一九八三年来过一次延安，那时候延安大体旧貌依然，只有延河大桥是一九五九年修的。说是头一年周总理来到延安，从河滩涉水过河时汽车陷在淤泥里，延安的老百姓奋力抬着总理的车子过了河。这使总理感动得流泪。说是总理看到了当时延安的极不发达的状况没有什么改变,多有自责。后来总理回到了北京,特批了一些钱,修了钢筋水泥延河桥。而现在,与延河桥并列的还有更宽大的宝塔山大桥,车水马龙,不让任何与其规模相似的城市。

这也使我想起一九八〇年与艾青老师共游美国的时候他老在许多场合讲起的毛泽东写给他的一个条子,是延安文艺座谈会正在召开之际,毛主席邀艾青一谈,提到连日降雨,延河水大,特派主席用的马匹去接。艾老背诵得下整个纸条的内容。看来那时的延河自然成滩,过河得蹚水。那时的革命领导人也与诗人们有更平易的接触。现在河床经过了整修,坡陡得多了,人们难以下到河滩,河里也缺水,说是即使洪水季节,河水也满涨不了。

延安的市容愈来愈漂亮,延安的市民穿着也不落人后,当地一位干部并对我说,延安的人穿衣比北京人洋气。登到宝塔山头,夜晚下看,一片彩灯霓虹,(与京沪)同样的口号,叫作让延安亮起来。从宝塔山下看着抢眼的还有很大的"家和超市"。延安人告诉我,肯德基、麦当劳,都落户革命圣地了。

还有安塞。延安改为地级市,管理着周边的六个县和延安市的几个区(这对增加延安的财政能力极有好处),包括以农民歌舞、绘画、剪纸著称的安塞。安塞的这些艺术传统,被联合国教科文组织确认为世界非物质性文化遗产。它的造型艺术令人想起当年解放区的革命版画、绘画,质朴而又强烈。它的大腰鼓,气势磅礴,不可阻挡,在影片《黄土地》中有非常夸张的表现,那是一种质朴乃至愚直的悲壮割舍,是一场扑不灭的大火。它的民歌,"泪蛋蛋落在黄土坡"与"是俺妹妹就招一招手",土得掉渣的旋律与词句,时时令人想起新中国初期的革命歌曲"解放区的天是明朗的天"

"太阳一出来，满山山红呀……"多数革命歌曲的旋律脱胎于北方农民的情歌。革命的力量正是在民间。革命的胜利包含着大西北黄土地的民间文化的胜利。革命博物馆的导游给大家解释歌曲《东方红》的由来，用吱吱呀呀的小曲唱腔唱"骑白马，跨洋枪，哥哥吃的是八路的粮……"就是《东方红》的调子。这使人回想起当年人们用大管弦乐队伴奏，由大合唱团四声部唱起的铙钹齐鸣，气贯长虹的毛泽东颂歌《东方红》，其旋律曾经回响在太空，由我国发射的第一颗人造卫星发出。其实，"骑白马……"也已经不是民歌的原汁原味，原歌应是情歌。

革命文艺依托了陕北风情，并非完全偶然，农民革命的主体性质，革命文艺的群众路线，人民性的旗帜，与群众特别是陕北农民群众的血肉相联，使人民革命化，民歌民舞也革命化，使革命文艺也亲密无间地民间化了。应该说，民间化是革命化的保证，而精英化的自恋，其结局多半令人长叹。

也许我在解放初期听到陕北旋律的时候还没有怎么熟悉那里的民歌，但是现在，在安塞听《赶牲灵》，听《兰花花》，听悲怆的《走西口》，却时时从中温习了青年时代充分感受的革命洪流、革命深情。我惊异于革命本身的质朴与苦情，忘我与决绝，大放悲声与望穿双眼的期待，生生死死的熊熊火焰……革命深情与农民的无望的从而更加热切的爱情追求的相通、同构，也许这正是革命赢得了人心从而赢得了胜利的秘密所在。

没有听过《信天游》的人，能理解中国吗？能理解中国人中国农民吗？能理解中国革命和革命以后付出的与得到的一切吗？

安塞的人民艺术家如今红遍中国和世界，他们到过十几个国家，巡展巡演，鲜花着锦，烈火烹油。

伉俪情深

伊朗四十柱宫

延安人得意于他们近十年来的迅猛发展。他们的 GDP 连续以两位数字增长，他们的市委书记王侠同志是全国不多见的女书记、省委常委、中央候补委员，玉树亭亭，决断进取，洒脱自如，外秀内坚，是延安的新一代，正在实现现代化的新人形象。人们骄傲地说，大片山岭的主色已经由黄变绿，绿化的成就开始显现。他们说那些到延安拍摄黄土地的人员，寻找大片黄山荒山十分艰难。他们说到延安地区的能源业，延长为中心的油田有着极好的效益。他们说许多旧貌已经换成了新颜，原来的扎在头上的"羊肚子手巾三道道蓝"已经不见，代之的是各色国内外名牌鲜艳毛巾头巾披巾；而扎在绥德汉子头上的露出两个小犄角的毛巾，除了舞台上你也再难见。还有，你在各种公众场合，愈来愈难听到原汁原味的陕北话，而是一派京腔京韵。他们还说，延安到处是私家(小汽)车，好车多半是私人的，有"宝马"也有"奔驰"。有"灵字"也有"桑塔纳"。幸亏延安宾馆的食堂还能提供些炸糕、荞麦饸饹、绿豆饭、糜子粥……地方小吃，如李季、贺敬之等人描写过的。

怎么办呢？如今，一九八三年以及更早以前的延安面貌正在离我们而远去。革命圣地的人民正在大步奔向小康。革命的足迹将永远被纪念，被景仰，被拜谒。革命博物馆的建设愈来愈好。南泥湾的稻田绿油油一片。革命的精神世代发扬。宝塔与延河桥，不但无恙，而且正在放射出新的夺目辉光。延安人民过上了梦里也没有想到过的富裕的生活，刚刚开始。

与此同时社会主义的市场经济正在改变着许多。这次刚到延安的时候我有点惊诧，原来的边远和苍凉，原来的贫穷和志气，原来的本色和粗拙，原来的一无所有的无产阶级山沟沟风貌哪里去了？一片高楼大厦，灯红草绿，那还叫延安吗？徐缓如果变成迅速，疏朗如果变成密集，匮乏如果变成殷实，土气如果变成全球化至少是全国化，那还能叫延安吗？直到二十年前，崔健等还在大呼小叫地唱着"一无所有，一无所有……"啊！

在延安宝塔山下的休闲广场，感受着小康的夜景，感受着人民的幸福，我忽然感动了，被"说服"了。辉煌的延安历史终于在今天结出了果实，再不是旧模样，初夏熏风今又是。天若有情天亦老，人间正道是沧桑。毛泽东死而有知，他也会快慰。他一直期待着换一换人间，现在是真的换啦！延安有辉煌的过往，有灿烂的现实，有崭新的肯定是更加福气的却也会包含着某些不确定和失落的未来。正道是这样地沧桑啊。"天"能够不恢复自己的青春吗？

当然，换新颜的同时也可以更多更好地保持一点有历史意义和文化内涵的旧貌，我期待着。

2004 年 7 月 7 日

我们来到了镜子里

那天已经飞了四个半小时,四个半小时的旅程使我从今天回到过去,从年近古稀回到刚刚而立。接着又误点了,我在机场假装吸烟。因为我已经熟知吸烟的害处,而又找不到比吸烟更好的对付误机的办法。我知道不论误多少点,最后每个人都会去他想去的地方。连比这个更烦人的事儿我也早就经过了,看透了。然而,它什么时候飞的问题仍然提醒着人之大患在有吾身的自责。

后来飞了,后来到了,在一个小小的机场。我感觉机场是建在林子里的,那是一个星星比灯光更亮的地方。我非常在意于自己的所在,然而又不想让任何人知道我到了一个比遥远还远的山脚下。车迎了上来,车走的方向不是越来越亮而是越来越黑。于是抬头,甚至在午夜天也蓝得宝石般发光。

一再叮嘱睡觉的时候要关上窗子。对于从盛夏来的我们这简直是不可思议的。这样,在我们睡熟之后,便挨了秋风的一刀,这一刀捅歪了我们的脖子。歪着脖子也罢,我们上了路。经过陨石,经过不知其何年何时的古墓群,经过茫茫大漠的沉默无语,经过了石头比水多的河道,经过了一会儿锁起来一会儿打开的正在修建的公路,经过了颠簸和一位老朋友的接连呕吐,经过了暴晒和凄风,经过了瞌睡入梦、头颅撞击、期待和怀疑。也许我本来应该永远不离开那温暖的箱子。

终于我们到了镜子里,早早见到了清辉和玉臂,非人间的清和玉,洁净和凉爽,流向北冰洋的河流。四面都是青蓝,都是透明的晶莹，都是天空和树木，都是芳香和绿草，都是春天、夏天、秋天和冬天，都是眼睛，都是白雪，都是泪水，都是彩虹，也都是月亮和会鸣叫的虫子。野花已经枯萎，枯萎的花朵仍然发散着美丽和快乐。

在我小的时候全家只有一个明亮的物件，那就是镜子。我最喜欢的就是拿着镜子玩反光，我只有在那个时候才感觉到灵活和自由，法术和力量。后来，就因为我拿着镜子与想象中的妖魔斗法，我把镜子摔了。后来的镜子再没有那种光明和力量了。把镜子摔了，这是我永远的遗憾。

然而我终于在年老以后又找到了我的镜子，完整而且巨大，青光熠熠——洗一洗，把我们每个人照得纤毫毕现，包藏着我从童年到如今的梦。它就是月亮，它就是湖泊，它就是草地，它就是家园，这就是我想和你们一起去的清凉世界——喀纳斯。

2010 年

茶魂与茶韵

小时候不懂得喝茶，甚至以为喝茶是一种奢侈浪费，说明我那时的生活水准够惨的。

但我有一个家境较好的小学同学，我在他家喝过龙井，龙井的涩味尤令我受用，世上怎么有这样好的感觉？

应该是一九五四年以后吧，供给制改成了薪金制，我开始喝北京人爱喝的茉莉花茶，可喝可不喝，并未进入角色。

到了一九五八年了，下乡劳动，不准在供销社购买一切糕点食品，只开放两样，白糖与茶。那时的一级茉莉花茶，每一纸袋七角钱多一点。我乃极其珍贵地购买之饮用之，有时还放上白糖喝甜的，与欧洲和阿拉伯世界风习暗合。我体会到了香与味，体会到了一种慰安。与其说是一种兴奋作用，不如说是一种调理作用：处境恶劣也罢，食不果腹也罢，劳动繁重也罢，孤独想家也罢，喝一杯一级花茶，总算找到了一点舒适，一点清澈，一点遐想，一点并非完全糟透了的尚好的感觉。说得严重一点，似乎从微甜的或免糖的茶水中保留了自己的一点优越和尊严，我毕竟是一个买得起茶、品得出茶味也还保留着饮茶的自由自在与慧根的天之骄子。我没有理由沮丧悲观。

在五十年代末六十年代初的逆境中，我始终保留着一个难得的享受，休息日与妻到北海公园前门附近的茶座泡上一壶茶，要一点瓜子之类的小食品，且饮且聊，自我安慰，自我鼓舞，互相交流，互相劝勉。有此一乐，当能承担百苦。茶是我厄运中的天使，茶是我病痛灾难中的一点杨枝净水,茶是我半生多事中的一点平安、稀释与单纯。

在新疆,我学会了喝砖茶特别是奶茶。砖茶的品种也很多,不发酵的称为青茶,多出自江西。发过酵的称之为茯茶,维吾尔人称之为黑茶,出自湖南。还有一种香味比较刺激的叫米星茶,产地忘了。维吾尔人喜用的是茯茶,或稍稍一煮,喝清茶,发音是"森茶叶",与日语的清茶或青茶发音一致。奶茶则是在熬好的茯茶上加上奶皮与部分鲜奶,加盐。这些茶至今我仍然时有饮用,它含的单宁似较多,助消化作用明显。每年春节假日,鸡鸭鱼肉吃得较多时,我就大喝这种新疆风味的茶。我至今记得维吾尔农民向我提的问题,茶是哪里产的?答曰内地,主要是南方。内地怎么会有这么好的东西?茶怎么这么好喝?茶的存在感动了边疆兄弟民族,茶是中原的一个亮点。

"文革"后操旧业拿出了笔,我的特点是要利用一切时间写作,全天候写作。我的社会活动外事活动极多,但是我的主业是写作。全靠一茶。例如出差,两三个小时的飞行后到了目的地,我入住宾馆,至少两三个小时内谢绝来访。写,怎么个写法呢?先饮一杯浓茶,立即尘念全消,若有所思,悲从中来,味自茶起,此身若隐,进入了另一个文学的世界。摊开稿纸,拿出钢笔,刷刷刷,一行字已经落到了纸上。茶助文思,茶助神宁气定,茶撩心绪,茶也使你念之忆之咏之叹之,茶甚至于使你有那么点自我欣赏自我嗟叹自我作态,返求诸心了,写吧,写吧,再写吧。我是为了写与饮茶而来到这个世界上的。

一杯热茶,是我灵感的源泉,是现实的世界与文学的世界之间的桥梁,却也是一道"防火墙"。与一杯茶一本书几页稿纸相比,那些俗事，那些争斗，那些计较又算得了什么？茶是一个诱惑：有了这么好的茶，你该找到真正的文学感觉啦。

这里还有一个趣话。在我社会政治活动的高潮时期，常到中南海勤政殿开会，八十年代，规定与会者必须自费购买小包茶叶，才喝得上茶，没带钱便只能喝白开水。一次我喝白水，被广播影视部长艾知生看到，他哈哈大笑，给了我五角钱，才喝上了龙井。如今，艾部长已作古多年，自费购茶的规定也有了改变，逝者如斯夫，不舍昼夜！

我对各种茶的兴趣始终盎然。出国我喜欢喝红茶。疲劳的时候，"时差"倒不过来的时候我喜欢往红茶里加上鲜柠檬。吃多了喝新疆风味的茶。夏天喝龙井、碧螺春、崂山绿茶，河南、安徽的各种名牌绿茶。我还购买过堪称天价的君山银针、洞庭银毫：这类茶更适合观赏，因为泡好茶，它的所有茶梗都竖立在杯中水中，像一片小树林。宴请或被宴请时，喝铁观音、大红袍、乌龙茶。近年受风尚影响大喝起普洱来了。一年四季，也都喝一点茉莉花茶，以不忘记自己北方佬这个本。在云南，我喝过他们的三道茶。在台湾，我喝过阳明山的极讲究的、异香满口的冻顶乌龙。在西北地区或西北省份风味的餐馆里，我喝过回族式的八珍盖碗茶。在杭州，西湖边上的湖畔茶楼(?)令人有仙界不过如此的满足感。在宜兴，我有幸欣赏了他们的紫砂绝技。当然，日本的茶道也很好，它赋予饮茶以宗教式的庄重与虔诚。我在陕西扶风县法门寺的文物中看到了唐代的茶具，大体上与日本茶道用具无异。

得天下之佳茗而品之，其乐何如？夫复何求？你还想干什么？

我以为，对于人来说，粮是根，肉是力，酒是情、是热、是激扬生发，是熊熊燃烧。而茶是魂，是韵，是趣味，是机智，也是微笑与飘移，舞蹈与飞升。嗜茶者多半是好相处的人。祝友人茶运亨通，愿饮者平安永远。人生一世，中国人一世，喝茶的年头肯定比喝酒长远，比任职任教长远，比拼搏追逐长远。茶心淡淡，茶心久长，茶心弥漫，茶心终生相伴。

四川友人周啸天有诗曰《将进茶》，诗曰：

世事总无常，吾人须识趣。
空持烦与恼，不如吃茶去……

佳境恰如初吻余，清香定在二开后……
诸公休恃无尽藏，珍重青山与绿水。

2007年2月

《青春万岁》六十年

六十年的往事

我的处女作长篇小说《青春万岁》，从一九五三年秋动笔，至今已经六十年了。一九五三年"开工"，一九五四年第一稿完成，送中国青年出版社，一九五五年中青社肯定了此稿的基础，并由中国作协青年工作委员会出面为我办理请创作假事项，一九五六年修改定稿，一九五七年部分章节在《文汇报》上连载，个别章节在《北京日报》上发表，一九七九年由人民文学出版社首次正式出版，至今三十三年，发行超过五十万册；其间还有此书的"中国文库"版、建国六十周年作家出版社版、百花文艺出版社《王蒙选集》版、华艺出版社《王蒙文集》版、人民文学出版社《王蒙文存》版。一九八三年还上映了根据小说改编的同名影片。六十年离着"万岁"固然还远，至少，它算是长命的。

小说发行得不少，但谈不上畅销，属于长销——正式出版至今，三十三年来重印没有停止过。这是一本经历曲折的书，写于上世纪五十年代，写完后被冻结，假死于胎中；二十四年后出版于"文革"甫告结束时，至今仍上架于图书市场，为读者尤其是青年读者所购买与阅读。

《青春万岁》六十年，回忆起来，也还有趣。

从动笔到完成

我对我们那一代有个自出心裁的说法：我们赶上点儿啦！在我们的少年到青年时期，赶上了从旧中国到新中国的翻天覆地，我们恰好活到了历史的关键点上。接着又赶上了从革命的凯歌行进到和平建设时期的历史过渡。我亲眼看到、亲身经历了旧中国的土崩瓦解，反动势力的穷凶极恶，革命力量的摧枯拉朽，新中国的百废俱兴、万象更新。

而在一九五三年，十九岁的我已经感觉到，胜利的高潮，红旗与秧歌、腰鼓的高潮不可能成为日常与永远。那么我觉得自己有一个使命，把这一段历史时期、这一段历史时期的少年—青年的心史记录下来。

还有一个不无可笑的过程是，什么"五年计划"呀，什么"大规模、按比例的建设"呀，什么"工业化"呀，曾使我热血沸腾，我申请离开青年工作岗位去考大学学建筑，因为苏联作家安东诺夫的小说《第一个职务》对一名女建筑师的生活经验的描写使我沉醉。我的申请未获准，我无法，只好走向文学。此时又读了《译文》(后改名《世界文学》)杂志上苏联作家爱伦堡的文章《谈作家的工作》，同样使我如醉如痴。"一痴"成不了改为"二痴"，我动笔了。

我是悄悄地写作的，怕人家说我不安心本职工作，也怕写砸了丢人。写得很辛苦。一年后完成初稿，我请我的妹妹王鸣和我的同事朱文慧帮忙抄了一遍，又请我父亲王锦第帮助，拿给北京电影制片厂的编剧、作家、南皮县同乡潘之汀先生(我称之为潘叔叔)看看。一个月后潘叔叔来信说我"有了不起的才华",他已把稿子推荐给中国青年出版社文艺室审读。当时的中青社文艺室负责人是吴小武即作家萧也牧,负责读我的稿子的是编辑刘令蒙。

潘叔叔的信令我如发高烧,但接着是漫长的等待。为了等到中青社对此稿的处理意见,我用了一年的时间,急不得恼不得,催不得问不得,哭不得笑不得。其间我小心翼翼地给刘令蒙编辑打过电话,他也给过"快了"之类的答复。忽然从我所在的共青团北京市委传出消息,刘令蒙在反胡风运动中有麻烦。我只能目瞪口呆了。终于,一九五五年秋天,我接到吴小武的电话,说是小说最后请了中国作协青年工作委员会副主任、老作家、评论家萧殷审读,约我到赵堂子胡同萧老师家里一谈。萧殷老师指出此书稿有很好的基础,作者有好的艺术感觉,问题在于小说缺少一根主线,需要从结构上下功夫打磨。他还表示,可以由中国作协青委会出面为我请创作假,专心于书稿的修改。

一九五六年初,我获得了"创作假",就这三个字已经让我乐得屁颠儿屁颠儿的了。此前一年夏天,我在《人民文学》上发表了小说《小豆儿》,秋天,在《文艺学习》上发表了小说《春节》,并收到了参加将于一九五六年春天召开的全国第一次青年作者会议的通知。梦想正在成真,各路绿灯正在亮将起来。

参加青年作者会议的一个收获是得到了结识我心仪已久的邵燕祥诗人的机会。我把我起草的《青春万岁》的序诗给他看,他热情地回信说:"序诗是诗,而且是好诗……"他帮我做了一些修改,其中重要的是增添了"用青春的金线,和幸福的璎珞,编织你们"句。序诗的中心是表达编织"所有的日子"的心情,这是我当时的实感,是文学写作的最大魅力所在,燕祥的金线与璎珞亦功不可没。

一九五六年，我发表了小说《组织部新来的年轻人》，引起热烈反响。同时，《青春万岁》改完交稿，各方面已经传出关于此书的正面舆论。年底，《人民日报》发表了刘白羽同志的文章，谈到"张晓的《工地上的星光》与王蒙的《青春万岁》表现了青年作家的新实绩"（大意如此）。

一九五七年，先是正欲恢复出版的上海《文汇报》驻京办事处主任浦熙修女士与著名报人梅朵先生找我洽谈《青春万岁》在该报副刊连载事宜，后来也确实选载了约七万字。此后中国青年出版社与我签订了出版合同，此书清样已经打出了。

《文汇报》的连载

《文汇报》的连载也有一点小故事。

后来被毛主席称为"能干的女将"的著名的浦熙修与梅朵登门约稿，还给我预付了稿费，说好了全文连载。但他们复刊后连载的是郁风的散文配画《我的故乡》，然后找我商量，说他们准备改为部分连载《青春万岁》。我认为这是由于《青春万岁》的题材与抒情散文文体，在当时难成主流，说严重一点就是不无另类。

这使我极不高兴，我退回了预付金，说明此事作废。但浦、梅二位长者锲而不舍，又是写信，又是坐着汽车来拜访——当时谁家有"屁股冒烟"即坐汽车者来访也不是小事。总之，最后还是按他们的意思办了。客观上看，能够部分连载一下也好，否则全面胎死或假胎死，连个模样也没有看得着，岂不更加悲哀？

后来，一九九三年我在香港，与其时也在香港的黄苗子、郁风夫妇见面。我与郁风说起此事,开玩笑说她应该赔偿我的"精神损失费"。郁风大笑,也开玩笑说当时香港当局司法方面的负责官员是她的亲戚,她不怕立马与我在港对簿公堂云云。

冻结与假死

但同时,从七月份全国"反右"运动开始,此书被冻结。我的姐姐王洒告诉我,她在新华书店听到一位女青年问售货员:"有《青春万岁》这本书吗?"

当然回答是"没有"。

说是冻结吧,舆论已经沸沸扬扬,《文汇报》也连载了近三分之一。不是完全冻结于胎中,而是出世一小部分,胎儿脑袋已经伸出了子宫,突然叫了停,可以说是中途难产。这在历史上可能也是难得一见。

一九六一年,在"调整、巩固、充实、提高"的口号下,中国各方面的政策有所松动。首先是人民文学出版社负责人韦君宜同志派人找我,打问《青春万岁》的书稿情况。不久中青社的著名编辑黄伊也来了,我还与当时的中青社负责人边春光见了面。他们请了《文艺报》的负责人、著名评论家冯牧审读书稿,我与冯牧也见了面。冯牧认为书稿无问题,只是里面提到"苏联"的次数过多,可以减少一点。于是我把提到苏联歌曲、书籍的地方尽量改成本地土产——把青年们读的《卓娅和舒拉的故事》改成《把一切献给党》,把苏联歌曲改成陕北民歌……说好了很快可以出版。这时出现了党的八届十中全会,即北戴河会议,提出"千万不要忘记阶级斗争"。如此这般,中青社将书稿报到主管上级团中央那里,请团中央的一位书记刘导生同志审读。据中青社同志传达,刘书记的主要意见是书中未写出知识分子与工农兵的结合,是个缺憾。是时对杨沫的《青春之歌》也有此批评,故而杨沫加写或改写了若干章节,让她的书中人物林道静不是没有和工农兵结合过。

我还把此书稿呈交给对我甚为爱护的时任中国作协党组书记邵荃麟同志看过,他认为我写得很好,但与工农兵结合的问题亦不可忽视,他建议我去某省找个出版社低调出版。此建议亦未实施,因为整个形势正朝着"拧紧螺丝钉"的方向迅跑。

当时黄秋耘同志告诉我,说有好事者问冯牧审读《青春万岁》事,冯牧甚感尴尬。可能是由于他肯定了此书,却仍然不能出版,以为旁人会对他的政治判断力与权威性留下非正面的印象吧。我听着,就不只是尴尬了,我想到的是哀莫大于心不死——若干年后在聂绀弩先生的诗中,我也读到了这样的句子。

然后是"文革",我以为《青春万岁》已经宣告死亡,死于难产。一个"之歌",一个"万岁",结合得怎么样我不敢说,倒是我本人,去了新疆,与维吾尔兄弟民族的农民结合得如鱼得水,不亦乐乎。

感动人的是,新疆生产建设兵团的友人姚承勋读了《青春万岁》的清样,他用绸布做了封套,将清样装订得很漂亮,并宣布:此书已经由他出版,印数一册。时在一九七四或一九七五年。可惜的是这个"姚版"《青春万岁》没有保存好,找不到了。

出 书 了

一九七六年"四人帮"垮台,一九七八年我应中青社之邀到北戴河团中央的培训中心修改《这边风景》的文稿。在北京时,我与人民文学出版社的领导韦君宜同志见面。君宜同志关心我的平反问题、调回北京问题，同时坚决提出，《青春万岁》可以立马考虑出版。只有极个别的地方，如描写杨蔷云的春天的迷惘心情，略删即可。她还建议请萧殷写个序，说明一下这是当年旧作。我给萧老师写了信，萧老师因当时身体不好，无法动笔，于是由我自己写了后记。交稿后我回到乌鲁木齐。

在乌鲁木齐迎接新年之时，我收到了一份《光明日报》，原来是该报副刊刊登了我为《青春万岁》写的后记。呜呼痛哉，於戏快哉，从一九五三年到一九七九年是二十六年，从打出清样的一九五七年算是二十二年，从一九六二年宣告此稿难产死亡时算是十七年，《青春万岁》终于得见天日了。此张《光明日报》的到来大出意料，哭哭笑笑，夫复何言？

《光明日报》一出，我立即收到了老友来信，说是向马特洛索夫夏令营的营长报到。原因是，《光明日报》发表的后记中提到了一九五三年北京东四区的中学生马特洛索夫夏令营。马特洛索夫是苏联卫国战争中的一位英雄，他用自己的身体堵住了法西斯德寇的碉堡枪眼，一本描写他的事迹的纪实作品《普通一兵》当时正在中国热销。我是马营营长，后记里提到的知名物理学家是郝柏林，为马营副营长，后来成为我的妻子的崔瑞芳也是副营长。我们还请大作曲家郑律成谱写了"营歌"，歌词作者已不可考：

> 普通一兵，是我们中国青年的心，我们热爱自己的祖国，我们热爱和平的人民……

向我报到的马营营员是天津的中学语文教师程庆荪，一九五三年她是北京女二中的团总支组织干事。

其他，与一点歉疚

一九七九年五月，人民文学出版社首次出版《青春万岁》，定价六角八分，首印十七万册。

这里有一个阴差阳错的地方。抓这个书，最费力气的是中国青年出版社。一九七八年谈此书出版的时候，我正在为中青社修改《这边风景》，满心以为会给中青社提供一个"革命化"得多得多的书稿，没有想到"风景"因过于"革命"，亦不宜出版。"万岁"不够革命，"风景"过分革命，都未能在中青社成活。后来中青社得知"万岁"稿到了人文社，甚为着急，还通过团中央有关领导极力做我的工作，想把稿子要回来。但我已经答应了君宜这边，不好再改变。这使我至今对中青社心有歉疚。

早在"文革"一结束，上海电影制片厂刘果生先生即来联系将《青春万岁》改编电影事，但据说某些导演认为这部小说的风格不适宜搞成电影……后来出现了导演黄蜀芹女士，电影开拍了。一九八三年拍出来，反响不错。一九八四年，我率包括黄女士在内的中国电影代表团携电影《青春万岁》参加了苏联塔什干电影节。

另，此书还被山西的《语文报》评为"中学生最喜爱的书"。

还应该提一下吴小武即萧也牧，他因小说《我们夫妇之间》挨批，再未翻身。一九六三年我去新疆，他从中国青年出版社要了一辆车送我去车站。"文革"后我回来，听说他死于干校，死得很惨。

2013 年 5 月

明年我将衰老

二〇〇七年,我与家人在新疆饭店举行了我与芳的金婚纪念。何等的感慨,何等的幸福。我们从一九五三年恋爱,一九五七年结婚,转眼走过了半个世纪。我们从年轻的共产党员开始,经过了政治运动中的没顶之灾,经历了远走新疆,把户口本从北京迁到乌鲁木齐,再到伊宁市,再回到北京。经历了团区委副书记、"右派分子"、"人民公社副大队长"、中央委员、文化部长、政协常委……一九八三年出版《王蒙选集》四卷,一九九三年出版《王蒙文集》十卷,二〇〇三年出版《王蒙文存》二十三卷(当然当时还没有预见到二〇一三年出版我的文集四十五卷),我们携手走遍了包括港澳台在内的所有省、自治区与直辖市,我们携手访问了新加坡、马来西亚、泰国、日本、韩国、哈萨克斯坦、捷克、斯洛伐克、美国、墨西哥、印尼、菲律宾、越南、俄罗斯、瑞典、德国、英国、荷兰、比利时、奥地利、澳大利亚、法国、西班牙、意大利、伊朗、埃及、突尼斯、喀麦隆、毛里求斯、南非。我们非常高兴,虽然生活的道路远非平坦。在进入老年之后,我们的日子过得很好。

谁也没有想到,一贯相当健康的芳,二〇一〇年查出,她得了结肠癌症。是年九月,我率一作家团出访美国,得知她的患病情况后提前赶回了北京,从机场直接赶到她所住的中日友好医院。此后的日子是化疗、陪住、伽马刀治疗、凌晨排队看中医……还有我自己的缠腰龙病痛……二〇一二年三月二十三日,芳去世,享年八十岁。当然,这是我的天塌地陷。

如我在短篇《明年我将衰老》(《花城》2013年第1期)所写：

> 我知道这一切都有你的心思，都有你的参与与祝愿，有你的微笑与泪痕，有你的直到最后仍然轻细与均匀的、平常的与从容矜持的呼吸……

芳的临终清醒，坚强。海外一个朋友说，见到她前一年十二月三十一日写给孩子们的告别遗信，甚至于觉得她走得"大义凛然"。

我的小说写道：

> 走了就是走了，再不会回头与挥手，再不出声音，温柔的与庄严的。留恋已经进入全不留恋，担忧已经变成决绝了断。辞世就是不再停留，也就是仍然留下了一切美好……
>
> 然而我失去了你，永远健康与矜持的最和善的你，比我心理素质稳定得多也强大得多的你。你的武器你的盔甲就是平常。你追求平常心早在平常心成为口头禅之前许久。对于你，一切剥夺至多不过是复原，用文物保护的语言就叫作修旧如旧，或者如故如往如昔。一切诡计都是游戏与疏通，都是庸人自扰与歪打正着，都是过家家很好玩。我乐得(de，阳平)回到我自己那里，回到原点。它不可伤害我而且扰乱我。我用俄语唱"遥远"，用英语唱"情怀"，用维吾尔语唱"眼睛"，用不言不语唱"景仰墓园"。

芳的骨灰埋葬在京郊十三陵景仰墓园。日中文化交流协会的朋友佐藤淳子等专程来扫了墓。韩国《现代文学》主编梁淑真女士越洋寄来了悼念的白玉兰。德国女诗人萨碧妮·梭模凯朴写了短歌体诗作追悼。泰国公主诗琳通为葬礼献了花圈并委托泰国驻华大使前来送别。许多领导同志包括贾庆林、刘云山、张春贤、杜青林、胡启立等表达了他们的哀悼。作协主席铁凝与作协党组书记李冰操持了遗体告别。家属其实是竭尽全力缩小丧葬的规模,仍然是极尽哀荣。

我的一生就是靠对你的诉说而生活……有两个小时没有你的电话我就觉察出了艰难。你永远和我在一起。那些以为靠吓人可以讨生活的嘴脸,引起的只是莞尔……

我们常常晚饭以后在一起唱歌,不管唱的是兰花花、森吉德马、抗日、伟人、夜来香、天涯歌女,也有满江红与舒伯特的故乡有老橡树。反正它们是我们的青年时期,后来我们大了,后来我们老了,后来你走了……

我们也确实有过值得回味与纪念的一九五〇、一九六〇、一九七〇年代。我们的生活不应该有空白,我们的文学不应该有空白,我们俩没有空白。高高的白杨树下维吾尔姑娘边嗑瓜子边说闲言碎语。明渠里的清水至少仍然流淌在四十年前的文稿的东西南北、上下左右。我们俩用白酒擦拭煤油灯罩,把灯罩擦拭得比没有灯罩还透亮。我们躺在一间五平方米的房间的三点七平方米的土炕上。我说我们俩是"团结、紧张、严肃、活泼",这是林彪提倡的"三八作风"当中的那八个字。这八个字令你笑翻了天,我们是最幸福的一对。虽然那时候不作"你幸福吗?""不,我不姓符,我姓赵"的调查。我们都喜欢那只名叫花花的猫,它的智商情商都是院士级的……洋铁炉子,无烟煤,煤一烧就出现了红透了的炉壁,还有白灰,煤质差一点的则变成褐红色灰。煤灰延滞了与阻止了肆无忌惮的燃烧,却又保持了煤炭的温度,这就是自(我)封(闭)。……你拨拉下煤灰,你加上新炭,十分钟后大火熊熊,火苗子带着风声,风势推动着火焰,热烈抚摸你我的脸庞,我热爱这壮烈的却也是坚韧不拔、韬光养晦的煤与火种。冬火如花,火红鲜嫩。嫩得像一九五〇年的文工团员的脸。我最喜欢掌握的是燃烧与自封的平衡,是不止不息与深藏不露的得心应手。

还有庄稼地、苹果园、大渠小渠、麦场、高轮车、情歌民歌、水磨、蜂箱、瓜地里的高垛,还有砍土镘与钐镰,这是我们的共同岁月,共同见证,共同经历,共同记忆……而二〇一二对于我来说最惊人的最震撼的是当记忆不再被记忆,当往事已经如烟,当文稿已经尘封近四十年,当靠拢四十岁的当年作者已经计划着他的八十岁耄耋之纪元,当然,如果允许的话;就在这时,靠了变淡了的墨水与变黄变脆了的纸张的帮助,往事重新激活,往日重新出现,空白不再空白,生动永远生动,而美貌重新美貌,是你给了我这一切。

我还有一个化学的与商品的发现,纯蓝墨水经久颜色不变,蓝黑墨水,反而充满了沧桑感。

这里说到的是二〇一二年的另一件大事:就在瑞芳去世差不多同时,发现了我的旧稿《这边风景》。

我们生活在剧变的时代,我们已经忘记或者被忘记。例如三十五年以前更不要说四五十年以前的旧事……我们觉得今是而昨非,我们常常相信重今而轻昔才是最聪明最不伤心伤身伤气的选择……然而昨天也曾经是当时的今天,也曾经无比生动无比真实无比切肤,无比激越无比倾注无比火热,昨天不可能被遗忘就像今天不可能被明天消除干净了痕迹。是生活,是永远的生活……稚嫩的唐突的声嘶力竭的生活同样可能是好小说、好的摇滚歌曲或者意大利歌剧罗曼斯咏叹。就像贫穷与苦难,悲惨与失落,对不起,乃至疾病与苦药水会是很好的文学一样。它们常常是比秀幸福骚快乐更好的小说。生活与记忆不可摧毁,直观与丰饶不可摧毁,何况贫穷与苦难当中仍然有勇敢的吟咏,失望与焦灼当中仍然会做出最动人的描摹,在墓碑前的伫立与脸上的泪珠滚滚当中仍然有此生的甜蜜与感激。

二〇一三年,《这边风景》出版了,它受到了读者与文学评论家的重视。我也趁机重视审视回顾了我的三十九岁,在七十九岁的时候。

二〇一三年,我就要七十九岁了,而按照过去的民间习惯,我的"虚岁"业已八十,从一九五三年我动笔写《青春万岁》算起,我从事文学写作已长达六十年,我加入中国共产党已经六十五年。感谢上苍,从前我从来没有想到自己有这个寿数。浙江农林大学在其人文学院院长、作家王旭烽关心下,还有浙江工业大学在党委书记梅新林教授关心下,举行了王蒙创作六十年的研讨会,还举办了有关作品朗诵活动。此外,新疆在我劳动过的地方,伊犁哈萨克自治州伊宁市巴彦岱镇建立了"王蒙书屋",把展览与文化服务结合在一起。绵阳艺术学院建立了"王蒙文学艺术馆"。沧州建立了

"王蒙文学院"。文化部、中央文史研究馆、中国作协、青岛中国海洋大学也都举办了有关王蒙从文六十年的展览、纪念活动。

二〇一三年对于我是重要的，这一年，怀念着也苦想着瑞芳，万念俱灰的我在友人的关心下结识了《光明日报》的资深知名记者，被称为美丽秀雅的单三娅女士。我们一见钟情，一见如故，她是我的安慰，她是我的生机的复活。我必须承认，瑞芳给了我太多的温暖与支撑，我习惯了，我只会，我也必须爱一个女人，守着一个女人，永远通连着一个这样的人。我完全没有可能独自生活下去。三娅的到来是我的救助，不可能有更理想的结局了。我感谢三娅，我仍然是九命七羊，我永远纪念着过往的六十年、六十五年、八十年，我期待着仍然奋斗着未来。当然，如我的小说的题目，明年我将衰老，而在尚未特别衰老之际，我要说的是生活万岁，青春万岁，爱情万岁。

2014 年

祭长者——邵荃麟同志

写文章纪念亡者，这还是我生平的第一次。去年我才知道您去世时的情况。被隔离时终夜无眠地咳嗽，死后一年才通知家属，连骨灰也没有领到……您就这样含冤离去了么？

然而我已经见不到您，我到大雅宝胡同您的家，只看到了瘫痪的、丧失了说话能力的葛琴同志。那间曾经和您谈过三次话的客房，只堆放着几件陈旧的杂物。谁能证明，您曾经在这里工作，在这里操劳，在这里接待客人呢？如今，只有一个寂寥的院落，正门是掩死了的。因为，那时，您和葛琴同志还没有作"结论"。

后来，你们终于得到了平反昭雪。还青松以高洁，还橡树以葳蕤，还革命家以光荣，还善良的长者以后辈的追念与爱戴，这就叫作还以本来面目，这就叫作天公地道，这就叫作真理必胜。

我第一次见到您是在一九五七年的春天。您为了筹备那次作家与编辑的关系问题的座谈会而把我找了去。但您更多地询问了我对许多当时文艺界感兴趣的理论问题的看法。您的把"解决"读作"改决"的南方口音使我有时还听不大懂，这更增加了我这个初学写作就捅了娄子的年轻人的忐忑。然而，您的亲切、耐心、平等待人，很快使我安定下来。我发表了我的看法，有些问题自己没有很好地想过或者缺乏这方面的知识，我也照实汇报。您喜形于色，表扬我谦虚，并强调谈了力戒骄傲的重要性。荃麟同志，也许那时是您轻信了？说实话，那时对于谦虚谨慎的重要性，我还远远缺乏深刻认识与身体力行，只不过是，在您这位文艺界的前辈、领导人面前，我没有敢放肆胡言罢了。在您翻译《被侮辱与被损害的》的时候，我还是幼儿呢。

然后是一场翻天覆地的"运动"。我受到的教训，受到的考验都是空前的。然后到了一九六二年，我再一次坐在您客厅的沙发上。"经过了一番惊涛骇浪，我们谈谈心。"您是用这句话开始我们的谈话的，"这些年，我常常和××同志、×××同志谈过你，对你被划为右派，我们觉得很惋惜……"您这样说。是的，直到一九七八年，我才知道了在反右斗争中您力图保护一些人免受不公正的对待的情况，知道您也曾力图保护我。当然，十二级大风吹起的时候，有时您也无能为力，而且，最后您连自己也没能保护住。然而，您的心意仍然温暖着、慰藉着大风里被连根拔起的小草儿们的心。您是一棵老树，把自己摆在防风的前哨上，您努力减轻着树苗和青草的不幸。就在一九六二年的这次会面中，您谈了一系列有关我的工作、创作的设想，您还勉励我要向茅盾、巴金等老一辈作家学习，要学外语，要有大思想家的学识和气魄……回想这些，许多方面我都没能达到您寄予的期望，我愧对您……

然后是第三次，大约是一九六三年的初夏了。山雨欲来风满楼，当时文艺界已经有一种危机四伏的气氛。这个时候，已经第二次决定付印的我的五十年代的旧作《青春万岁》，又面临了新的困难。后来我把清样寄给了您，才十天，您把我找了去，说是您因为感冒在家，把它读完了。您说："你写得真切，你很会写散文。"您说："我的孩子也看了，他说就是这样的。"您说："可如果发表了，会有人提出批评的。他们会说，为什么没有写和工农兵相结合呀……"我说："可我写的是在校的中学生啊……""是啊，是啊。"您沉吟着，"不过，以你的处境，你恐怕经不住再一次批判了……"您忧虑地说。您的忧虑里充满了那么多长者对于后辈的爱护之情,使我热泪盈眶了。您说:"先把它摆一摆吧,作家写出东西来,先摆一摆,也是常有的。"您说得对,但我当时也只不过二十八岁,我完全没有估计到我们面临的将是一场怎样的风暴,继一九五七年打出清样便搁浅以后,再一次打出清样"摆起来",这使我颇不好过。大概我的脸上现出这样暗淡的表情了吧?您又说:"不然,由哪个地方出版社出,我也不反对。"看,您又要保护作者,又不希望作品长久被埋没,为了这,您真是殚思竭虑,费尽了心!

一九六二年,您曾经和我面谈过写"中间人物"的问题。您不过是说:"先进人物可以写,中间人物也可以写,把中间人物的转变和成长的过程写出来,也是很有教育意义的。"那一年,我写了短篇小说《眼睛》和《夜雨》,也可以说是写中间人物的一个试验,后来,您这么一句无可非议的话,引起了多少轩然大波?连您曾经翻译过《被侮辱与被损害的》竟也成了罪名。其实,不关心,不同情"被侮辱与被损害的",哪里还会有革命?哪里来的革命者和革命党?"生活像泥沙一样流,机器吃我们的肉……"这不是列宁所喜爱的歌曲吗?从斯巴达克思到攻克巴士底监狱的英雄,从陈胜、吴广到李自成,直到二十世纪中国人民的革命斗争,不都是代表着"被侮辱与被损害的"人们起来抗争么?

虽然有幸几次亲聆教诲,我作为一个年轻人,对于革命前辈、文学前辈的您远远谈不上有什么了解。从头一次见面,我就觉得您身体瘦弱,似乎支持不了您那巨大的头颅。然而,您的思考总是那么周密,判断总是那么明晰,知识总是那么丰富,而用意又是那么善良和宽厚。只是您有一句话,使我现在想来觉得未免太书生气。

记得一九六二年您对我说："前几天××来过，对说他反党，他想不通。这里有一些下意识的东西……"底下，您也没有说清楚。下意识反党，世上还有这样的罪名吗？然而当时，您说的时候和我听的时候都是很郑重，很虔诚的。我们当时还分不清什么是党的批评，什么只是以党的名义扣下来的大帽子。我们只好挖空心思来说服自己去接受一切以党的名义发出的吓人的责难。听说，直到您生命的最后时刻，您还在认真考虑着自己一生对党所犯下的过失，世上哪有这样可爱的"三反分子"？

凡是经过林彪、"四人帮"的浩劫而能够活下来的，都是"命大"的、有福的人，我们的一生将不感到遗憾。因为一九四九年我们曾经上街欢呼蒋家王朝的覆灭，而一九七六年我们又上街欢呼王、张、江、姚的灭亡。历史上能有几次这样的幸运，使一代人两次尽情体验这种砸碎锁链的欢欣呢？在这一点上，我们比荃麟同志，比贺龙同志、陈老总，比彭德怀同志，甚至比周总理也要幸运得多。活着的人因而也承担着更多的责任。老树已经凋谢，曾经接受过它的庇荫的树苗和小草儿，不能不更快地成长起来，不管经历过多少凄风苦雨，每一棵树苗和小草都应该要求自己开出尽可能艳丽的花朵，结出尽可能香甜的果实。因为，我们的党、我们的人民、我们的文艺工作者中间，毕竟有许多许多像荃麟同志这样的长者，他们没有被杀绝，而年幼者又正在生长起来。我们国家的前途是光明的，我们的社会主义文艺事业的前途是光明的。我们有责任以实现四个现代化的成就，以创作上的香花甜果来祭奠那些没有来得及看到这一切，因而尚未完全瞑目的长者同志们。

1979 年 4 月 21 日敬书

一个甘于沉默的人

"要甘于沉默。"这位高个子、黑面孔、眼窝深陷,有一种既操劳过度又精神十足的神气的作家,用低沉的声音,对我缓缓地说。

在我的一生中,得到这样的劝告,这是唯一的一次。谁都知道作家往往是最不甘于沉默的人,最耐不得寂寞的人,他们总是要叫,要笑,要唱,要长太息以掩涕。他们最大的希望就是发出自己的声音,哪怕那声音不像夜莺而像叫驴也罢。

但是他在一九六三年这样地劝我了,因为他当时和我一样,都在噤声五年以后,在重新得到了发出自己的声音的一点点机会以后,又感到了山雨欲来风满楼的气氛。全国的文艺刊物彼此之间十分默契,一九六二年"放"了一阵,一九六三年就收上了,直收到一九六六年,连自己也被收进去了,落了个白茫茫大地真干净的局面,卫生,不传染。

"让咱们沉默,咱们就沉默吧。"他的潜台词里包含着这么一句,他是很听话,很驯顺的,从无二心。"不要因为不甘寂寞而做出下贱事来。"也许,更重要的是这一层意思。十年浩劫中,不甘寂寞的文人丢了多少丑啊!如果他们有这种"甘于沉默"的精神,情况不是会好得多吗?"多做些默默无闻的事情吧!"也许,"甘于沉默"四个字还含着这样一种积极的意向呢。不是么,他"沉默"着,却发现了又帮助了那么多作家,使那么多作家得以引吭高歌,声震云霄!

我碰到的第一个编辑就是他。那时候我刚满二十岁,把自己的处女作《青春万岁》的初稿送到了中国青年出版社，有时候我走过东四十二条出版社的门口，看到一些戴着深度眼镜、微驼着背、斯斯文文、说话带南方口音而且满嘴的"题材"呀、"提炼"呀、"主线"呀、"冲突"呀的编辑，我是怀有一种敬畏之感的。终于，这个出版社的文艺编辑室的负责人接见了我，那就是他。当我知道这位吴小武同志就是鼎鼎大名的受过批判的萧也牧的时候，我却产生了一种对他的怜悯之感。解放初期，我读过他的《我们夫妇之间》，读得蛮有兴趣，后来不知道怎么的就批上了，罪名大概是小资产阶级倾向之类，（天知道这篇小说到底有什么倾向问题！）从此，他就沉默了。到一九五五年我在萧殷同志家里第一次与他见面时，已经有好几年没有见过他的作品了。一个作家而多年失去了发表作品的权利，其可怜与可悲，即使幼稚如当时的我，也是完全明白的。

我现在完全想不起我们的谈话的具体内容了。但我记得，他是用一种深知个中甘苦的、带几分悲凉的口气来谈创作的，他不但懂得创作的技巧，他更理解创作的心理、作者的心理。他深知写作的艰难，他好像多次用过"磨"这个词。一九六二年我们重逢的时候（当然，那时用不着我可怜他了，彼此彼此）他说过："我只能业余时间写一点，我是搞不成长篇了，一部长篇就磨白了头发。"他的话带着一种苦味儿，谈起创作来他很激动，有时用手势加强语气，他的这种劲头让我感到了他对创作这一门该死的劳动的神往。他向往创作，这是肯定的。尽管创作给他带来了灾难、不幸、死亡……有哪一只鸟不向往天空，哪一条鱼不向往大海呢？

一九五六年，我在北京一个工厂做共青团的工作。那个工厂的青年文学爱好者，请他去一起座谈了一次，此事我事先毫不知晓，当时我也不在场。但后来党委宣传部的一位负责同志（一位很质朴的好同志)却很紧张,说:"怎么咱们都不知道他们就请来了萧也牧!萧也牧是被批判过的,对党是不满的,怎么请来了这样的人?"呜呼,因为他是被批判过的,所以他是对党不满的;因为他是对党不满的,所以应该对他进行批判。这种天才的、颠扑不破的、天衣无缝的逻辑有多么荒谬,多么愚蠢,多么残酷又是多么混账!这种逻辑或许至今还有市场的吧?

一九六二年,他曾把他的小说《大爹》的构思讲给我听,谈的时候他的两眼放着光,但他整个的人仍然沉浸在一种凝重、晦气的色调里。他的脸上总有一种"苦相",有一种生理的痛楚的表情。他好像越来越知道写小说是一件"凶事",而他又遏制不住自己。不久,他就提出"甘于沉默"的口号了,显然,他已经预感到了一点东西,老关节炎对天气总是敏感的。一九六三年,我去新疆前夕,他到我家表示惜别,我留他吃饺子。第二天,他要了出版社的车把我们全家送到火车站,然后是站台上的挥手,离去。

从此大家都沉默了,中国也沉默了,只有八个样板戏的锣鼓大吵大闹地渲染着新纪元的大好形势。直到一九七八年,我应中国青年出版社之约又来到北京,见到出版社的黄伊同志,才知道也牧同志已经长眠地下好久了。后来,我听一个当时在团中央干校的同志告诉我,也牧同志死得很惨。

中国文人的不幸遭遇确实很多。但解放以后的党员作家而命如此之"苦",如萧也牧者,却也不多。粉碎"四人帮"以后,他本来可以呐喊、可以高歌了,然而,他已不在了——他永远地沉默了。也许,他还有许多话希望健在的同志替他说一说吧?

1980 年 7 月

安息吧,鞠躬尽瘁的园丁

——悼萧殷老师

我终于记起来了,那院子不是八号而是六号,赵堂子胡同六号。在那里,文学的殿堂向我打开了它的第一道门,文学的神祇物化为一个和颜悦色的小老头,他慈祥地向我笑,向我伸出了温暖的手。一九八三年八月的最后一天,当我从电话里得知萧殷同志去世的消息以后,我像傻了一样苦苦地把思想凝聚到一点:那院子究竟是几号呢?

那是一个清洁的小院子,窗前有许多花。一九五五年春天,只有二十岁又半的我惴惴地推开了赵堂子胡同六号的门。屋里坐着的还有高大、驼背、目光深邃的吴小武,他是当时中国青年出版社的文学编辑室负责人。他们把我的处女作——《青春万岁》的杂乱的草稿拿给萧殷同志看了,并安排我与萧殷同志见一次面。萧殷同志满脸皱纹,笑嘻嘻地、用至少有百分之十是我听不懂的广东味的普通话与我说话,话中有欣慰也有叹息。而且从第一眼我就看出来了,他的身体不好。

"……艺术感觉,这是很不容易的……周小玲说李春(均为《青春万岁》中人物)说话有复杂的文法构造,这话很有趣,人物是活的……很难集中起来……我也总是想搞创作,搞创作的人从读者那里不仅得到理解,而且得到爱……看了你的作品,叫人感动……虽然片片断断,但是发光……"

总之,我明白了,我已经走到了文学的道路上,虽然这道路是那么艰难，简直无从下脚，无从下手。在《青春万岁》的初稿里我真诚地写下了我对生活的种种感受，然而它还不像一部小说，更不像一部长篇小说，我自己也知道。为了使它成为小说，还需要结构，还需要情节，还需要……什么来着？萧殷老师说了："关键问题在于主线……"主线这个词儿我还是第一次听到，伟大神秘、令我神往又令我气馁的小说主线啊，我到哪里去找你？

"我身体不好，这部稿子我看了一个多月，它零零散散，但却能吸引我读下去……"

谢谢您，萧殷老师！

这次谈话的最后，萧殷老师把他的一本与青年习作者谈创作的小册子送给了我。说也好笑，在一九五三年初冬开始动笔写《青春万岁》的时候，我从来没看过这一类的书，我连一期《人民文学》也没看过。我当时已经是团区委的副书记，我要开很多会，写很多请示报告和工作总结，而爱好文学，大量阅读文学书刊却是童年的事。萧殷同志送给我的这本书，是我解放以后读的第一本这样的书，我只觉得生动具体，字字珠玑，我从来没有想到过写小说还要考虑这么多，要从生活出发，要写人物性格，要突出性格特点并运用艺术夸张，"没有艺术夸张便没有光彩。"对，萧老师是这样对我说的："不要搞什么抢题材。"多大的学问，多丰富的经验呀！

从此，我成了赵堂子胡同六号的座上客，萧殷同志不仅对《青春万岁》的修改作了许多指点和鼓励，而且，终于在一九五六年初，他通过中国作家协会青年工作委员会给我请到了半年创作假。

在讨论《组织部新来的年轻人》的日子里，萧老师也写了文章。与别的文章不同的是，萧殷同志的评论文章不仅分析了作品，还站出来维护了作者，他特别热情地肯定了作者的政治品质。为了这篇小说的事，我带病坐一辆三轮人力车去看他。"你要用一点'鼻通'，那对治感冒很有效。"他说，又留我吃饭，并特别介绍说："我们炒菜用的是广东出产的蘑菇酱油……"

谈话中涉及一位被批判过的作家。"我向来是实事求是的。那位作家说过什么话，我听见了，但我不认为那是反党性质，我就坚持说，那些话里并没有反党的意思，你要那么理解是你的事情……有的人，一会儿说是问题严重，一会儿又说是没问题，把什么都否定了……这种人真是品质成问题！"

我不知道这些事的内情，而且，说来太惭愧了，在一九五七年春天，听到萧老这样谈的时候，我竟体会不出这是指一种什么样的人，这又是一种什么样的品质问题。当然，后来懂了，而且为我的"不懂"付出了高昂的代价。

当"扩大化"的斗争终于波及到了我自己头上的时候，我还去过一次赵堂子胡同六号。萧殷同志极力劝慰我说："不要着急，特别是文艺的问题，比较复杂……"又能说什么呢？于是我们谈起了热带鱼。萧老送给了我两条(四条?)热带鱼，我拖着沉重的步子，带着欢快的小鱼，与赵堂子六号告别了。

后来我就不便、无颜去看萧老了。

大约是一九五八年吧，我才知道萧老迁到广东去了。

直到一九七八年，粉碎"四人帮"的春雷响过，"实践是检验真理的唯一标准"的春风开始在大地上劲吹的时候，我试投了一封致萧老的信。回信很快就来了，那是一封欢欣若狂的回信，"王蒙来信了，王蒙来信了……"他说，他大叫着把这个消息告诉他的妻子陶萍同志，告诉他的友人。那种洋溢的热情和师情，使我泪下。

他当时正在编《作品》文学月刊，《最宝贵的》便是应萧老之约寄去的。

《青春万岁》在历时二十余年之后，终于在一九七九年第一次出版了，我想，萧殷同志的心情绝不会比我平静。我多么想请他为这本晚出的书写一篇序言啊，然而他告诉我，他身体已经不行，力不从心了。

……这些年来，我是多么忙啊！我是怎样地对萧老疏于问候了啊！有多少老同志、老前辈、老同学，包括自己的多少亲属，我欠着他们多少感情的债、问安的债、通信往来的债啊！繁忙会使一个人变得无情么？人们能够理解，能够原谅一个繁忙的人的常常来不及表达他的思念和问候么？人们能够相信，我仍然一样地惦念着他们么？

今年年初，我与妻子去广州的病院探望了卧床已久的萧殷同志。当他用枯瘦的、我要说是冰凉的手握住我的手的时候，当我告别的时候，萧老哭了，我已意识到了，这便是永诀。从那时起，一提起萧老我就长吁短叹。

安息吧，萧殷老师！那时候您其实还没有我现在的年岁大吧？当年您在赵堂子胡同六号接见的那个青年习作者，还有许许多多您关怀培养过的青年习作者，以及许许多多从您的著作中得益的过去的和现在的青年人，正把您对文学事业的热望和对青年一代的关怀化为祖国社会主义文学蓬勃发展的现实，我们终于迎来了社会主义文学的春天。我们永远不会忘记您这位辛劳的、鞠躬尽瘁的园丁，永远！

1983 年 9 月 8 日

不成样子的怀念

——我所认识的胡乔木

一九九二年秋,我结束了在澳大利亚昆士兰州布里斯班市参加华拉纳节作家周的活动,应澳艺术理事会的邀请转赴悉尼。到悉尼的第一天,得悉了胡乔木同志逝世的消息,当即给他的遗属拍去了唁电。

对某些所谓中国问题专家来说,我的反应是出乎他们的意料的。因为,他们习惯于以"保守派"与"改革派"、"强硬派"(或鹰派)与"温和派"(或鸽派)、"正统派"与"自由派"的两分法来划分中国的一些人士。这种简单化的划分,实在与"凡有人群的地方都有左、中、右"的"阶级分析"的方法并无二致。同样的简明,同样的粗糙,有时候是同样正确,有时候又是同样荒谬。按照这种粗糙并有时荒谬的"两分法"和角色的派定,王某人不应该与胡常委(他逝世前担任的最后一个职务是中顾委常委)相互友好。

一九八一年我第一次接到了乔木同志来信,信上说他在病中读到了我的近作(看样子读的是人民大学编印的《王蒙小说创作资料》,一本以教学参考资料为名广为行销的"海盗版"书籍),他对之很欣赏。他写了一首五律赠我,表达他阅读后的兴奋心情。

不久我们见了面。他显得有些衰弱,说话底气不足,知识丰富,思路清晰,字斟句酌,缓慢平和。他从温庭筠说到爱伦·坡,讲形式的求奇和一味的风格化未必是大家风范。他非常清晰而准确地将筠读成 yún 而不是像许多人那样将错就错地读成 jūn。他说例如以托尔斯泰与屠格涅夫相比,后者比前者更风格化,而前者更伟大(大意)。我不能不佩服他的见地。

他也讲到,马、恩等虽然有很好的文化艺术修养,有对文艺问题的一些有价值的见解,但并没有专门地系统地去论述文艺问题,并没有建立起一种严整的文艺学体系,他说:"我这样说,也许会被认为大逆不道的。"他的这一说法给我以深刻的印象,可惜,也许是顾虑于"大逆不道"的指责,人们未能见到乔公对这个问题的进一步阐述。后来,我在《读书》上发表的一篇文章《理论、生活、学科研究问题札记》吸收了这个思想。虽然这篇文章使一些人至今如芒刺在背而难以释然。

我举例问到了关于对毕加索的评价,我想知道他个人是否欣赏毕加索,我也想知道在中国,艺术空间的开拓还要遇到多少阻力和周折。他的回答出我意料,他说:"在我们这样的国家,还难于接受毕加索。"我以为他的回答流露着某种苦涩,也许这种苦涩是我自己的舌蕾的感觉造成的。

我问他对于典型问题的看法,他说,这个问题谁也说不清楚,他说"典型"是外来语,然后他讲了英语 stereotype,他说这本来就是样板、套子的意思。他发挥说,比如说高尔基的《母亲》是典型的,但高尔基最好的小说不是《母亲》,而是《克里姆·萨姆金的一生》。然后他如数家珍地谈这部长而且怪的、我以为没有几个人读得下来的小说,使我大吃一惊。

其后不久乔公对《当代文艺思潮》上徐敬亚的一篇文章大发雷霆,于是我看到了此老的另一面。他认为徐的文章是对革命文艺的否定,认为《当代文艺思潮》这本刊物倾向不好,他甚至于不准旁人称徐为"同志"。这使我觉得他处理问题有时感情用事。我告诉他,《当代文艺思潮》的主编是一位"好同志",这位同志曾协助省委主要领导做文字工作等等。乔木的反应是:"那就更荒诞了!"随后,他谈此杂志时的调门略降低了一些。

一九八三年春节我给他拜年。他读了我的小说《布礼》,认定我的爱人一定极好,便责怪我为什么不带爱人来,并且立即命令派车去接。

一九八二年下半年《文艺报》等展开对"现代派"的批判,高行健的一本小书与冯骥才、刘心武、李陀与我的致高行健的信使《文艺报》等如临大敌。一位日丹诺夫主义的中国传人理论家在会议上大讲"这一场斗争是不可避免"的,另一位负责人也郑重其事地大讲"批现代派的政策界限",令"犯了事"的作家紧张莫名。连他的亲属也上了阵,讲"党的十二大精神是建设有中国特色的社会主义,而他们要搞'现代派'!"

乔木同志当时在政治局分管意识形态工作。他当然熟知这些情况,更知道批"现代派"中"批王"的潜台词和主攻目标。一九八三年春节他对我一再说:"我希望对现代派的批评不要影响你的创作情绪。"

这一点也很有胡乔木的风格。他要批现代派,或不能不首肯批现代派,他也要保护乃至支持王蒙。鱼与熊掌,兼得。

这一次会面起到了他所希望起的那种作用。一些人"认识"到胡对王蒙夫妇的态度是少有的友好,从而不得不暂时搁置"批王"的雄心壮志。

胡乔木对张洁的小说与生活也很关切。他知悉张洁婚姻生活的波折与面临的麻烦,他关心她,同情她,并且表示极愿意帮助她。

另一个引起胡关注的女作家是冯宗璞。他读了冯在报上发表的《哭小弟》,宗璞的弟弟是搞尖端科学的,英年早逝。当时中央正在抓中年知识分子的生活待遇与政策落实问题。胡说他读了《哭小弟》,给作者写了信。我向他介绍了冯的家学渊源。他后来又接触了一些冯的作品,颇赞赏。胡的艺术趣味偏于雅致高洁,与宗璞对路。他曾经激赏过我的小说《歌神》,却接受不了我的幽默、调侃,也是一证。有一位革命文艺批判家权威,一提宗璞就气不打一处来。这位权威主要是厌恶宗璞的书卷气与学府生活。比较一下他和乔木的态度,令人叹息。

说到个人爱好,胡喜欢黄自和贺绿汀,把一盒复制的黄白歌曲的磁带赠送给了我,并批评音乐界的"门户之见"。胡喜欢看芭蕾舞,并向我建议请舞蹈团以抗震救灾为题材搞一个舞剧。胡的欣赏品位是高的,所以他对文艺界的某些棍子腔调斥之为"面目可憎"。我曾经开玩笑说,胡乔木是贵族马克思主义者,而棍子们是流氓"马克思主义者"。罪过!

与此同时,乔木又不断地劝诫我:在文学探索的路上不要走得太远。一九八一年,我的小说《杂色》发表后他写信来,略有微词。他又把一期载有高尔斯华绥的一篇评论文章的译文的《江南》杂志寄给我,该文的主旨似亦在主张"大江大河是平稳的,而小溪更多浪花和奇景",我已记不清了,反正是不要太"现代派"。我想,这对于一心追新逐异的浅尝者们,还是有教益的。

我曾与周扬同志谈起乔木的这一番意思。周立即表示了与胡针锋相对的意见。周主张大胆探索,"百虑一致,殊途同归"。我感到了胡与周的相恶。对于周,我理应在今后写更多的回忆文字。

胡乔木还曾托付一位与我们都相熟的老同志口头转达"让王

蒙少搞一点意识流"之类的意见。我毫不怀疑他在"爱护"我，乃至有"护君上青云"之意。

此后由于我也忝列于某些有关文艺工作的"领导层"之中，便与胡发生了更频繁的接触、交流与碰撞。一九八五年，作协"四代会"开过，一次胡找我，要我把一篇反对无条件地提倡"创作自由"的文章作为《文艺报》的社论发表。此次，他谈到了他去厦门时到舒婷家拜访舒婷的事，他说他的拜访是"失败"的。我想他的意思是指他未能在政治与文艺思想方面对舒产生多少影响。但我仍然感到，他能去拜访舒婷，如不是空前绝后的，也是绝无仅有的。我甚至主观地认为，他的"失败"论是一种防护姿态，以免因这一拜访受到某些面目可憎的人的指责。八十年代以来，舒婷亦多次受到批评，以"大是大非的问题不能朦胧"为由批判"朦胧诗"，与前述的以"建设有中国特色的社会主义"为由批"现代派"逻辑一致，语言一致，版权归属一致。

据说，胡对舒婷是很友好的。他说："如果这样的诗（指舒诗）还看不懂，那就只能读胡适的《尝试集》了。"当然，他不可能"微服私访"，他进行了一次前呼后拥、戒备森严的访问，这也是失败所在吧。诗心相通，谈何容易？

一九八五年这一次，胡向我表示："我很担忧，今后像《北国草》（从维熙作品。——王注）、《青春万岁》这样的作品没有人写了。"他还表示既赞赏陆文夫、邓友梅的作品，又感到不满足。

我接到胡派下来的文章，便与作协诸新老领导共同研究，并组织力量对文章进行了某些增加"防震橡皮垫"型的修改。我总是致力于使上面派下来的提法更合理也更容易接受些。也许我常常抹稀泥，但我仍然认为抹稀泥比剑拔弩张和动不动"断裂"可取。

修改稿胡看后表示"佩服",以编辑部文章名义发了出去。胡于是直接下令包括《文学评论》与《当代文艺思潮》在内的几个刊物限期转载。

他的做法引起了一些议论。于是朱厚泽(当时任中宣部长)、邓友梅(作协书记之一)和我到正在住院的乔木同志处,我反映了一些意见。胡略有些激动,他说:"作家敏感,我也敏感!"

我谈到那年的一匹"黑马"到处讲胡要对王蒙如何如何下手。他更激动了,他甚至说:"我怎么可能打倒王蒙?我如果去打倒王蒙,那就像苏联的(政治笑话所描写的那样。——王加注)赫鲁晓夫去打倒斯大林,斯大林倒了,也把他自己压倒了……"

这有点拟喻不伦,但也说明他情真意切。这也许透露了他的"一本难念的经",也许还含有对我当时如"芝麻开花节节高"的态势的讽刺。谁知道呢?

这次见面中邓友梅讲了一些对浩然和有关现象的看法,胡当时没说什么。但事后他表示十分反感。他愤然说,是他特别指示《人民日报》发表了浩然新作《苍生》出版的消息。提起浩然他也充满友善。我于是告诉了他北京中青年作家对浩的友好态度和一些事实,当然,说的是浩然流年不利那几年。他笑了。

和他接触多了,我有时感到他的天真。虽然他是老革命老前辈,虽然他饱经政治风雨特别是党的上层沧桑,但我很难判断他是否入世很深,城府很深。我不知道是否是因为他长期在高级领导机关工作,反而失去了沉入社会底层,与三教九流、黑白两道打交道混生活的机会。他当然很重视他的权力与地位,他也很重视表现他的智识(不仅是知识)和才华,以及他的人情味。这种表演有时候非常精彩,以致使我相信他的去世所造成的损失是无法弥补的。乔公是不二的人物,有时候又十分拙劣,例如自己刚这样说了又那样说,乃至贻笑大方。一九八三年他批了周扬又赠诗给周扬,他的这一举动使他两面不讨好,这才是胡乔木。只谈一面,当不是胡的全人。

胡乔木很喜欢表达他对知识分子的尊重,也乐于为知识分子做一些好事。他与钱锺书的交往许多人都是知道的。为了"帮助"我不要在现代派的"邪路"上越走越远,他建议我去请教钱先生,并说要代为荐介。我觉得由胡介绍我去拜见钱,有点"不像",便未置词。

胡对赵元任先生的尊重是公开报道过的。

胡对季羡林、任继愈都极具好感。任继愈担任北京图书馆馆长,就是胡乔木提名的。他曾向我称道金克木、王干发表在《读书》上的文章。年轻的王干,竟是乔木说了以后我才知道并相识交往了的。那年宗璞患病,住院住不进去,我找了胡的秘书,胡立即通过当时的卫生部长帮助解决了这一问题。

给我印象最深的是胡对电影《芙蓉镇》的挽救。由于一九八七年初的政治气候,有一两位老同志对电影《芙蓉镇》猛烈抨击,把这部影片往什么什么"化"上拉。胡给我打了一个电话,要我提供有关《芙》的从小说到电影的一些背景材料。胡在电话里说:"我要为《芙蓉镇》辩护!"他的音调里颇有几分打抱不平的英雄气概。

后来,他的"辩护"成功了。小经波折之后,《芙蓉镇》公演了。

从这里我又想起胡为刘晓庆辩护的故事。刘晓庆发表自传《我的路》以后,电影界一些头面人物颇不以晓庆的少年气盛为然,已经并正在对之进行批评,后被胡劝止。

我又想起他对电影《黄土地》的态度。他肯定这部片子,为它说过话。胡做过许多好事,例如他对聂绀弩的诗集的支持。胡做这些好事多半都是悄悄地做的,"挨骂"的事他却大张旗鼓。这也是"政治需要"吗?这需要有人出来说明真相,我以为。

一九八九年的事件以后他的可爱,他的天真与惊惧都表现得很充分。该年十月我们见面,他很紧张,叫秘书做记录,似乎不放心我会放出什么冷炮来,也许是怕这一次见面给自己带来麻烦。

谈了一会儿,见我心平气和,循规蹈矩,一如既往,并无充当什么角色之意,他旋即转忧为喜,转"危"为安,又友好起来了,面部表情也松弛了许多。

不久,他约我一起去看望冰心,为之祝九旬大寿。他还要我约作曲家瞿希贤与李泽厚一起去。后因瞿当时不在京,李也没找到,只有我和他去了冰心老人那里。他写了一幅字,四言诗给冰心,称冰心为"文坛祖母"。然后又是与冰心留影,又是与我照相。他还讲起他对李泽厚与刘再复的看法,认为他们是搞学术而被卷到政治里的,不要随便点名云云。这是我最后一次与这位老人见面了。后来他寄来了他签名的诗集。

他大概仍然想保护一些人。但是这次已不是一九八二或者一九八三年。他本人也处于几位文坛批判家的火力之下。在一次"点火"的会议上,几个人已经用"大泰斗保护小泰斗"这样的说法攻击乔木。也有的人干脆点出了乔木的名。

据说在一次会议上他极力与批他的人套近乎,说了许多未必得体的话,但反应冷淡。据说还向另一位曾撰文委婉批评他的人大讲王蒙的"稀粥"写得如何之不好。我觉得他已经为与王蒙拉开距离做了铺垫。这和他的与我讲看访舒婷"失败"具有相近似含义。

他的这些努力都引起了一些说法，而且，反正他对于意识形态工作的影响，是越来越式微了。

在这篇不成样子的怀念文章的最后，我想起了一九八八年他的一次谈话。当时中央正准备搞一个文件，就对文艺工作的领导问题提出一些方针原则。有关同志就此文件草稿向他征求意见。他对我说："要把党领导文艺工作的惨痛教训，郑重总结以昭示天下。"他说得很严肃，很沉痛，对文件的要求也非常之高。他慨叹党内缺少真正懂文艺的周恩来式的领导人。他要求回顾历史的经验。但是他又说："不要涉及《在延安文艺座谈会上的讲话》。"对最后这个意见，我传达给有关负责人以后，我们一致认为无法照办。

乔木凋矣，但我没有也不会忘记他。我远远谈不上对他有多少了解。也许我的记忆有误，也许我的体会感受有误。当然我写的只是我眼中的胡乔木。也许，一个更深沉、更真实、更完全也更政治的胡乔木，是我没有也无法把握的。但我仍然有义务把这一切写出来，为了对他的怀念与感激。愿他的在天之灵安息！

和老房东重逢

交谈瞬间

独一无二的韦君宜

早在五十年代,我在北京市一个区做团的工作的时候,我就有机会见到君宜同志了。她当时在《中国青年》杂志社工作,她写了一些谈青年人思想修养的文章,写得很好,如《妹妹的故事》等。一些学校的团总支请君宜去作报告,我作为团干部前往旁听,发现她说话又急又有些口吃,和她的干净流畅的文笔相比,她的口才实在不强。

一九五六年,我发表了《组织部新来的年轻人》,君宜同志主编的《文艺学习》组织了讨论,赞成与批评的意见都很热烈。她约我到她家里去过,同时见到的还有当时任市委书记的杨述。她(他)们与我交谈,是抱着关心帮助循循善诱的师长的态度的。他们的观点其实非常正统,但他们都十分与人为善。后来由于毛主席的干预,《组织部新来的年轻人》的风波暂时平安度过。当然,等到反右开始,毛主席说过话也罢,刘少奇打过招呼(见今年第一期《百年潮》上的有关文字)也好,都没能保得住我,我还是在劫难逃地落水了。在最艰难的情况下,我听到杨述同志催促本单位为我早日摘帽子的事。

到了一九六二年,情况刚刚好一点,我就收到当时由君宜同志主持的人民文学出版社的约稿信,继而,她与黄秋耘同志多次与我见面,他们千方百计地帮我想办法,希望《青春万岁》能顺利出版。君宜还把我的短篇小说稿《眼睛》转给《北京文艺》发表。但后来很快"精神"又变了,他们对我的呵护,也没能达到预期的效果。

"文革"中她去过一次新疆，我去看望她，她是一句寒暄的话也没有，似乎不认识我。她吓坏了，她其实是不敢与我交谈。到了一九七六年，我爱人回北京探亲，她受我的委托去看望君宜，君宜也是一句话也没有。我理解，君宜是一个极讲原则讲纪律极听话而且恪守职责的人，她不会两面行事，需要划清界限就真划，不打折扣，不分人前人后。同时，我从来没有对她的与人为善失过信心。

进入新时期以来，她是极端认真地拥护党的三中全会精神并身体力行之的。她写出反响巨大的《思痛录》来绝非偶然，她用外在的要求克服内心的良知的经验太多了，她必须把这些"痛"告诉读者。

同时她是一个极诚实的人，最利索的人，从不模棱两可，从不虚与委蛇，从不打太极拳。办事，她没有废话，没有客套，没有解释更没有讨好表功，即使在最好的情况下你与她打交道也时而觉得太"干"得慌；由于形势的原因，她认为不能与你交谈更不能帮你的忙，那就干脆一句话都没有。她确实是做到了无私，她不承认私人关系，不讲人情世故。她也算是绝了。而最好的情况下，如果她与你的意见不一致，她也绝不照顾关系，哼哼哈哈。例如，八十年代我曾在某个场合说过文学总体上看是人类的业余活动的话，君宜不赞成我的话，她立即也在一定的场合表示异议。

君宜还有一件事给我的印象极深，她写作速度极快，而且能够抓紧一切时间，有一次在机场等飞机时，我也看到她在笔记本上奋笔疾书。她退下来后病中写下那么多好东西就是证明。然而，她长期服从党的安排做编辑工作，硬是牺牲了自己的写作，同时她帮助了那么多青年作者脱颖而出。这也表现了无私，这令人肃然起敬。

我常常想，在中国这个古老和讲谋略的国家，在有过那么多战略战术的国家，在经过了那么多沧桑和现代后现代炒作和姿态以后，还有君宜同志这样认真和纯洁的人吗？我不敢多想了。

1999 年 1 月

周扬的目光

如果我的记忆无误的话——我从来没有用文字记录一些事情的习惯,一切靠脑袋,常有误讹,实在惭愧——是一九八三年的岁末,周扬从广东回来。他由于在粤期间跌了一跤,已经产生脑血管障碍,语言障碍。我到绒线胡同他家去看他,正碰上屠珍同志也在那里。当时的周扬说话词不达意,前言不搭后语,以至尽是错话。他的老伴苏灵扬同志一再纠正乃至嘲笑他的错误用词用语。他自己也有自知之明,惭愧地不时笑着,这是我见到的唯一一次,他笑得这样谦虚质朴随和,说得更传神一点,应该叫作傻笑。眼见一个严肃精明,富有威望的领导同志,由于年事已高,由于病痛,变成这样,我心中着实叹息。

我和屠珍便尽量说一些轻松的话,安慰之。

只是在告辞的时候,屠珍同志问起我即将在京西宾馆召开的一次文艺方面的座谈会。还没有容我回答,我发现周扬的眼睛一亮,"什么会?"他问,他的口齿不再含糊,他的语言再无障碍,他的笑容也不再随意平和,他的目光如电。他恢复了严肃精明乃至有点厉害的审视与警惕的表情。

于是我们哈哈大笑,劝他老人家养病要紧,不必再操劳这些事情,这些事情自有年轻的同志去处理。

他似乎略略犹豫了一下,然后"认输",向命运低头,重新"傻笑"起来。

这是我最后一次在他清醒的时候与他的见面,他的突然一亮的目光令我终生难忘。底下一次，就是一九八八年第五次文代会召开前夕陪胡启立同志去北京医院的病房了，那时周扬已经大脑软化多年，昏迷不醒，只是在唤他的名字的时候他的眼睛还能眨一眨。毕淑敏的小说里描写过这种眨眼，说它是生命最后的随意动作。

周扬抓政治抓文艺领导层的种种麻烦抓文坛各种斗争长达半个世纪，他是一听到这方面的话题就闻风抖擞起舞，甚至可以暂时超越疾病，焕发出常人在他那个情况下没有的精气神来。这给我的印象太深了。同时，没有"出息"的我那时甚至微觉恐惧，如果当文艺界的"领导"当到这一步，太可怕了。

一九八一年或一九八二年，在一次小说评奖的发奖大会上，我听周扬同志照例的总结性发言。他说到当时某位作家的说法，说是艺术家是讲良心的，而政治家则不然云云。周说，大概某些作家是把他看作政治家的，是"不讲良心"的；而某些政治家又把他看作艺术家的保护伞，是"自由化"的。说到这里，听众们大笑起来。

然而周扬很激动，他半天说不出话来。由于我坐在前排，我看到他流出了眼泪。实实在在的眼泪，不是眼睛湿润闪光之类。

也许他确实说到了内心的隐痛，没有哪个艺术家认为他也是艺术家，而真正的政治家们，又说不定觉得他的晚年太宽容，太婆婆妈妈了。提倡宽容的人往往自己得不到宽容，这是一个无情的然而是严正的经验。懂了这一条，人就很可能成功了。

就是在那一次，他也还在苦口婆心地劝导作家们要以大局为重，要自由但也要遵守法律规则，就像开汽车一样，要遵守交通警察的指挥。他还说到干预生活的问题，他说有的人理解的干预生活其实就是干预政治。"你不断地去干预政治,那么政治也就要干预你,你干预他他可以不理,他干预你一下你就会受不了。"他也说到说真话的问题,他说真话不等于真理,作家对自己认为的说真话应该有更高的要求。他在努力地维护着党的领导,维护着文艺家们的向心力,维护着党的十一届三中全会以来出现的文艺工作蓬勃发展的大好局面,甚至为之动情落泪。殷殷此心,实可怜见!

在此前后,他在一个小范围也做了类似的发言,他说作家不要骄傲,不要指手画脚,让一个作家去当一个县委书记或地委领导,不一定能干得了。

他受到了当时还较年轻的女作家张洁的顶撞,张洁立即反唇相讥:"那让这些书记们来写写小说试试看!"

我们都觉得张洁顶得太过了,何况那几年周扬是那样如同老母鸡保护小鸡一样地以保护文艺新生代为己任。但是彼时周扬先是一怔,他大概此生这样被年轻作家顶撞还是第一次,接着他大笑起来。他说这样说当然也有理,总要增进相互的了解嘛。

他只能和稀泥。他那一天反而显得十分高兴,只能说是他对张洁的顶撞不无欣赏。

周扬那一次显得如此宽厚。

然而他在他的如日中天的时期是不会这样宽厚的,六十年代,他给社会科学工作者讲反修,讲小人物能够战胜大人物,那时候他在意识形态领域的影响达到了一个相当的高峰,他的言论锋利如出鞘的剑。他在著名的总结文艺界"反右"运动的《文艺战线上的一场大辩论》中提出"个人主义是万恶之源"的时候,也是寒光闪闪,锋芒逼人的。

一九八三年秋，在他因"社会主义异化论"而受到批评后不久，我去他家看他。他对我说一位领导同志要他做一个自我批评，这个自我批评要做得使批评他的人满意，也要使支持他的人满意，还要使不知就里的一般读者群众满意。我自然是点头称是。这"三满意"听起来似乎很难很空，实际上确是大有学问，我深感领导同志的指示的正确精当，这种学问是书呆子们一辈子也学不会的。

我当时正忙于写《在伊犁》系列小说，又主持着《人民文学》的编务，时间比金钱紧张得多，因此谈了个把小时之后我便起立告辞。周扬显出了失望的表情，他说："再多坐一会儿嘛，再多谈谈嘛。"我很不好意思也很感叹。时光就是这样不饶人，这位当年光辉夺目，我只能仰视的前辈、领导、大家，这一次几乎是幽怨地要求我在他那里多坐一会儿。他的这种不无酸楚的挽留甚至使我想起了我的父亲，他每次对于我的难得的造访都是这样挽留的。

他是从什么时候起变得有些软弱了呢？

我想起了一九九三年初我列席的一次会议，在那次由胡乔木同志主持的会议上，周扬已经处于被动防守的地位，吃力地抵挡着来自有关领导对文艺战线的责难，他的声音显出了苍老和沙哑。他的难处当然远远比我见到的要多许多。

而在三十年前，一九六三年，周扬在全国文联扩大全委会上讲到了王蒙，他说："……王蒙，搞了一个右派喽，现在嘛，帽子去掉了……他还是有才华的啦，对于他，我们还是要帮助……"先是许多朋友告诉了我周扬讲话的这一段落，他们都认为这反映了周对于我的好感，对我是非常"有利"的。当年秋，在西山八大处参加全国文联主持的以反修防修为主题的读书会的时候，我又亲耳听到了周扬的这一讲话的录音，他的每一个字包括语气词和咳嗽都显得那样权威。我直听得汗流浃背，诚惶诚恐，觉得党的恩威、周扬同志的恩威都重于泰山。

我在一九五七年春第一次见到周扬同志，地点就在我后来在文化部工作时用来会见外宾时常用的子民堂。由于我对《组织部新来的年轻人》受到某位评论家的严厉批评想不通，给周扬同志写了一封信，后来受到他的接见。我深信这次谈话我给周扬同志留下了好印象。我当时是共青团北京市东四区委副书记，很懂党的规矩、政治生活的规矩，"党员修养"与一般青年作家无法比拟。即使我不能接受对那篇小说的那种严厉批评，我的态度也十分良好。周扬同志的满意之情溢于言表。他见我十分瘦弱，便问我有没有肺部疾患。他最后还皱着眉问我："有一个表现很不好的青年作家提出苏联十月革命后的文学成就没有十月革命前的文学成就大，你对这个问题怎么看？"我回答说："这是一个复杂的问题，需要进行全面的调查和研究，需要掌握充分的资料，随随便便一说，是没有根据的。"周扬闻之大喜。

我相信，从那个时候起他就决心要一直帮助我了。

所以，一九七八年十月，当"文革"以来报纸上第一次出现了周扬出席国庆招待会的消息，我立即热情地给他写了一封信，并收到了他的回信。

所以，在一九八二年底，掀起了带有"批王"的"所指"的所谓关于"现代派"问题的讨论的时候，周扬的倾向特别鲜明（鲜明得甚至使我自己也感到惊奇，因为他那种地位的人，即使有倾向，也理应是引而不发跃如也的）。他在颁发茅盾文学奖的会议上大讲王某人之"很有思想",并且说不要多了一个部长,少了一个诗人等等。他得罪了相当一些人。当时有"读者"给某文艺报刊写信,表示对于周的讲话的非议,该报便把信转给了周,以给周亮"黄牌"。这种做法,对于长期是当时也还是周的下属的某报刊,是颇为少见的。这也说明了周的权威力量正在下滑失落。

新时期以来,周扬对总结过去的"左"的经验教训特别沉痛认真。也许是过分沉痛认真了?他常常自我批评,多次向被他错整过的同志道歉,泪眼模糊。在他的生命的最后几年,他特别注意研究有关创作自由的问题,并讲了许多不无争议的意见。

当然也有人从来不原谅他,一九八〇年我与艾青在美国旅行演说的时候就常常听到海外对于周扬的抨击。那是没有办法的事。

我听到不止一位老作家议论他的举止,在开会时刻,他当然是常常出现在主席台上的,他在主席台上特别有"派",动作庄重雍容,目光严厉而又大气。一位新疆少数民族诗人认为周扬是美男子,另一位也是挨过整的老延安作家则提起周扬的"派"就破口大骂。还有一位同龄人认为周扬的风度无与伦比,就他站在台上向下一望,那气势,别人怎么学也学不像。

还有一位老作家永不谅解周扬,也在情理之中。有一次他的下属向他汇报那位作家如何在会议上攻他,我当时在一旁。周扬表现出了政治家的风度,他听完并无表情,然后照旧研究他认为应该研究的一些大问题,而视对他的个人攻击如无物。这一来他就与那种只知个人恩恩怨怨,只知算旧账的领导或作家显出了差距。大与小,这两个词在汉语里的含义是很有趣味的。周扬不论功过如何,他是个大人物,不是小人。

刘梦溪同志多次向我讲到周扬同志在十一届三中全会之后总结

党的历史经验时说的两句话。他说，最根本的教训是，第一，中国不能离开世界，第二，历史阶段不能超越。

　　言简意赅，刘君认为他说得好极了，我也认为是好极了。可惜，我没有亲耳听到他的这个话。

1996 年 4 月

我心目中的丁玲

这是一个危险的题目,因为丁玲是国内外如此声名赫赫如此重要的一位当代作家,因为她的一生是如此政治化,她面对过和至今(死后)仍须面对的问题是如此尖锐,因为她与文坛的那么多是是非非、恩恩怨怨纠缠在一起。还因为,在某些人看来,王与丁是两股道上的车,反正怎么样写也不得好,弄不好又会踩响一个或一个以上的地雷。再说,王与丁,分属于两代人,她开始文学生涯的时候鄙人尚未出世。我对她的了解极其有限,承蒙她老的好意,一九八五年六月签名赠送给我她的六卷本精装《丁玲文集》(湖南人民出版社版),我只是为写这篇文章最近才捧起阅读的。这样,我写起来确实难免挂一漏万,郢书燕说,捕风捉影,以讹传讹,强作解人……总之什么不是都会落到自己头上。

这个难题的挑战性恰恰吸引了我。纪念胡乔木的文章就是这样写出来的。我说,这篇文章没有办法写,但是《读书》的编辑说:"你行。"于是我就来了劲,冒起傻气来了。再说,在我的少年时代,我曾经那样地崇拜过丁玲。我读了一些谈到丁的文字,我又觉得与丁的实际有着距离。你不写,谁写?

一位论者说,那些一九五七年出过事的青年作家,在七十年代末复出文坛以后,投靠了在文坛掌权的领导,而忘记了与自己同命运而与领导是对立面的老阿姨(丁玲)。

可是我至今记得,一九七九年丁玲刚刚从外地回到北京时,我与邵燕祥、从维熙、邓友梅、刘真等人,在丁玲的老秘书,后来的

《中国作家》副主编张凤珠同志引见下去看望丁玲的情景。我们是流着热泪去看丁玲的，我们只觉得与丁玲之间有说不完的话。

事隔不太久，传来丁玲在南方的一个讲话，她说："北京这些中青年作家不得了啊，我还不服气呢，我还要和他们比一比呢。"

北京的中青年作家当时表现了旺盛的创作势头，叫作红火得很，当然作品是参差不齐的。大家听到丁阿姨的话后，一个个挤眼缩脖，说："您老不服，可是我们服呀。您老发表作品的时候我们这些人还不知道在谁的大腿肚子里转筋呢，我们再狂也不敢与您老人家比高低呀！"

后来几年，我又亲耳听到丁玲的几次谈当时文学创作情况的发言。一次她说："都说现在的青年作家起点高，我怎么看不出来？我看还没有我们那个时候起点高啊。"

另一次则是在党的工作部门召开的会上，丁玲说："现在的问题是党风很坏，文风很坏，学风很坏……"

而在拿出她的《牛棚小品》时候，她不屑地对编辑说："给你们，时鲜货……"

在一些正式的文章与谈话里，丁玲也着重强调与解放思想相对应的另一面，如要批评社会的缺点，但要给人以希望；要反对特权，但不要反对老干部；要增强党性，去掉邪气，对青年作家不要捧杀等等。（见《丁玲文集》第六卷 233、365 页。以下只注卷、页。）其实这也是惯常之论，只是与另一些前辈的侧重点不同，在当时具体语境下颇似逆耳之音。

于是传出来丁玲不支持"伤痕文学"的说法。在思想解放进程中，成为突破江青为代表的教条主义与文化专制主义的闯将的中青年作家，似乎得不到丁玲的支持，乃至觉得丁玲当时站到了

"左"的方面。而另外的周扬等文艺界前辈、领导人，则似乎对这批作家作品采取了热情得多友好得多的姿态。

这一类"分歧"本身包含的理论干货实没有什么了不起。与此后的若干文艺界的某一类分歧一样，大致上是各执一词，各强调一面。这也如我在一篇微型小说里描写过的，一个人强调吃饭，另一个人强调喝水，于是斗得不可开交。但是分歧背后有更复杂的或重要的内容，分歧又与政治上的某种大背景相关联，即与左右之类的问题以及人事的恩怨问题相关联，加上文学工作者的丰富感情与想象力，再加上吃摩擦饭的人的执着加温……分歧便成了死结陷阱，你想摆脱也摆脱不开了。

一位比我大七八岁的名作家，一次私下对我说："丁玲缺少一位高参。她与××的矛盾，大家本来是同情丁的。但是她犯了战略错误。五十年代，那时候是愈左愈吃得开，××批评她右，她岂有不倒霉之理？现在八十年代了，是谁左谁不得人心，丁玲应该批判她的对立面的左，揭露××才是文艺界的左的根源，责备他思想解放得不够，处处限制大家，这样天下归心，而××就臭了。偏偏她老人家现在批起××的右来，这样一来，××是愈批愈香，而她老人家愈证明自己不右而是很左，就愈不得人心了。咱们最好给她讲一讲。"

令人哭笑不得。当然，一直没有谁去就任这个丁氏高参的角色。

而从丁玲的角度呢，她和她的战友好友们悲愤地表示：从前批她右，是为了害她，现在看出来批右是批不倒她了，又批上她的左了，真是翻手为云，覆手为雨——说你左你就是左，说你右你就是右呀！

丁玲的所谓左的事迹一个又一个地传来。在她的晚年，她不喜欢别人讲她的名著《莎菲女士的日记》《在医院中》《我在霞村的时候》；而反复自我宣传，她的描写劳动改造所在地北大荒的模范人物的特写《杜晚香》，才是她最好的作品。

丁玲到美国大讲她的北大荒经验是如何美好快乐，以致一些并无偏见的听众觉得矫情。

丁玲屡屡批评那些暴露"文革"批判极左的作品。说过谁的作品反党是小学水平，谁的是中学，谁的是大学云云。类似的传言不少，难以一一查对。

那么丁玲是真的"左"了吗？

我认为不是。我至今难忘的是《人民文学》的一次编委会。那时全国短篇小说评奖，是中国作协委托《人民文学》杂志社操作的。在讨论具体作品以前，编委会先务一务虚。一位老大姐作家根据当时的形势特别强调要严格要求作品的思想性。话没等她说完，丁玲就接了过去，以不容置疑的口气说："什么思想性，当然是首先考虑艺术性，小说是艺术品，当然先要看艺术性……"

我吓了一跳。因为那儿有毛主席《在延安文艺座谈会上的讲话》管着，谁敢把艺术性的强调排在对思想性的较真前头？

王蒙不敢，丁玲敢。丁玲把这个意思最终还是正式发表出来了。（第六卷447页）

有一次丁玲给青年作家学员讲话，也是出语惊人。她说："什么思想解放？我们那个时候，谁和谁相好，搬到一起住就是，哪里像现在这样麻烦！"

她又说："谁说我们没有创造性，每一次政治运动，整起人来，从来没有重样过！"

如此这般，不再列举，以免有副作用。我坚信，丁玲骨子里绝对不是极左。

那么怎么理解丁玲的某些说法和做法呢？

第一，丁与其他文艺界的领导不同，她有强烈的创作意识、名作家意识、大作家意识。或者说得再露骨一些，她有一种明星意识、竞争意识。因此，对活跃于文坛的中青年作家，她与其说是把他们看作需要扶植需要提携需要关怀直至青出于蓝完全可能超过自己的新生代，不如说是在潜意识里把他们看作竞争的对手，大面上则宁愿看作需要自己传帮带、需要老作家为之指路纠偏的不知天高地厚、不成熟而又被她的对手吹捧起来的头重脚轻、嘴尖皮厚的一群。她是经过严酷的战争考验和思想改造的锻炼的，在党的领导人面前，她深知自己活到老改造到老谦虚到老的重要性必要性；但在中青年作家面前，她又深深地傲视那些没受过这些考验锻炼的后生小子。她自信比这些后生小子高明十倍苦难十倍深刻十倍伟大十倍至少是五倍。她最最不能正视的残酷事实是，出尽风头也受尽屈辱，茹苦含辛销声匿迹三十余年后复出于文坛，她已不处于舞台中心，已不处于聚光灯的交叉照射之下。她与一些艺术大星大角儿一样，很在乎谁挂头牌。过去她让领导添堵也是由于这个，她从苏联开会回来就散布，在苏联爱伦堡几次请她讲话，并说："你是大作家，你应该讲话。"但她不是代表团长，代表团长是与她不睦的××。她引用爱伦堡的话说那个××团长"长着一副做报告的脸"等等。请想想，这样的话传出去，她能不招领导讨厌吗？

（她说的并非完全不是事实，但中国国情与苏联不同，我们这里认的是谁是什么什么长，而不是谁是大作家。越是大作家大什么家越要把你摆平，这也是一种自由平等博憎，也许是乐感文化。）

那么，她看到那时的所谓中青年作家左一篇作品右一篇作品得奖，以及各种风头正健的表演——其中自然有假冒伪劣——她能不上火么？恨乌及屋，她无法对党的十一届三中全会以来的文学潮流抱亲和的态度。当然，她也想立一些人，如写《灵与肉》的张贤亮，她不止一次地为之谈话和著文，但她已无法成事，她的支持中青年的动作的影响已经无法与××相比，还不如少支持一点打起另一面旗子。她的可爱其实也在这里。在这上头，她恰恰表示出她是普通一兵，是骡子是马咱们拉出来遛遛。咱们比的不是年龄，不是资历，不是级别而是实打实的写作。她喜欢的位置在赛场上，而不是主席台上。她争的是金牌而不是满足于给金牌得主发奖或进行勉励做总结发言。见到年轻人火得不行而并无真正的得以压得住她的货色，她就是不服，她就是要评头品足，指手画脚乃至居高临下，杀杀你的威风。这样的伟大作家前辈并不止她一个，而且，说老实话，如果不及时反省调整，王某人也会变成或已开始变成这样的角色。

其次是由于她的特殊政治经验特别是文坛内斗的经验。由于她长时期以来一直处境严峻，她回到北京较晚，等到她回来的时候"伤痕文学"已经如火如荼地火起来了。她那时虽然获得了平反，却也一度仍留着尾巴。而她认定应该对她的命运负责的××正在为新时期的文学事业鸣锣开道，思想解放的大旗已经落到了人家手里，人家已经成了气候，正受到许多中青年作家和整个知识界的拥戴，却也受到某些领导人与老同志的非议。她怎么办？她自然无法紧跟××，她要与之抗衡就必须高擎相对应的类似"反右"的旗帜。她在党内生活多年，深知自己的命运与领导对自己的看法紧密相关，这决定于是你还是你的对手更能得到党的信赖。要获得这种信赖就必须顶住一切压力阻力人情面子坚持反右，这是政治上取胜的不二法门——那位老作家的高参论其实没有丁玲高。她必须像爱护自己的眼珠一样地爱护自己的政治可靠性忠诚性政治信用性，亦即她的一个老革命老共产党员的政治声誉。她明确地下定义说："作家是政治化了的人。"（第六卷230页）这来自她的血泪经验，也来自她的政治信念价值系统，当然有她的道理。燕雀安知鸿鹄之志鸿鹄之道？在鸿鹄们看来，根本用不着与那些书呆子燕雀雏儿讨论这种问题。

她的对手过去一再论证的就是她并非真革命真光荣真共产主义者，这有莎菲女士为证，有她的某些"历史问题"为证，有她的犯自由主义的言谈话语为证。这是对她的最惨重的打击。有了这一条她就全完了，再写一百部得斯大林奖的小说也不灵了。而她的生死存亡的决定因素是她必须证明她才是真革命的：这有《杜晚香》为证，有她复出后的一系列维护党的权威歌颂党的领导以及领导人的言论为证。"一生真伪有谁知？"这才是她的最大的情意结。当她差不多取得了最后胜利的时候，当她的对手××被证明是犯了鼓吹人道主义和社会主义异化论的错误从而使党的信赖易手的时候，她该是多么快乐呀。

这样我就特别能理解她在"文革"后初复出时为什么对沈从文对她的描写那样反感。沈老对她的描写只能证明她的对手对她的定性是真实的——她不是革命者马克思主义者，而只是一个小资产阶级、个人主义者。她必须痛击这种客观上为她的对手提供炮弹、客观上已经使她倒了半辈子霉的对她的理解认识勾勒。打的是沈从文，盯着的是一直从政治上贬低她的××。你说她惹不起锅惹笊篱也行，灭不了锅就先灭笊篱，灭了笊篱就离灭锅更靠近了一步。这是政治斗争也是军事斗争的常识性法则，理所当然。她无法直接写文章批××，对××她并不处于优势，她只能依靠党。与××斗，靠的不是文章而是另一套党内斗争的策略和功夫包括等待机会，当然更靠她的思想改造的努力与恪忠恪诚极忠极诚的表现。对于沈从文，她则处于优势，她战则必胜，她毫不手软，毫不客气。她没有把沈放在眼里，打在沈身上就是打在害得她几十年谪入冷宫的罪魁祸首身上。

我还要论述，这里不仅有利害的考虑而且有真诚的信仰。革命许诺的东西太多太多了，要求的东西也太多太多了。一个人接受了革命，就等于换了另一个人——如毛泽东赠丁玲词所言："昨日文小姐（请注意，是小姐，这个称谓并不革命），今日武将军。"过去种种比如昨日死，今后种种比如今日生。他或她时刻准备着为革命洒尽最后一滴血，为革命甘当老黄牛，忍辱负重，万死不辞。她在一九四二年六月即延安文艺座谈会刚刚开完时，触目惊心地论证道："改造，首先是缴纳一切武装的问题。既然是一个投降者，从那一个阶级投降到这一个阶级来，就必须信任、看重新的阶级……即使有等身的著作，也要视为无物，要拔去这些自尊心自傲心……不要要求别人看重你了解你……"（第六卷21页）没有对于革命或用丁的话即对于新的阶级的真情实感，是写不出这样的刺刀见红的句子的。这样激烈的言词透露了她在文艺座谈会上受到的震动，也透露了某种心虚。把这样的作家打成右派，真是昏了心！无怪乎直到丁死后，其家属一直悲愤地与治丧人员谈判，要求将鲜红的镰刀斧头党旗覆盖在她的遗体上。而治丧负责人以按上级明文规定她的级别不够为由，并没有满足这一愿望。呜呼，痛哉！

而与此同时，一朝革命，便视天下生灵为等待拯救渴望指引的嗷嗷待哺的黑暗中摸索的瞎子。(这种心态表现得最充分的就是话剧《杜鹃山》。此话剧是教育雷刚们的,表达的却是柯湘们的自信。)一朝革命,更视那些不大革命的人为糊涂,为落后,为盲瞽,为混账,为历史大波上浮沉的泡沫,最好也不过是一看二帮我说你服的对象。至于反对革命的人,那就只能是敌人了。对敌人仁慈就是对人民残忍。同时一旦革命也就视自己的革命者的身份为高于一切的宝贵。为了这个最宝贵的身份和名誉,人们不能害怕斗争,不能做好好先生,小不忍则乱大谋,人们可以或必须"缴纳"一切的一切。当下的小字辈可以不理解这些,却无法否认这种信念这种追求的真实性与历史必然性。

革命的崇高伟大与艰难牺牲决定了它的奋不顾身一往无前的决绝。丁玲自然不能讲情面。她认为她有权利也有义务反击不知革命为何物的沈从文对她的歪曲——至少是对她的未革命时的某一侧面的不合时宜的强调。为了革命的正义性,她可以毫不犹豫地不念与沈的旧谊。北京一解放,沈去看望丁,丁对他并不热情,联系一下当时的语境,我们就无法以不革命的庸人的观点去评说这件事。当时一个是老革命,是胜利者接管者掌权者,一个是老不革命,最好也不过是刚刚得到解放、刚刚开了革命之窍、肯定对革命还有许多糊涂思想的老知识分子,说不定还有若干需要审查的历史疑点,丁怎么可能以老朋友的态度对待沈呢?以革命家的身份衡量丁玲,丁玲未必是那么不近人情,而是近更高的阶级情政治情原则情。丁玲为革命确实付出了不少东西,那么再把老友沈从文搁置一下,让分管沈的部门去处理,有何不可?沈和丁的恩怨沧桑更多的是历史造成的,我们当然不能责备沈老,同样也无法以一般人情世故的观点去责备丁玲。如果没有一点狂热和自豪,又哪儿来的知识分子的革命化？而中国知识分子的革命化，正是中国革命迅速取得胜利的一个因素，是中国革命的一个特点或者优点。当然，如果丁玲还活着，那么待以阶级斗争为纲的年代过去以后，在尘埃落定以后，也许我们愿意与她老人家共同假设一下，如果当初她老人家不那么严厉，如果她当初也能尊重与自己的政治选择人生选择不同的知识分子，如果她能够多一点人情味，多一点平常心，多一点对芸芸众生的善意，有何不好，岂不更好？换句话说，革命者在取胜以后，在普天之下莫非革命之土以后，盛气凌人地炫耀自己的革命与傲视别人的不革命，究竟是有利于执政巩固革命成果还是相反呢？这也值得确实革过命的杰出人士们三思。

年轻得多的人无法理解丁玲的那种政治激情，有时把投身革命与什么仕途进退搅在一起，这会让革过命的人气得发疯。反过来说，如果认为一个人既然参加了崇高伟大的革命就超凡脱俗，从不考虑"仕途"（当然是用别的词儿，如进步、信任或者关怀、考验），大概又太天真烂漫了。

那么，丁玲是一个政治家了？可惜不大是。丁玲是一个艺术气质很浓的人，她炽热、敏感、好强、争胜、自信、情绪化、个性很强、针尖麦芒、意气用事，有时候相当刻薄。在一九三一年写作的未完稿的《莎菲女士日记》第二部中，她的莎菲女士写道："不过我这人终究不行，旧的感情残留得太多了，你看我多么可笑，昨天竟跑了一下午，很想找到一点牡丹花……"（第三卷312页）这是她的一个夫子自道。到了半个世纪后她的《牛棚小品》里，丁玲描写她与陈明同志的爱情，竟是那样饱满激越细腻温婉，直如少女一般，令人难以置信，但这是真正的艺术的青春。一个确实政治化了的人绝对写不出那样的小品——那却也让极政治化的人觉得肉麻。

有一次是中篇小说评奖大会后的合影留念，她来了，坐下了，忽然看到了身旁座位的名签：××，就是她最不喜欢的那个领导，她噢了一声像被蝎子蜇了一下，立即站起身来。她的表现毫无政治风度。再比如她动不动打击一大片，只求泄愤，不顾后果，结果搞得腹背受敌；政治家决不会这样做。如她说什么作协创作研究室编辑的对二十四个中青年作家的评论集是"二十四孝"，用这样恶毒的话来树敌，暴露了自己的心胸不够宽广，窃以为不足取。然而，这才是丁玲，她的个性，她的光辉，她的感情气质，常常也表现在这里。

她的过分自信也表现在她晚年办文学杂志的事情里。在新侨饭店举行的创刊招待会上，她是如何喜气洋洋通体舒泰呀。她是以发表革命老作家的作品的理由来创办新刊物的，但是她主办的《中国》，实际上以发表遇罗锦、北岛等人的作品而引人注目。历史可真会戏弄人。她的创办刊物并未收到登高一呼、应者云集的效果，而是举步维艰。她的那些跟随者也并不总是买她的账，她不得不亲自出马，提着礼物去协调与自己的编委们的关系。她费了太多的精力去办刊，可以说是操碎了心。这影响了她晚年的写作，也影响了她的身体健康。她说过："我现在是满腹经纶，要写，但是时间不多了。"她又说："过去了的事情是空，是无。"她说得好惨。

她一辈子搅在各种是非里。她也用这种眼光看别人。她预言中国作协将会发生"垂帘听政与反垂帘听政"的矛盾。她的预言并没有实现。画虎不成反类犬，本来是非政治家，太政治了反而没了政治，只剩下了勾心斗角。以至她不可能正确地理解她的晚辈、她的同行，本来这些人可以成为她的忘年朋友。我本人几次去看望过丁玲，但是无法交心，不无防范戒备应对进退，着实可叹。

她本来可以写很多很多杰出的作品。她是那一辈人里最有艺术才华的作家之一。特别是她写的女性，真是让人牵肠挂肚，翻瓶倒罐。丁玲笔下的女性有一种特殊的魅力，娼妓、天使、英雄、圣哲、独行侠、弱者、淑女的特点集于一身，卑贱与高贵集于一身。她写得太强烈、太厉害，好话坏话都那么到位。少年时代我读了《我在霞村的时候》，贞贞的形象让我看傻了，原来一个女性可以是那么屈辱、苦难、英勇、善良、无助、热烈、尊严而且光明。十二岁的王蒙似乎从此才懂得了对女性的膜拜和怜悯，向往、亲近和恐惧，还有一种男人对女人的责任。这也就是爱情的萌发吧。少年的王蒙从丁玲那里发现了女性并从而发现了自己。从梦珂到莎菲到贞贞到陆萍（《在医院中》）到黑妮（《太阳照在桑干河上》），她特别善于写被伤害的被误解的倔强多情多思而且孤独的女性。这莫非是她的不幸的遭遇的一个征兆？小说这个玩意儿是太怕人了，戴厚英的《脑裂》不也是一样的可怕吗？也许丁玲的命运在一九二七年发表《梦珂》的时候已经注定了？是历史决定性格还是性格决定历史呢？是命运塑造小说还是小说塑造命运呢？《我在霞村的时候》里作者写道："我喜欢那种有热情的，有血肉的，有快乐，有忧愁，又有明朗的性格的人……"丁玲就是一个这样的人，或者本想做一个这样的人。然而她的环境和她自己的性情却不可能使她处处如愿，使她的实际状况特别是旁人的观感与她自己的设想有了距离。一个有地位的老作家兼领导曾对我说丁具有"一切坏女人"的毛病：表现欲、风头欲、领袖欲、嫉妒……为什么一个人的自我估量与某些旁人的看法相距如此之遥？这说明做人之难吗？这说明相通之不易吗？这真是最大的遗憾了噢!"人大约总是这样,哪怕到了更坏的地方,还不是只得这样,硬着头皮挺着腰肢过下去,难道死了不成?""苦么?现在也说不清,有些是当时难受,于今想来也没有什么……许多人都奇怪地望着我……都把我当一个外路人……"她在《我在霞村的时候》里写下的这些话(第三卷232、233页),莫非后来都应验了吗?

然而,把丁玲当外路人是不公平的,她的一生被伤害过也伤害过别人,例如她的一篇文章《作为一种倾向来看》就差不多"消灭"了萧也牧;但主要是她被伤害过。她理应得到更多的同情,须知现时连周作人也得到了宽容的目光;一个人因追求革命因幼稚而做出过一些蠢事,总不该比不革命反革命的蠢事更受谴责。何况如今丁玲和她的友敌们大多已成为历史人物,历史已经删节掉了多少花絮——而丁玲的作品仍然活着。她的起点就是高。她笔下的女性的内心世界常常深于同时代其他作家写过的那些角色。她自己则比"五四"迄今的新文学作品中表现过的(包括她自己笔下的)任何女性典型都更丰满也更复杂更痛苦而又令人思量和唏嘘。同时她老了以后又敏锐地却又不无矫情地反感于别人称她为女作家。她认为有的女作家是靠女性标签来卖钱。但是她同时确实是一个擅长写女性的因写女性而赢得了声誉的女作家——谁能否认这个事实?怎么能认为所有的读者都是用一种轻薄的态度而不是郑重的态度来对待她的女性身份与女性文学特质?她这个人物,我要说她这个女性典型,这个并未成功地政治化的,但确是在政治火焰中烧了自己也烧了别人的艺术家典型还没有被文学表现出来。文学对她的回报还远远不够。而她的经验很值得我和同辈作家借鉴和警惕反思。她并非像某些人说的那样简单。我早已说过写过,在全国掀起"张爱玲热"的时候,我深深地为人们没有纪念和谈论丁玲而悲伤而不平。我愿意愚蠢地和冒昧地以一个后辈作家和曾经是丁玲忠实读者的身份,怀着对天人相隔的一个大作家的难以释怀的怀念和敬意,为丁玲长歌当哭。

1997 年 2 月

永远的《雷雨》

为纪念曹禺先生逝世一周年,北京人民艺术剧院重新上演《雷雨》。我有幸被邀去看,距上一次看《雷雨》,倏忽四十余年矣。上一次是一九五六年,召开全国第一次青年创作积极分子会议时。(那时为了防止我们这一伙人骄傲,不让叫青年作家。)至今我记得儿童文学作家刘厚明看完于是之、胡宗温、朱琳、郑榕、吕恩等演的戏后对我说的话:"我感到了艺术上的满足。"如今,厚明亦作古八年矣。

我从上小学就看《雷雨》,加上电影,看了不下七八次,许多台词——特别是第二幕的一些台词我已会背诵。我特别喜欢侍萍回忆三十年前旧事时说的"那时候还没有用洋火"这句话,我觉得现在的演员(不是朱琳)没有把这句话的沧桑感传达出来。我知道《雷雨》的情节与人物家喻户晓。我的缠足的、基本不识字的外祖母,在我七岁时就向我介绍过戏里的人物,她说鲁大海是一个"匪类",而繁漪是一个"疯子"。

《雷雨》表现了人的与(旧)社会的罪恶,毫不客气,针针见血。戏里表现出来的罪恶主要来源有二,一是阶级,二是性。不但周朴园是剥削压迫工人"下人"的魔王,繁漪也是张口闭口下等人如何如何,把繁漪说得如何富有革命性乃至这样的人可以成为共产党员(请参看拙著《踌躇的季节》)怕只是一厢情愿。《雷雨》是猛批了资产阶级的,比《子夜》揭露更狠,是现代文学史上突出地批判资产阶级的为数不太多(与反封建主题相比较)的重要作品之一。《雷雨》里充满了压抑、憋闷、腐烂、即将爆炸的气氛，这种气氛主要是由于周朴园的蛮横专制造成的。与憋气与闷气共生的，则是一股乖戾之气——早在明朝就有人注意到了弥漫于中华大地上的一股戾气。《雷雨》里的人物，多数如乌眼鸡，一种仇恨和恶毒、一种阴谋和虚伪毒化着一个又一个的心灵。周朴园、蘩漪、周萍、鲁贵、鲁大海，无不一身的戾气。当然，大海的戾气是周朴园逼出来的，你也不妨说旁人的戾气也应由周老爷负责——这就是戏之为戏了。实际上，找出了罪魁祸首直至除掉了罪魁祸首之后，各种问题并不会迎刃而解。但是压抑和憋闷再加上乖戾，就是在呼唤惊雷闪电、呼唤血腥、呼唤死亡——有了前边的那么多铺垫，你甚至会觉得不在最后一场死他个一串就是世无天理。从阶级斗争的角度来看，这种情势实际上是在呼唤革命。而从民主主义的观点来看，你也可以说是在呼唤民主——只有民主才能消除憋闷与乖戾二气。

戏里的阶级矛盾非常鲜明。每个阶级都有极端派或死硬派，有颓废派、天真派乃至造反派之类属。这种类属的配置，既是阶级的，又是戏剧——通俗戏剧的。有了这种配置，还愁没有戏吗？所缺少的，大概就是黑社会和妓女了，果然，到了《日出》里，这两类人物便也粉墨登场。

周朴园与鲁大海都很强硬。解放后的处理，加强了对鲁大海的同情，而减弱了他的"过激"的一面。但曹氏原著，似乎无意将其写成一个工人阶级的代表，他的工人弟兄的叛卖，也不符合歌颂工人阶级的意识形态要求。即使如此，整个压抑异常的戏里，只有大海拿出枪来整他的后老子一节令人痛快，令人得出麻烦与压迫还得靠枪杆子解决的结论。曹禺当时似乎还不算暴力革命派，但是从曹禺的戏里可以看到整个社会的矛盾的激化程度与激进思潮的席卷之势，连非社会革命派的作品里也洋溢着社会革命的警号乃至预报。呜呼！革命当然是必然的与不可避免的了。不管革命会付出多少代价，走多少弯路。不这样认识问题，就有向天真烂漫的周冲靠拢的意味了。

想来想去，全剧最具有人文精神的人物就是周冲，而周冲的表现竟成了讽刺，尤其此次演出，周冲给人的感觉如同滑稽人，着实令人可叹。四凤与鲁妈也够清洁的。但四凤叫人可怜，她的无知与奴性令人心烦——中国人毕竟走过了很长的一段路了。鲁妈更像一个圣者，一个理想主义者，她的撕支票至今仍然放射着反拜金主义的光辉。然而她抵抗不了"世道"，她是失败者，她可以到舞台上表演并赢得观众的同情的热泪，却于事无补；她无法兼善天下，连独善其身也根本做不到。她的质本洁来还洁去，令人想起失败的林黛玉来。她的不抵抗主义，则叫人想起圣雄甘地。她对"世道"的控诉，客观上也是通向革命的结论的。区区世道二字，承担了多少人多少代的仇恨与责任！这两个字在罪有应得的同时，是不是也太容易叫人忘却了自身的问题了呢？而不能自救者，能一定为世道改变所救吗？

对立的阶级都有自己的颓废派，或者叫叛徒，或者叫痞子。鲁贵是痞子无疑，蘩漪被父子两代人逼得也采取了痞子手段：从盯梢、关窗、锁门到告密。由于解放后大家喜欢搞两极对立思维，蘩漪是划到"好人"这一边的，所以论者大多为贤者讳，不提蘩小姐的这一面。周萍也是颓废派，他很痛苦。但此次濮存昕演的周萍，漫画化了，一举一动，观众都笑，连他最后为自杀开抽屉拿枪也是引起观众一阵哄笑，这太失败。濮存昕是一个优秀的演员，所以把大少爷演成这样的小丑，一个是两极对立的思维模式起作用，二是他还嫩,他不理解那种人格分裂的、自己极其痛苦也不断地给旁人制造痛苦的人物。

痞子的特点之一是出戏,它们是一种作料。正因为人皆不愿痞,人都要约束自己包装自己使自己成为正人君子;这样,潜意识里积存了不少痞能,便想在舞台上看看痞戏,发泄发泄,嘲笑嘲笑,使某些潜能情意结得以释放。很多大人物都有痞的一面,例如刘邦、赵匡胤之类。伟大的齐天大圣,从玉皇大帝的门阀观点看,也只不过是个痞子。生旦净末丑里的丑虽然排行最后,却是不可少的。更出戏的却是疯子,疯而后痛快,疯而后本真,这是对体制也是对文化的抗议——哪怕是半疯或佯疯或被污蔑为疯。繁漪就是应该有一点疯,在如此环境与遭际中不疯才是更大更可怕的精神疾患。而现在的演员把她演得一点不疯,反而减少了她的悲剧性。京剧里也是出来疯子就好看了——例如《宇宙锋》——否则,人人迈着方步,不是大人先生就是"坚陀曼",还能有什么戏!我观看好莱坞影片已得出结论:中国样板戏的特点是戏不够,(阶级)敌人凑;美国肥皂剧与商业片的特点则是戏不够,心理变态凑。如果不写心理变态者,多少戏剧冲突都没有了呀。曹禺在这些方面,用得很充分。

这就又扯到了性。因为美国影片里的心理变态者多是穷追并杀戮女性。《雷雨》中,阶级的罪恶表现为性罪恶,处理罢工事件云云则只是虚写。而事物一旦表现为性罪恶,就有点原罪的意思了。谁让人这么没有出息,生下来就带着全套家什。而性罪恶中最刺激的一是强奸,一是乱伦。而比较常见的被老百姓谴责的性罪恶是"始乱终弃"。强奸云云,《雷雨》中未有表现。但是乱伦,戏里是写了个不亦乐乎。曹氏很有火候,第一乱是周萍与繁漪,二人并无血缘关系(但大少爷是他爸的亲儿子,所以也挺恶心);第二乱是周萍与四凤,不知者不怪罪,只能罪天罪命。这就不像西方电影里动不动露骨地讲什么父亲与女儿如何如何,令人讨厌。现在,人们都知道弑父娶母的俄狄浦斯情结与恋父的伊赖克特拉情结了;其实要把弗洛伊德的学说贯彻到底,就应该讲讲周萍四凤情结。

《雷雨》里对周氏父子的"始乱终弃"也谴责得很厉害。半个世纪以前,即此戏诞生的年代,性问题上的一个重要观念就是男权中心,女子在性上永远是受害一方,被欺侮的一方,被"始乱终弃"的一方。同时,社会上又十分男性中心地厌恶与丑化女性之"妒"和此种妒之"毒"。这里既有事实根据,也有传统观念,这些都表现在《雷雨》里了。加上同情与可怜弱者,这戏的主题显得既传统又激进,既从俗又理想,它的价值判断有极大的接受面积。

《雷雨》已经在中国演了近七十年,七十年来长盛不衰。这确实是经典(即古典)之作,哪怕说此剧本有所借鉴,不是绝对地百分之百地原创也罢,只要戏好,就站得住,就大放光芒。其情节、人物性格与人物关系之周密与鲜明的处理,令人叫绝。同时,它的范式包括价值观念符合一个通俗戏的要求:乱伦、三角、暴力(大海与周萍互打耳光、大海用枪支威胁鲁贵)、死而又生、冤冤相报、天谴与怨天、跪下起誓、各色人物特别是痞子疯子的均衡配置、命运感与沧桑感、巧合、悬念,特别是各种功亏一篑、失之毫厘差之千里的"寸劲儿",都用得很足很满。这种范式很有生命力与普遍性,能成为某种套子,所以别的剧本也可以套用,例如话剧《于无声处》。这种范式却也常常成为此类艺术样式特别是作者自己前进中的绊脚石,它太成功了太严密了太满了,高度"组织化"了,已经组织得风雨不透啦——没有为作者预留下发展与变通的空间。

经典与通俗并非一定对立，在古代毋宁说它们是相通的，如莎士比亚，如中国的几大才子书，如狄更斯。愈到现当代，所谓严肃文艺与通俗文艺愈拉开了距离，真不知道该为此庆贺还是悲哀。

反正现在似乎不是一个古典主义的时代，现在的通俗也商业化得吓人。中国的话剧本来就是后来引进的品种，飞快地走完了人家欧洲的百年路程，飞快地并且夹生地走过了经典加通俗的阶段。

说到这里我想起一件有关曹禺的鲜为人知的故事。一九八〇年夏，曹老叫北京市文联（那时，曹兼任北京市文联主席）的人告诉我，他某日某时要到我家去。我当时住在北京前三门一个总共二十二平方米的房子里，闻之深感不安。到了他指定的时间，他老来了，说是来"看望学习"。他说是再过几天"七一"，北京市委要召开一个座谈会，他该如何发言，希望我给"讲讲"。我颇意外，便胡乱谈了谈要强调三中全会精神呀之类的。我当然也借此机会表达了我对曹老的剧作的喜爱与佩服。我们回顾了五十年代我把一个剧本习作寄给他，他接待了我一次并赏饭的情景。他说："我一直为你担心……"他还感慨地说："这几十年我都干了些什么呀！王蒙你知道吗？你知道问题在什么地方吗？从写完《蜕变》，我已经枯竭了！问题就在这里呀！我还能做些什么呢？"他的话非常令我意外，我为之十分震动。然而，我无法怀疑他的认真和诚恳，虽然平素他说话或有夸张失实的地方，也有喜欢当面给旁人戴高帽的地方。

关于曹禺解放后未有得力新作，一般认为是由于环境与政策所致，或者如吴祖光先生所说，是由于曹禺"太听话"了，对此我无异议。但是，我想提出一个问题：即除了上述公认的原因之外，是否还由于他的这种经典加通俗的范式使他难以为继呢？这一点，甚至曹禺本人也认识到了，所以他在《日出》的"跋"里说："写完《雷雨》，渐渐生出一种对于《雷雨》的厌倦。我很讨厌它的结构，我觉出有些太像戏了……过后我每读一遍《雷雨》便有点要作呕（！——王加的惊叹号）的感觉。"（《曹禺全集》第一卷387页，花山文艺出版社一九九六年七月版）艺术上到处是悖论：戏不像戏不行，太像戏也不行，因为人们期待于艺术的不仅是艺术本身，人们期待于艺术的是生活，是宇宙的展示，是灵魂的自白与拷问，是人类的良心、智慧、痛苦和梦幻的大火……所谓纯粹的戏剧诗歌小说，往往是颇可观赏的精美的工艺品，而不是大气磅礴的浑如天成的震撼人心的巨著杰作。这里，《雷雨》是一个例外。因为《雷雨》给人的感觉可不只是一个精美的工艺品，它充满了痛苦、诅咒和恐怖——略略有一点廉价，却确实地激动人心。《雷雨》可说是通俗的经典与经典的通俗。例外虽然例外，它的太像戏的问题却瞒不过曹禺自己。曹禺二十三岁时（一九三四年，也是鄙人呱呱坠地的一年）就写出了戏得无以复加的、生命力至今不衰的、其地位至今无与伦比的、雅俗共赏的（也许实际是不能脱俗的）《雷雨》，幸耶非耶？他后来的剧作乃至生活，究竟有没有突破他自己感到的这个太像戏（经典加通俗）的问题呢？要知道早在一九三六年，曹禺已经为之作过呕了！

这也说明谁也赢不到、哪部作品也得不到即垄断不了百分之百的点数，甚至《雷雨》这样的红了六十多年至今也没有被超过的成功之作也不例外，因为自己没有得到满点就怨天尤人或者愤世嫉俗可能是一种过分的反应。

我对话剧相当外行，但曹禺过世后，我一直觉得应该为他写点什么，我爱他的剧作，但又实在不怎么理解他。例如他晚年的一次精彩就相当出人意料。我说的是一九九三年政协八届一次会议时，他扶病前来与中央领导会见，他发言建议将(当时的)文联和一些协会解散，而他本人就是文联主席。这堪称振聋发聩。呜呼，斯人已矣，何人知之？我的冒冒失失的妄言，有待方家教正。

1998 年 5 月

永远的巴金

在这个星空之夜,巴金走了。

如果设想一下近百年来最受欢迎和影响最大的一部长篇小说,我想应该是巴金的《家》。早在小时候,我的母亲与姨母就在议论鸣凤和觉慧,梅表姐和琴,觉新觉民高老太爷和老不死的冯乐山,且议且叹,如数家珍。

而等到我自己迷于阅读的时候,我宁愿读《灭亡》和《新生》,因为这两本书里写了革命,哪怕是幻想中的革命,写了牺牲,写了被压迫者的苦难和统治者的罪恶。我还记得《灭亡》的扉页上写的取自《圣经》上的一句话,说是一粒种子只是一粒种子,但是如果把它放到泥土里,它自身死了,却会结出千百万粒种子。这话使我十分震动,使我向往泥土,也向往并且震动于献身和牺牲的价值。

"文革"开始以后,我在伊犁,同院有一对工人夫妇,他们找了一本《家》偷偷阅读,读得津津有味,放低了声音告诉我他们阅读的感想。他们现在才知道《家》?这使我觉得他们未免少见多怪。到现在《家》仍然感染着征服着年轻的读者,这又使我赞叹感奋不已。然后我和妻把书拿过来,重新读一遍,仍然像读一本新书一样的心潮澎湃。

我也读过巴金写的与译的《春天里的秋天》《秋天里的春天》,还有《寒夜》《憩园》等等,我深深感到了巴金的热烈的情思,哪怕这种情是用无望的寒冷色调来表现的。甚至在他晚年以后,他写什么都是那样的充沛、细密、水滴石穿,火灼心肺。巴金的书永远像火炬一样地燃烧，巴金的心永远为青春、为爱、为人民而淌血。

只是在"文革"以后我才有机会见到老人，他忧心忡忡，他言之谆谆，他反思历史，他保护青年，他永远寄希望于未来。他远远不像许多作家那样善于辞令，善于表演，善于抖机灵式地卖弄。作为一个作家他太老实，太朴实无华，对不起，我要说是太呆气啦。

他在关于《家》的文字中一次又一次地书写："青春是美丽的。"所以他特别痛恨那些戕害青年、压迫人性、敌视文学艺术、维护封建道统的顽固派。他看到了太多的不应该不幸的人却遭到了不幸，他充满了感情的郁积。直到晚年，在建国五十周年的前夕，他与张光年同志一起泛舟杭州西湖的时候，他才表示，（由于国家的发展）"现在中国人能够直起点腰来了！"

我在一次又一次的交往中，还从来没有听他老人家讲过一句这种欣慰的话。他太苦了。我从前说过，当代中国至少有两个痛苦的作家，一个是巴金，一个是张承志。这也是先天下之忧而忧，后天下之乐而乐吧。

巴金的作品其实一向直言不讳，拥护什么，同情什么，反对什么，都清晰强烈。一个爱国主义，一个人道主义，是他终身的信仰——这是他在迎接第五次作家代表大会的时候说的。他甚至于讲得有点极端，因为在另一个场合他曾经说自己不是文学家，他拿起笔来只是为了呼唤光明与驱逐黑暗。他喜欢高尔基的作品中描写过的俄罗斯民间故事，有一个英雄叫丹柯，他为了率领人们走出黑暗的树林，他掏出了自己的心脏，作为火炬，照亮了夜路。所以他一辈子说是要把心交给读者，他是这样说的，也是这样做的。他是一个用心用自己的全部生命来写作，来做人的人。所以提起历史教训来他永远是念念于心，他太了解历史的代价了，他不希望看到历史的曲折重演。在他的倡议下，世界一流的现代文学馆终于建成了，这是"五四"以来的现代文学的丰碑，也永远是巴金老人的纪念馆。没有巴金就没有现代文学馆。他还想纪念与记住一些远为沉重的东西，那样的记忆已经凝固在他的晚年巨著《随想录》里，把记忆和反思镌刻在人们的心底了。

"我已经快要走到生命的尽头了，但是我并不悲观，我把希望寄托在青年人身上……"在他年老以后，他一次又一次地这样说。他像老母鸡一样地用自己的翅膀庇护着年轻人。他与女儿李小林主编的《收获》本身就是勤于耕耘、勇于创新、尊重传统、推举新秀的园地。"要多写，要多写一点……"他一次又一次地对我说。在他还能行动的时候，每次我去看望他，他老人家总要边叮嘱边站立着……走出房门相送，而当我紧张劝阻的时候，他与女儿小林都解释说他也需要活动活动。我们握手，他的手常常冰凉，小林说他的习惯是体温维持较低，然而他的心永远火烫。他不怎么笑，有时候想说两句笑话，如说到张洁的一篇荒诞讽刺小说，但是他的神情仍然认真而且苦涩、无奈。有一次，我看他老态沉重了，便信口开河起来，我说作家之间的无穷内斗可以组织麻将大赛决定输赢，青年热血过度沸腾可以组织摇滚或秧歌大赛，优胜者可以免费环球旅行。他笑了。他用执着的四川口音重复我的话说："哦？这就是你的救世良策？"他每一个字都吐得那样认真，使我惶恐戁觫无地。事后我愈想愈悔，便打电话给小林致歉并检讨自己的放肆，但是小林说那次见面是他老一些日子以来最高兴的一次。唉，他总是那样诚实、谦虚、质朴、无私。他永远踏踏实实地活在中国的土地上。他提倡讲真话提倡了一生，却遭到过诋毁，曰："真话不等于真理"，倒像是假话更接近真理。现在，这种雄辩的嚼舌已经不怎么行时了，巴金的矗立是真诚的真实的与真挚的文学对于假大空伪文学的胜出。

想一想他，我们刚刚有一点懈怠轻狂，迅速变成了汗流浃背。

2005 年 10 月 19 日

苏 丽 珂

访苏归来已经两个多月了,第比利斯这座山城的美丽风光还时时萦绕在我的脑海里。我想起她那高低错落的绿树红墙,我想起矗立在高山上的城市守护神——埃维丽亚,我想起埃维丽亚旅舍旁的像大蛋糕一样方方正正的大喷泉。大喷泉白天喷水,入夜停止,和美国的一些著名大喷泉——例如芝加哥的伊丽莎白喷泉正相反,那喷泉主要是在夜晚大显身手,蔚为奇观。

这次访苏到了四个城市,莫斯科、塔什干、撒马尔罕与第比利斯。比较起来,莫斯科宏伟严肃,塔什干庄重开阔,撒马尔罕神奇悠远,第比利斯亲切怡人。

为什么我觉得第比利斯比较亲切、比较放松一些呢?可能是从塔什干的燥热中飞到这里,立时感到了凉爽、潮润。可能是由于这里有许多古老的小小商店与小小街道,街道是用青石铺成的,商店里亮着各式的灯,食品商店里的大蛋糕与大面包都非常诱人。可能是由于我们在这里没有什么正式的会见、会议、大活动,我们在这里度过了轻松的旅游加吃饭(为什么单独把吃饭提出来,下面再讲)的四天。可能是这里的标语、口号、警察都比较少,玩笑、唱歌和喝酒都比较多,应该说是最多。还因为这里有很多人养狗,很多人进教堂。这里对中国人的接待显然也随便得多,不拉着那么大的架子。这个加盟共和国的国旗式样、文字,似乎有相对大一些的独立性。比如在乌兹别克斯坦,他们的国旗只不过是苏联国旗上加上一横道,他们的文字也是采用斯拉夫字母。但格鲁吉亚的国旗突出了绿色，他们坚持使用的仍是本民族的古老的文字。

　　对第比利斯的亲切感也许还产生于到达第比利斯以前。格鲁吉亚是斯大林的故乡，这对我们这一代中国人并不是不重要的。我们早知道格鲁吉亚盛产葡萄，那里有很好的葡萄酒。我们还听说过格鲁吉亚既多美女，又多长寿的老人。我们更知道格鲁吉亚地属亚洲又与欧洲接近，西面是黑海，东面是里海，是苏联的一个少有的温暖湿润的地区。

　　也还因为有一首歌，是斯大林年轻时候最爱唱的一首民歌——《苏丽珂》。

> 为了寻找爱人的墓地，
> 我走遍天涯海角，
> 但我只能伤心地哭泣，
> 亲爱的人你在哪里？
>
> 丛林中间有一株蔷薇，
> 朝霞般地放着光辉，
> 蔷薇蔷薇我要问你，
> 我的爱人可就是你？
>
> 夜莺站在树枝上歌唱，
> 夜莺啊我也要问问你，
> 你这生着羽毛的歌手，
> 我期待的莫非就是你？

> 夜莺一面动人地歌唱，
> 一面低下头思量，
> 好像是在温柔地回答：
> 你猜对了，那正是我。

五十年代，少不更事，我在喜欢这首有着美妙和声的民歌的同时不免暗地纳闷，像斯大林那样革命的人，怎么会喜欢这样一首并无革命词句，情调还有点"不健康"的歌曲呢？斯大林爱读的格鲁吉亚古典文学作品《虎皮骑士》也并无无产阶级革命的内容。好在是斯大林喜欢的，如果是当时我所喜欢的，说不定小组生活会上还要检讨自己的"小资产"呢！

而这次，我们能亲身去《苏丽珂》的故乡了，多么奇妙啊！

一下飞机就觉出这个城市的特有的美丽了。旅馆后面像一个小花园，有彩色的伞一样的遮阳的"华盖"，有少女的石像，有彩石镶成的壁画，有轻便而鲜艳的塑料座椅，有树阴下的水雾，这已经与莫斯科或者塔什干的大、厚、重的风格不同了。

在旅馆的小卖部，有守护神埃维丽亚的浮雕铜像，她庄严如石碑，去掉了多余的曲线却又亭亭玉立如杉树。小卖部还卖一种用牛角做成的饮器，令人想起格鲁吉亚人的豪饮与他们的古朴的民风。

进得房间，马上可以俯瞰温暖的、阳光闪烁的库瓦河。可以看到大喷泉与喷泉后的凯旋门式的检阅台。可以看到那种类似莫斯科大学的尖顶建筑风格的剧院。可以看到重叠交叉迂回的山城道路系统与这些道路上开行的来来往往的汽车。可以看到各式各样的由巨石作墙基的坚固而又幽雅的房子。可以看到茂密的绿树，这些绿树里既有针叶的枞树，又有大阔叶的棕榈科植物，这对于整个说来处于高寒地带的苏联来说也是少有的。

到达第比利斯的当天下午我们便到街上散步。有两个穿着深色连衣裙的中年妇女主动与我们攀谈。"你们是从日本来的吗？""不，我们是中国人。""中国？那太好了！我们已经好久没有见到过中国客人了。""我们是参加完塔什干电影节到这里来访问的。""知道了，知道了，我们已经听说了。"然后，她们自我介绍说她们是第比利斯大学的教授，一个教授历史，一个教授外语。

我们谈得很亲切，普通人之间，总是容易谈得拢的。

然后就是洗尘的一宴，桌上摆满了红白葡萄酒、伏特加与各种生菜。宴会主人是共和国电影委员会的副部长，他的头发大部分已经脱落，靠近后颈处还有三绺头发，他把它反过来牵引到头顶上以掩盖光光的头顶，遇到一阵风，三绺头发便会披到背上，令人一时愕然，不知他的发型发生了什么古怪的变化。

他亲切、随意、健谈、豪饮，而且从第一分钟就表达了对中国客人的格外的热情与尊重。在喝了几次酒，说了一些欢迎的话以后他就开始唱起歌来，同座的格鲁吉亚主人立即应和起来。他们唱得都比较温柔抒情，眯着眼睛，让人感到一种全身心的奉献和消受。特别是其中一位比较年轻、身材适中、脸刮得光光的人，他是报社的记者，一张口就声音不凡，醇厚悠长，有后味，有真情，令人感动。

他们唱了几个我从来没听过但丝毫不感觉陌生的歌，我想那是民歌，民歌是容易被人接受的。我想那歌的内容一定是歌唱美丽的格鲁吉亚，因为那歌与此时此地的风光、气候、河流、树木、山城、建筑、传说都是那么谐调。

我想起了《苏丽珂》，我想听到她，但我不知道他们会不会唱

《苏丽珂》。毕竟，格鲁吉亚、第比利斯和斯大林爱唱的《苏丽珂》，我只是在久已被人遗忘了的三十年前出版的歌曲集上看到过啊！而纸上的东西总是不能叫人放心的，看世界地图与在世界各地旅行，这中间的差别是太大了啊！

"《苏丽珂》！"我小声说，像是自言自语。我在试探，冒险般地。

那位嗓子好的记者首先注意到了我的自语，他从他的歌儿里睁开了眼睛，征询似的看着我。

"《苏丽珂》！"我又说，似乎仍然有些胆怯。

"您说《苏丽珂》？"一道光辉照亮了他的脸，他又大声重复了一句："苏——丽珂？"

"是的，是《苏丽珂》。"我坚决地回答。

"让我们唱《苏丽珂》……"他大声说，他的话音刚落，副部长唱起了悠扬婉转的第一声部，而记者唱起浑厚深情的第二声部来了。

没有错，就是她，别来无恙。好像是验证一段往事，好像是重温一段旧话，好像是在试验一种使时光倒流的新式机器，真不知道如果有这样的机器的话它是妖魔还是仙子，我们不能不小心翼翼。

慢慢地，我随着他们一起唱了起来，我是在格鲁吉亚，我是在第比利斯，我是在和当地的人们一起唱《苏丽珂》，而《苏丽珂》是斯大林爱唱的歌曲，这是多么遥远的、早已一去不复返的往事！而这一切又是真实的，坚硬而又鲜活的真实。不容置疑而又不可思议，它好像太浪漫又好像太严峻。斯大林没有了，他的生命和他的地位没有了。再看不到他的一张照片或者一个雕像（据说在离第比利斯不远的哥里城——斯大林的故乡，还有全苏唯一的斯大林雕像）。当年的中苏关系没有了，当年的我们自己也没有了……

但是还有《苏丽珂》。

他们唱得很好，他们唱到每句结束时似乎有一种三联音的味儿，是我唱不出来的，也许这就是道地的格鲁吉亚民间风味吧？

每一段的最后，他们都以无限柔情吐出"苏丽珂"这个词来，这也是中文译词中没有反映出来的。

此后又连着举行了三次盛大宴会，一次在旅馆，由一位诗人兼电影厂厂长主持，一次在葡萄酒厂，一次在山中。说老实话，我们在第比利斯的主要活动乃是吃饭，每次吃四五个小时。我本来以为去酒厂是参观他们造酒，结果并无参观项目，在汽车上坐了两个小时，然后坐下就吃，吃完，再坐车两个小时回旅馆，又到了晚饭时间了。这种接待和安排给我提供了相当意外的全新的旅行经验。

吃得可真好！一进那间餐厅你就会心花怒放。长桌连在一起，摆满了各色生菜、沙拉、火腿、腊肠、烤鸡、牛、羊、猪排、熏鱼，特别是油光鉴人的金色的烤仔猪，照耀着全室和入席的每个人。还有餐具餐巾花束，使席面如色彩绚丽的图画。酒的颜色似乎也经过精心的搭配，增加了那种五光十色的感染力。

然后开吃开喝，然后主人和客人不停地说话、祝酒。为了和平，为了友谊，为了妇女，为了儿童，为了格鲁吉亚，为了第比利斯……我还提议：为了电影和葡萄酒，因为电影和葡萄酒能使人们友好地坐在一起。大家都活跃起来，高兴起来，唱起来，跳起来，歌之咏之舞之蹈之。面包端上来了，面包又长又大，夸张一点说，像——洲际导弹。用这种面包款待客人的人可真慷慨，然后串烤羊肉端上来了，想不到这里也吃这种中亚细亚式的食品。然后薄皮大馅的包子端上来了，所有这些，都很合我们中国人的口味。

在延安

杭州西湖雷峰塔上

然后来了乡村乐队，然后唱成一片，舞成一片。然后唱起了《苏丽珂》。葡萄酒厂的乡村乐队的歌手浑厚纯朴，脸晒得黑黑的，完全是一副体力劳动者的劲儿，唱起歌儿来脖子上的筋都胀出来了。他不像那位一直陪同我们活动的金嗓子的记者唱得那样温柔，他唱得辽阔、响亮、热烈。四部都有人唱，后两部全是低音伴唱，更显得情动天地。

主人的招待是丰盛的，大家的祝酒是真诚的，吃喝歌舞都令人尽兴。可惜的是一连三天，几乎没有别的活动，除了宴请还是宴请，这种待客方式似乎太不"现代化"了。祝酒词也前后重复，给人以窘迫与单调之感。尤其是肠胃，满足了以后再超过一毫克便是负担，正如真理向前再走一步就会变成谬误一样。

但是《苏丽珂》常唱常新，青春永驻。在杯盘狼藉、酒满肠足之际，《苏丽珂》抵制着喧嚣、客套，抵制着或有的虚与委蛇和吃得过饱、喝得过量的人难免的俗态，她给我以真挚幽美清丽的慰安。听着《苏丽珂》，好像燥热之中沐浴于山泉，好像烈日之下避阴于树底，好像劳顿之后枕着自己的胳臂小憩于青青的草地，好像烦乱之中被一只温柔的圣洁的素手所抚摸……我真感谢你，苏丽珂，你是我的格鲁吉亚之行的真正的守护神、忠实的伴侣！

谁知道苏丽珂一词是什么意思呢？如果与中文译文相对照，它应该是"爱""爱人"的意思吧？但我宁愿想象她是一个姑娘的名字，就像刘三姐、兰花花、阿拉木罕、森吉德玛。

夜莺一面动人地歌唱，
一面低下头思量，
好像是在温柔地回答：

你猜对了,那正是我。

亲爱的苏丽珂,我猜对了吗?

1984 年

安憩的家园

也许你想不到,在我们的一九九六年欧洲之旅中,一种温馨的经验,乃是徜徉在一些墓地里。

第一次是六月二日,小雨中,波恩大学顾彬教授带我们去波恩著名的老公墓。公墓离市中心不远。在树木中,我们进入了以黑色的高铁栅栏围圈起来的墓地,每人举着一把雨伞,承接着从天上和树冠上落下来的水珠,滴滴答答。这里不仅有庄严肃穆的松柏,也有葳蕤繁茂的阔叶树,更有许多花木灌木。用各种建筑石料修起的墓地十分清洁整齐,肃穆中不无舒适和谐与美丽,不像严肃的中国墓地给人一种压迫感。同行的正在波恩客座任教的复旦大学袁志英教授告诉我,那一个普通的坟墓里埋葬着叔本华的妹妹。那是一个聪明但不够美貌的女子,对她的哥哥的一生与学术事业起过巨大的作用,然而她自己在爱情生活上十分不幸。我注意到她的墓前有一枝艳红的玫瑰花,看样子放上去不久。哲学家的妹妹有知,也许会为她在百年后仍然为人们所怀念所同情而感安慰。而我也有另一面的感动,这不是祭陵,不是典礼,没有"目的"和表演性,这只是一个私人的关爱,对于挣扎在战争、掠夺、压迫中的人们来说,也许这只是一种闲情逸致。一个无名人悄悄地为一个并非伟人的死者献花,一种超越生死时空界限的精神联结,中文叫作神交。多么仁爱,多么善良!

每个坟墓的造型都不相同,既有宗教性也有人间性,永恒而又和平。有的坟墓上方像是一座小凯旋门,有的坟墓像一个奖杯,有的像是盾牌，有的像是花圈。这里是建筑艺术与雕塑艺术的结合，是人对于生与死，对于永恒的终极的感受与思考。我愈来愈相信，坟墓其实是人类反思自身安慰自身提升自身的地方。也许形容墓地的风光用琳琅满目四个字是太轻薄了，反正这里并不仅是沉重的千篇一律。与其说在这里感到的是死神的压迫，不如说是生命的温暖辉煌。

这里的文化名人多。一个是德国著名的哲学家、文学家、浪漫主义理论的代表人物奥古斯·施莱格。一个是在与拿破仑的战争中以爱国行为而名声大噪的诗人安特。顾彬说，由于希特勒的教训，二次大战后德国人不喜欢讲什么爱国主义，结果也影响了对安特的评价，人们不那么喜欢他了。前人受后人的"株连"，德国也是如此。

这里还有席勒的儿子、贝多芬的母亲等人的安息地。我已经记不完全了。

最大的坟墓是音乐家舒曼的。他的墓前有三个儿童的镀金雕像，三个天使一样的儿童持着弓拉小提琴。可恨的是前不久有一个儿童的"手臂"被偷儿偷走了。正像到处都有艺术一样，罪恶也无处不在。然而让人感动的东西更多，这里有整篮的鲜花，有簇簇的花束，有写着不同文字的缎带，更有一个精致的小鸭玩具，相信它是一个小孩子献给舒曼的在天之灵的——他把他认为最好最可爱的东西给了舒曼，他把自己的天真的心给了舒曼。

提起舒曼来我立刻想起了我国的著名话剧《霓虹灯下的哨兵》，那里边有一个"小资产阶级知识分子"林媛媛，在大军解放上海，全市掀起了改天换地的革命高潮的时刻，她把自己关在家里听舒曼的音乐。当男友问她在听什么，她回答是《梦幻曲》，全场观众哄堂大笑。是的，在那个场合还说什么梦幻，是多么可笑多么不合时宜。也许某个时候我们有充足的理由去嘲笑梦幻与孤独的灵魂，然而对舒曼还是不嘲笑的好。后来的历史证明了即使是事出有因地嘲笑一个似乎与中国人民大众不相干的乐曲，也不是没有让我们付出代价。

我也想起了一九八四年我访问苏联时的情景。在塔什干，我们去参观无名烈士公墓。在那里，我们看到了象征苏联卫国战争烈士的精神的永不熄灭的火焰，还听到了女声无伴奏无字合唱，她们庄严地吟歌着的正是舒曼的《梦幻曲》旋律。多么有意思呀，表达对在抗击德国法西斯中英勇牺牲了的烈士的怀念，却用的是德国作曲家的作品。

因为这里有一种极致，悲哀与眷恋、寻找与赞叹的极致。这种极致属于全人类，属于德国、独联体各国也属于中国。谁能在听了这个曲子以后不悠悠神往呢？

我也想起过去的民主德国拍摄的描写舒曼的青年时代与他和克拉拉的爱情的影片。舒曼是神经质的，克拉拉年轻而又美丽。出身寒微的舒曼爱上了门第高于他的克拉拉，一个终于成功了又终于没有成功的爱情——音乐故事。他们生了许多孩子。但是舒曼最后是作为精神病患者过早地死去的。从舒曼身上也许会让我们想到不仅是文章，艺术也"憎命达"的残酷的真理。

离舒曼不远，是克拉拉的坟墓。克拉拉也是一个很好的音乐家，创作了大批音乐作品，而且专家们相信，有相当一部分署名舒曼的乐曲其实是克拉拉创作的。

一九九六年恰逢克拉拉逝世一百周年。我们在雨中散步，离开老坟墓，经过贝多芬纪念雕像，走到市区奥古斯·施莱格故居，参观了在这个故居里举行的克拉拉生平与创作展览。就是说我们在那里的参观包括了对两个文化名人的纪念。克拉拉的画像端庄美丽，展室里轻声播送着她作曲的音乐，令你感到克拉拉——舒曼的永生，你觉得克拉拉、舒曼以及贝多芬、马勒、门德尔松等人就活在你身边。似乎他们不仅作了曲而且正在为你演奏——所有的后来演奏者都是他们的生命的延伸。参观者们屏神静息，蹑手蹑脚，若有所悟，唏嘘不已。

第二次进墓地是我们住在科隆附近的农村，朗根布鲁希的海因里希·伯尔的别墅的时候。一天傍晚，邻居、退休教师路德维希太太带我们去参观附近的霍特根村二次世界大战时期的老战场。我们先在路边的开阔地看落日，看附近的克瑞佐镇与北莱茵州首府杜林市的风光。杜林的电视塔与教堂尖顶历历在目，往远看还可以看到德、比、荷交界处的亚琛市的电厂与消防塔。四周一片光明平静，大片菜花地金光耀眼，起伏的绿草如波如浪。你觉得空阔而又舒适——你无法想象当时的枪林弹雨。

路德维希太太说，海明威的《丧钟为谁而鸣》描写的就是此地的战役，二次大战中德军与美军在这里展开过拉锯战，阵地易手四十多次，美军死伤达五万人。战场边修起了美军阵亡战士的墓地，记载着当年的鏖战。于是你感到了和平和生活的分量。

我们来到了美军阵亡者的墓地。在一片树林里，一个石碑记载了战争也刻下了死者的姓名，然后是排排的十字架。这里天地无语，一片森然。我们不由得低下了头。

然后退休女教师又带我们去看一个犹太人的公墓。有特点的是许多坟墓上摆着石头。路德维希太太说，犹太人的习惯是出远门前，到自己祖先的墓地来，放上一块石头。这也是一种乡情，一种远行千里不忘桑梓、不忘祖宗的情思吧。于是，我一面看着众多的石头，一面遐想有多少人远行在外。我们现在不也是来自遥远的亚洲的游子吗？我们故乡的"石头"别来无恙？

第三次去墓地则是在六月二十六日，也是一个晴朗的天气，我们刚刚在海德堡、德累斯顿、魏玛、柏林之行后回到朗根布鲁希。我们散步去三公里外的克瑞佐。先经过一个小村，再穿行于树林，经过碧绿的雷雅河，然后到达克瑞佐镇的"郊区"小村庄。这个村庄靠近公路的外缘是两排坟墓，小巧精致，几乎每个坟头上都放着鲜花，墓与墓间也长满了近乎野生的小花小草。有一个坟头上镶着死者的照片，那是一个年轻美丽的女性，坟前放置着一盏长明的桅灯。她为什么那么早就离开了人世？你于是凄然悚然。这时有一个驼背的老年妇女从村边的一间房子里走出，她已经高龄，瘦弱不堪，白发也已经秃得所余无几。她举步维艰地走到坟墓这边。她在一个坟头上放下鲜花，放下一盘点心一壶咖啡，脸上有无限的怀念与温情。她坐下来，低头不语。不，那不是默哀，她是在享受与死者的交流与互相祝福。她的脸上的表情是幸福的沉醉的与感激的。死者是她的丈夫抑或儿子？然后站起身，躬着腰，颤颤巍巍地走了。

她大概每天上午都要来这个墓地的。她的家不远。这个墓应该说也是她的家她的生命的一部分。

我和妻惊呆了，我们只觉得坟墓里的人是活着的，死者不孤单。他们与生者、与他们的亲属他们的乡亲居住在一起，活着的人随时和死者亲近和死者交谈向死者表达无尽的关爱。人生在世，谁能无死？一般情况下，谁又不畏死？谁不为人世的无常与生命的短促而长太息以掩涕？谁能不过墓地而垂下自己的有时未尝不是愚蠢与自负的头颅？

　　然而有爱，爱比生命长久，爱不分阴阳界，爱滋养着灵魂。死并没有结束爱而是使爱更亲切深沉。每个好人都爱许多人，每个好人都遗爱人间。在这个小村边上，小小的墓地是爱的家园，是亲人和乡亲们的爱的载体，是鲜花、灯火、十字架、绿树和人间的许多美丽的汇集。如果你度过了勤劳、正直、善良的一生，如果你爱过了也被爱过和爱着，你将觉得不是白走人间这一遭，你将觉得安憩在村边小小的墓地里是一种幸福。所有的在天之灵将仍然感受到爱的关怀，所有的有过的、正在有的和将要有的生命，将因了爱的沐浴而愿意和能够忍受和克服一切艰难、不义和悲哀。

　　然而，在这个粗糙而且不无危险的世界上，我的关于爱的陈词滥调，说不定只是自作多情的"梦幻曲"罢了，谁知道呢？

1997 年 5 月

乡居朗根布鲁希

从德国的科隆开车一小时，经过北莱茵州的首府杜林，也不妨再经过一个叫作克瑞佐的小镇，便到达了只有十几户人家的村庄朗根布鲁希。村口是一座红砖砌成的教堂，教堂顶端竖着一只古老端庄的风信鸡。这里的初夏没有什么大风，鸡也就显得寂寞了，叫作鸡未必欲静而风不起。教堂路边立着一块牌子，说明向右转弯是"诺贝尔奖金得主海因里希·伯尔街"。街口正在盖房，为数不多的工人拿着许多种工具，量来量去，横平竖直，一丝不苟。接着是一座暴露在行人视线之内的院落，夫妇俩正在户外饮茶，门上还挂着一个征狗的牌子——其实他们已经有狗与猫。再走过两家虎皮石墙院子，是一道褐黑的老旧的木栅栏门，门口挂着差不多同样的关于伯尔的牌子，它就是伯尔的乡间故居了。

送我们到这里来的有文学家伯尔的大儿子——画家里内·伯尔，我们共同的朋友黄凤祝博士和新疆"老乡"、正在波恩演出意大利歌剧《塞维利亚的理发师》的旅欧中国维吾尔族歌唱家迪里拜尔。一进门先看到了三个女孩子，大的十二三岁，二的七八岁，小的三四岁，浓眉黑发，高鼻长脸，明眸皓齿，她们用德语向我们问好，伯尔介绍说，她们的父母来自伊朗，父亲是作家母亲是画家。他们住在靠着院门的几间新房，木头本色的窗棂子上挂着挑花窗帘，使我想起往日与穆斯林共同生活的经验。

我们住的二层小楼过去是伯尔夫人居住的地方。楼下是厨房、餐厅、卫生间和贮藏室，楼上是两间卧室、阁楼和一间摆着大写字台和备有蛇形管颈台灯的工作室。最令人感兴趣的是各个房间的木百叶窗，放下来暗不见光，白天亦如黑夜，亦可掌握各种程度的开闭，舒卷自如，直至大放光明——当然，如果是好天气的话，我们将在这里逗留六个星期，小伯尔本来打算接待我们更长的时间，我想了想，用六周代替了六个月的计划。在送我们来这里的朋友走掉之后，我们深为这六个星期的将要居住在此处而觉得——似乎有些不可思议。我与妻怎么会来到这里？德国的一个小村庄。谁想得到？这次客居是缘分，还是纯粹的偶然？是一个变奏、一种逃避，还是一次寻求？这里是作家伯尔晚年喜欢住的地方。他另有一处房子在科隆。他死后，伯尔的家属把它租给半官方的基金会，每年只收租金一马克。同时，房主——由伯尔的遗属组成的伯尔遗产协会——保有一定的份额，可以自行邀请一些他们愿意邀请的文化人前来居住使用。于是他们想起了我。一九八五年时，我参加完西柏林"地平线艺术节"后，去科隆访问，本来有一个节目是去伯尔家做客，并代表中国作协向他发出访华的邀请，谁想到临时他突然患病住院，他的儿子里内·伯尔来到波恩我和其他中国作家的住地致歉，我便把作协的邀请信交给了小伯尔。不久，老伯尔去世，我曾致电哀悼。据伯尔夫人和小伯尔说，作家生前便希望能有机会请我到他的乡间居所做客。终于，他的这个遗愿在他死后十年，也是在我经过了一番小小的沧桑以后实现了。

　　老伯尔喜欢清静的地方。似乎所有的作家都是喜欢清静的，比较起来，中国作家特别是我本人，生活得未免太热闹了。惭愧。听说伯尔住在这里时，常常到附近一个农家去买鲜奶。如果是老年人在卖奶，往往在打够奶子之后再"饶"上一点。而如果是青年人在卖，那么就没有"饶头"了。他把他的这个有趣的经验写到文章里去了。

在这里居住的还有一名阿尔巴尼亚年轻的女诗人,金发灿烂、态度谦和,名叫林蒂塔。她见到我们就回忆起中阿友谊,回忆起并肩战斗的恩维尔毛泽东海内存知己天涯若比邻的岁月,她说,我们都知道中国人是最好的。而谈到现在的阿尔巴尼亚,她则没有什么信心。

从我们的住房楼下延伸出去,增修了两间图书与活动室,这种房屋的格局使我想起我国的加盖了许多小房的四合院——好在他这里地面宽阔,还没有因了这两间后加的小房而显出局促。两间屋的里面摆了一些书,包括伯尔的著作与记载他的生平的画册,几种根据伯尔作品改编的电影的录像带——当然其中有脍炙人口的《损害了名誉的卡特琳娜·布鲁姆》。书架上还摆着几本中国作家写的中文书,有辽宁诗人晓凡与邵燕祥的作品。晓凡是到朗根布鲁希来过的,燕祥似乎并未来过此地,不知他的书是谁借花献的佛。里屋有一个投币式电话,打电话不太方便,您就干脆与世隔绝地在"世外桃源"生活一段吧。

外屋是茶室,四面都是落地玻璃窗,中间放两个圆桌,每桌围着几把大大小小的供半倚半坐用的休闲藤椅。桌椅都很老旧,但夏天的遮阳帆布窗伞现出鲜艳的橘红。外屋还有一个大壁炉,炉里放着几块木柴,做即将燃烧状。其实各室都有可以调节的暖气。想来伯尔也是喜欢壁炉这种情调的吧。据说美国总统尼克松夏天也要把房间调冷,再点上壁炉取暖。外屋墙壁上悬挂着伯尔与他的家人的一些照片,笑貌长存而音容杳矣,令人依依,是谓故居。

我们住下来以后常到这边小坐,或看电视,或读书写字打电话接电话。电话铃响起来时,只有我们"家"听得见,我便常常充当大家的电话员。当然更多的时候我是在二楼"办公"的。由于德式电源插座标准与我用的笔记本式电脑的电源线插头不合,一开始不能工作,把我急得头皮炸痒子。幸有黄凤祝博士支援了我一根德式引线,才顺利开始了"上班",继续写我的"季节"系列的第三部《踌躇的季节》。我曾在美国衣阿华写《杂色》,曾在香港和美国波士顿写《失态的季节》,而《踌躇的季节》则是在北京、深圳(创作之家)、香港、德国、烟台文艺之家这么多地方写就的。天涯何处无书桌?一个心眼,许多地方,这种状况对作品的风格会有什么影响么?

一天天地写下去,发现红玫瑰爬到了百叶窗口。在"我"的小楼前,是一丛鲜红的玫瑰,很奇怪,这种玫瑰竟是攀缘型的,它贴着楼房的南侧爬满了整整一面墙,直射到我的二楼的四面窗口,几乎一直爬进屋子。这些玫瑰开得十分鲜艳茂密,如火如荼,其生命力按捺不住地迸发四射。而我竟没有发现有人给这株玫瑰施肥的痕迹。至于浇水全不需要,这里的初夏多是阴雨天气,降水量无比充足。玫瑰爬得高开得大,闹哄哄一片。同时,人们说,它的花期很长,六月中旬开花以来,随开随谢,随谢随开,能够一直开到十月初。这里的气温比较低,六月初阴天的时候气温下降,有时候还需要开暖气。十月初想必已经相当冷了。一朵灿烂的玫瑰在寒风中怒放,想必是很撩人的。玫瑰花提醒我莫负阳光灿烂的初夏季节。于是我们走出房去,走到房后草地上。一泓水洼、几朵睡莲,雪白如玉。三四株大樱桃树,正在结果。眼见着樱桃果由青渐黄,由黄渐红,由红渐褐,摘下来尝尝,清香鲜美,超尘拔俗。我想起了契诃夫的名剧《樱桃园》。可惜来之晚矣,错过了遍树白花的春天。

再远一点,是一道木栏,木栏外是一匹黄马,黄马整天悠闲地吃草，表现出一种宠辱无惊、无欲无忧的哲人风度。再远处青山隐现，也还依稀看得到一些房屋，据说那边就是杜林，看着不远，其实不近。面对这样的情境，更觉得有些是是非非蝇蝇狗狗争争夺夺毛毛躁躁阴阴险险计计较较蛇蛇蝎蝎委实无聊，如同狗屎。

院子里是美丽的，走出去就更好。乡间公路，也都是沥青路面。路两侧有详尽的各种标志。路两边是丘陵地与树林，林边挂着类似狼头的标志，大概是说内有野生动物，应予保护。公路边还有前面一千米（或五百米）处有鹿的告示牌，用意在于提醒驾车者注意降速，避免危害穿行公路的动物。走在这样的路上，即使周围未出现野物，也使你觉得自己是与野生动物同在，与宇宙万物同在。在这路上散步，是我们的一项必修功课。公路过往的汽车不多，有时候走半天只有自己，看着路旁通往杜林、通往科隆、通往波恩、通往亚琛直到通往比利时的布鲁塞尔的路标，更感到自己是在乡下，是在天涯海角。更感觉天地本来空旷，何必活得那样拥挤憋屈摩擦冲撞。有一次饭后走得远，来到一片开阔地，只见遍地菜花金黄，这是我们在这个地区唯一一次见到农田，其余大片土地上只有青草。有一次我与妻子在公路旁说话，做着手势，忽见一辆汽车停下，原来是驾车的当地农民误以为我向他招手。他用德语讲了几句，我虽不明白，想来是问我有什么什么是否要用他的车。我连忙声明无事相扰，他说着"阿赫苏，阿赫苏"（是这样，是这样）离去了。农民是世界上最纯朴的人民，走到哪里都是如此。

给伯尔别墅做庭园和房舍劳动的是一对年老的农民夫妇，他们健康质朴，面色红润，说话声音很响亮而用词不多，英语是一个字也不懂。我来后不久发现一层后窗的百叶窗操纵起来不太灵活，便告诉了他们。两夫妇围绕着百叶窗声音洪亮地研究了老半天。最后由老汉下手，硬掰硬撅，以手为钳，总算把塞在沟槽里的百叶窗的顶端给拽了出来。我发现他的手粗糙强壮得完全合乎电影《决裂》里招收贫下中农大学生的标准。

朗根布鲁希没有商店。我们常去杜林购物。我们有固定的出租汽车公司服务，去杜林一个单程交十个马克。杜林就很像个样子了，市政府前是(农贸)市场，蔬菜水果鲜花鱼肉乳酪熟食，应有尽有。但最吸引我的是一个用手摇发动"放送"音乐的大"八音箱"车。估计是在没有电子音响也没有留声机以前，人们发明了用钢条记录音乐。它的声音尤其是节奏受发条松紧不同的影响不可能太准确，但是金属的声音自有其铿锵悦耳与余韵悠长的特质，叫作金石之声，听起来很舒服。这种摇着八音箱放送着音乐卖货的人保留着一种中世纪的风格，它的文化触发文化意蕴令人流连和联想怀念不已。

还有一次适逢中午，是市政府的钟楼发出了八音箱的乐声，而那乐声我是非常熟悉的。上初中时学过这个歌儿："老渔翁，驾扁舟，过小桥，到清流。一箬笠，一钓钩，快乐悠悠……"当然，这与"长亭外，古道边"一样，都是中国人填的词。在杜林市听到此曲直如找到了久已失去的童年，心情混合着喜悦和忧伤，惊奇和恍惚。于是你觉得一切都是有来由的，一切缘分都将得到指证，一切因果都将得到联结，一切往事都贮存在某一个角落，而时间与空间之间，有着一种巧妙的转换。这是一个多么大的安慰呀。

我们也曾步行到克瑞佐，那只是一个极小的城镇，离我们的"家"三公里，物价比杜林贵得多。有趣的不在于购物而在于散步。穿过小村庄，穿过墓地，穿过树林和灌木丛，看到一些德国农民，更多的时候是走过寂无一人的地面，鼻子里嗅到的是青草的香气。你会时时感到一种惊异,惊异于这里为什么与中国那样不同或相同。那次在这个小镇买了点食品,抱着几个大纸袋子,我们想叫出租车回去。好不容易在街上觅到了出租车,司机说是他们不可以接受临时招手的顾客,用车必须打电话给他们的公司。(也够教条的呢。)而街上的为数很少的公用电话间,只可用电话磁卡,不接受硬币。我是有币无卡。我们便决定走回去,其实走起来很快。但早晨是阴天,中午已经放晴,走了几步,立刻就汗流浃背了。我们便想在离克瑞佐最近的一个村落的酒吧吃点东西,结果,这个酒吧只卖啤酒,全无其他。看来我们确实是住到了一个偏僻的乡下来了。路上有一个女士主动停车要我们搭她的车走,我们离家已近,便谢绝了她的好意。

也有过热闹的时刻。林蒂塔过生日的时候,邻居退休教师路德维希夫人前来给她主持生日聚会。这位邻居曾带我们到她家看过蓝色的星星点点的小朵"勿忘我"花,使我回忆、验证了我青年时代爱唱的一个亲切动人的德国民歌:"有花名勿忘我,开满蓝色花朵……"迪里拜尔与我驻德使馆文化处的同志也多次到我们这里来,接我们到亚琛、科隆、波恩去参加活动或参观游览。欧洲足球锦标赛决赛那天,我们与迪里拜尔共坐着使馆文化处李克新同志的车从波恩开往朗根布鲁希,边说笑边听广播,车速开到了每小时近二百公里。这样的快乐,能有几次?(德国在高速公路上是不限速的。)我们也曾离开这里十天到波恩、海德堡、法兰克福、德累斯顿、魏玛和柏林去访问。等我们回到这里,我们有真正的回家的感觉。

伯尔生前和死后,首先是作为一个道德家发挥着巨大的作用。在朗根布鲁希的几个星期的逗留,使我们多少体会到了一点他喜欢的清纯的乡间生活风格。我们也曾跟随小伯尔游览科隆,得知了伯尔童年的一些故事。在一个街口，据说是伯尔小时候拦截美国占领军，与他们开玩笑、与他们相骂，有时候也向他们要巧克力糖的地方。

伯尔是德国平民的儿子，他目睹了也尝够了德国人在二十世纪的无数苦辣辛酸。早在七十年代初"五七干校"时期，我就读过伯尔的《损害了名誉的卡特琳娜·布鲁姆》，当时是作为"反面教材"才翻译介绍过来的吧？后来读了他的不少短篇小说，最近又读了他的《女士与众生相》。他的穷根究底的解剖分析精神令人感动。我写《要字8679号》与《一嚏千娇》时都有意无意受过伯尔的影响，当然，写出来是不露痕迹的。伯尔是一个纯朴的理想主义者和资本主义的毫不留情的批判者。虽然对于他的文学成就特别是德语水准其说不一，他的获得诺贝尔奖在德国也引起过一些喧哗，但是作为德国知识分子的良心与旗帜，他的影响在死后尤其是与日俱增了。

呵，在结束这篇文字的时候我想起了一个应该补充的细节，在朗根布鲁希村口，竖着一块木牌，上书："朗根布鲁希·自由邦"。而其他村镇，都要写上行政隶属关系。如克瑞佐，牌子上写的就是"克瑞佐·杜林市"。朗根布鲁希自己把自己封成了一个天不管地不属的自由之邦，这其实是不"合法"的。当德国总统前来此地看望老伯尔时，杜林方面就用漆将自由邦几个字涂掉，以免总统看到产生麻烦；总统走后，他们就再把自由邦几个字写上，以满足这里的人们的精神需要。可惜，我对此没有更深入的了解，然而听起来是多么有趣！

然而，自由与否，跟一块牌子又有多大关系呢？

1997年7月

我爱非洲(节选)

另类月亮

毛里求斯位于南纬二十多度，南半球的人们看到的太阳和月亮是沿着偏北天空自东向西移动的，那里的向阳的房屋应该是坐南朝北的，这些都不足为奇。可能是由于纬度再加经度的关系，我们在那里看到了与在故乡看到的完全不同的月亮。

到达毛里求斯那一天是阴历八月初五，毛里求斯是春(不是秋)高气爽。晚上在大使馆便宴归来，正好看到了一轮弯弯的新月，而弯月的形状是正面向上的船形。在中国，新月应该是")"形的，下弦月是"("形的，而且它们的"弦"并非直竖而是斜的，弯月的上部向左斜，下部向右斜。而毛里求斯的新月却是弦在正上方的弧形，它的弦线与地平线平行，而弧心在正上方。

绝了，这不仅是月亮，而且是一叶货真价实的小船。在上个世纪五十年代，我与当时的中学生们夏季露营的时候，爱唱一首朝鲜民歌《小白船》。这首歌是唱月亮的，说弯月像是银河水里的小白船，不挂帆也不用桨，向着西天行驶，歌很好听。弯月像不像小船我从来没有认真去感受和品评过，反正这次在毛里求斯看到真正的小白船了。

由于是岛国，赏月的时候望到的是无尽的天空和海洋，只有几抹晚霞，恰如紫色的山峦，成为小白船的背景。是山是云？我与妻子还有点争论，第二天早晨起来，当然发现了那里并无山脉。

在毛里求斯还看到了巨大的食草的旱龟，它们与人友好，我执树叶喂它们吃，它们还常常驮起游客。我觉得五尺高的汉子压在上边，未免太给龟类增加负担，便弃权不让龟驮。我们也看到了绿色的巨型蜥蜴和大大小小的鳄鱼，看到了大得足以托举起儿童的王莲和各种热带树木。

当然，比自然奇观更重要的是毛里求斯上上下下对中国的友好与热情。我们到达的第二天早晨，毛里求斯总统就接见了我们这个中国文艺界知名人士代表团，毛里求斯的文化部更是好客周到，接待工作做得极好极细。毛里求斯南北只有六十多公里，东西只有五十多公里，然而他们非常好地处理着与各国特别是大国的关系，在国际事务中发出自己的有利于和平和发展的声音。毛里求斯本来是一个爬满海龟和鳄鱼的无人岛屿，后来经过了人们的艰难开拓，经过了外国的占领，甘蔗园里流下过不少黑人奴隶的血泪，直到一九六八年才宣告独立。毛中两国人民有许多共同的经历和感受。

我在毛里求斯期间适逢国际华人大会在这里召开，毛里求斯的代总理与几个部长以及我驻毛大使应邀参加了开幕式并讲了话，我也在第一天的会上讲了话。所有与会者的讲话都强调了一个中国的原则，批驳了"台独"言论，从此也可以见出毛中友谊的一斑。中国目前在境外设立的文化中心还不够多，但是在毛里求斯有一个，我在那里介绍了当代中国文学的一些情况。据说毛里求斯是积极主动要求各国在本地设立文化中心的，其中也包含了弥补本地文化设施不足的因素，毛里求斯人真是聪明得很。

好 望 角

显然,这是最美好的地名之一,我们从小学时代就熟悉了它:好望角。原来我还以为这么好听的地名里有翻译的贡献,来了这里才知道,压根儿就是 cape of good hope,就是良好希望之角。从这个名称我们可以想象,当年的航海家从西班牙、葡萄牙出发,经过直布罗陀海峡从地中海到了大西洋,沿着非洲的西北与西南边线航海数日,终于到达了非洲大陆的南端,看到了一个尖尖的地角(这应该也算是天涯海角了)。从这里往东,是浩瀚的大洋,从这里往东,他们将到达中近东和整个亚洲。这个地角,确实带来了无限美好、无限广大的希望。

好望角所在的城市是开普敦,Cape Town,即角城。我们常见的地图上开普敦的标名后面加上带括弧的好望角,可以说又对又不对。对是说两个名称曾经可以通用,至少好望角是属于开普敦城的;不对是说好望角只是开普敦南端的一个伸到南大西洋里的陆地的一个小角,而开普敦是一个大城市。

从开普敦市区一直往南开车,近两个小时后到达好望角和邻近的角端——cape point,一路向右即西面望去,是浩渺的大洋。而最令人激动的是,这一天天晴气爽,我们看到了鲸鱼。

开车的黑人司机兴奋地告诉了我们:"鲸鱼!"我们看到了碧波白浪之中——举起与屡屡露出水面的鱼脊的三角旗状的鳍,这三角旗像是蓝色的;也看到了鲸鱼的尾巴,这尾鳍则更像是运动比赛的小艇。

我们没有时间也没有道理走近去打搅它们,脊鳍与尾鳍的安然出现已经足够我们受用了：阳光丽日之下，蔚蓝波涛之中，它们透露着一种雄浑、一种吉祥、一种平安和壮美，它们像天使一样传达着某种超人间的信息。

还有时而见到的鸵鸟、长颈鹿和黑熊，至少，它们是生活在本真的自然当中而不是动物园的铁笼子里。

好望角是造物的大手笔，非洲大陆就够雄伟的了，它从北半球伸延到了南纬三十四度，海岸线长达三万多公里，连同它所属的岛屿，像是一幅大写意，而它南端的好望角，是点睛的一笔。它具有岩石的质地，鸟嘴或者喷气战斗机头的形状，头部拱起，长喙尖尖地伸入海中，特立独行，怪异威风，引发着洪波巨浪，进行着大陆与大洋的千年万载的对谈，提醒着你的注意。而无边的海洋以它的巨大和神秘召唤着乘风破浪的航行。这一天虽然大致上风平浪静，但是好望角的海涛仍然显示出一种严峻，使你望之凛然、凄然、怅然。也许是我们见大洋而想起了生命起源于海洋的历史？也许我们是见大洋而抱愧于自己的渺小和贪欲，并且联想到了飘摇在大海上的人们的无能无助？也许是我们的富有占有欲征服欲的俗念终于在好望角得到了一个反省与觉悟的机会？还是因为得到了挑战而变得更强了？反正在这里我是被震动了。

无独有偶，邻近好望角的地名是角端，虽然没有好望角那样尖厉，却更南端也更高耸一些，那里修了灯塔、蜿蜒的登高阶梯道路和一个小小的展览室，爬上去，再爬上去，与嘈杂的人众一起，站在顶端雄视大洋，自己的胸怀开阔了不少，自己的行市似乎又见长了。人本来就是因势而"豪"的。

顺便说一下，这一天登高的游人中，很大一部分是操祖国内地口音的同胞。回想在毛里求斯的旅馆和鳄鱼公园与植物园里也屡屡看到成队结伙的国人，不禁感叹，中国现在虽然还远远谈不上发展程度有多么高，但已经与往日气象不同了。这种不同气象，不仅在国内而且在世界各地都看得出来。我还记得一九八〇年秋在纽约与一些台湾背景的华人文艺家聚会，诗人秦松慷慨陈词，畅想着中国发展了，到处都有中国游客的那一天。当时"文革"的阴影才刚刚散去，听起这样的话如同梦幻曲，曾几何时，现在至少是正在实现着了。

其实好望角并非印度洋与大西洋的交汇处，交汇处还在更东面，地图上并没有明显的标志。其实大洋不是哪个国家哪个民族的内海，三大洋或者四大洋（加上北冰洋）本来就是连在一起，不分你我的。反正在好望角永远带来美好的希望，好望角也让人反思殖民主义的罪恶与人类的诸多不幸。好望角周围，连接着印度洋与太平洋、连接着欧亚大陆与非洲大陆的航线上，南大西洋的波涛永远翻腾，永远浩瀚。去罢好望角，大海的波涛同时永远翻滚在自己的心里梦里。再不要鼠目寸光、夜郎自大、抱残守缺与奴颜婢膝、自怨自艾了吧。

最美的是黑人

我们到达喀麦隆的第二天，一早便出发到丰班去，丰班是喀国西部省的首府。路上走了三个小时，经过了许多田野、乡村和集镇，有许多不经粉刷的土泥房屋，露着大地的本色，令我想起过去在新疆看到过的农村房舍。路旁有许多小贩，给我印象最深的是他们叫卖的一种用芦苇包装的食品，这使我想起我们的粽子。但他们的食品不是粽子般的立体三角形，而是扁扁的矩形，像一个钱包，而芦苇叶子也是长长地伸展着，像是提食品的带子。据了解那是刚刚出锅的芋头饼。另外多的是法式小面包，颜色金黄，十分诱人。

但更精彩的是本地的黑人，这里差不多是百分之百的黑人，他们或头顶物品赶路，或信步前行，或三五成群，或闲散游荡，男男女女，老老少少，服装也大多简单随意，女人是一件连衣裙，男人是一件衬衫。但我看到的人当中没有一个是驼背的，没有一个是畸形的，个个都那么健康，活泼，丰满而又窈窕，身体的各个部分平的平，圆的圆，长的长，宽的宽，凸的凸，紧的紧，匀称而又充实，无可挑剔而又自然而然，神态悠闲而且平和乐天。特别是那些黑人女人，颀长的四肢，上身与下身的理想比例，浑圆的与紧绷的胸部与臀部，明亮的大眼睛与讲究的独具一格的发型，举手投足，都如舞蹈般和谐优美。再加上她们的黑缎子似的皮肤，堪称绝美无比。不是说人人都漂亮，但是确实是大多数人美得可观，尤其是美得健康自然。她们与精心减肥和搞"三围秀"的西方发达国家女人完全不同，她们更加浑然天成，无心雕饰，紧凑丰满结实，富有活力和魅力。

真是天生的美丽呀，美在热烈，美在纯真。我想起黑非洲特别发达的民间雕塑艺术。喀麦隆有一种酷似石头的黑木，用它来雕塑各式各样的人像。他们的人像特别立体和随意，主要是一些圆球、一些或柱形或锥形的圆棒，构成人的各个部分，以球为纲，随材就料，任意弯曲伸延四肢和腰身，使之多成为环状，形成立体的圆球与平面的环形的交织，给人以极灵动、极朴素、极甘甜的美感。同时，他们适当突出增大头部圆球的比例而缩小四肢，增加了雕塑的几何图形的美感。雕塑本天成，人人可得之。一位美术家告诉我，一般雕塑家总是先有一个平面的构图，再在工作过程中补充发展成一个三维的立体的雕像。而非洲的这种雕塑，从一上来就是三维的，浑然天成，无往而不适。有这样的充分三维的美人才有这样的雕塑呀。

  非洲的黑人真是耐看，而且从正面、背面、侧面、上面、下面看，都圆融完满，各有千秋，令人赞美，堪称人类绝唱。非洲的土地也相当肥沃，特别是我们访问的这几个国家，都是比较富裕的。在南非与作家见面时，我用英语讲话，就提到去年"9·11"后我访问美国，到处看到"上帝保佑美国"的标语，来到非洲，我感到的是"上帝保佑非洲"。我的话得到热烈的掌声。

2002 年 12 月

印度纪行(节选)

美丽的印度石窟

印度的大小石窟极多,佛像与印度各种宗教的石雕与壁画多不胜数,其最大特点是美,人间性的美。

印度的神像其实就是完美的人像,丰满,浑圆,曲线,充溢着生命的动人的光辉,其实是十分性感。在我们重点参观的爱罗拉与阿旃陀石窟中,你感到的首先是满足与沉醉,是欣赏与呼应,是亲切与吸引,而不是在欧洲乃至在中国进入一些宗教遗迹时的那种敬畏与膜拜。例如埃及卡纳克神殿使你感到的是超人的宏伟,德国科隆大教堂使你感到的是高高在上的神祇。而阿旃陀的石窟给你的冲击是人间的特别是两性的美妙绝伦。当然这种性感得到了足够的升华,它与其说是肉的不如说是灵的,更正确地说,是从肉体的完满而走上了灵魂的圆融通彻。它拥有一种肃穆、喜悦、和谐、圆满、自足和平安;甚至它的欢喜佛也是充分地宗教化了的,即已经上升为一种仪式,一种对于神与它创造的人类的赞美,一种拜天祭地的歌舞。观印度的欢喜佛而邪念杂念顿消。它绝对不包含暴力倾向,不包含病态和变态的疯狂凶恶倾向,不像某些欧美的艺术作品所表现的那样。它是形而下的,因为那丰满的肉与曲折的线;它又是充分形而上的,神学的,因为那神情,那充盈,那慈祥,那永远的欢喜。据说印度人特别认为人体成为 S 形是最美的,在我们二〇〇一年十二月八日参观的奥兰加巴德的阿旃陀石窟(唐玄奘的《大唐西域游记》中曾经描写了此窟)中最有名的舞女像的身体就是 S 形的。我从中也想到了盘膝而坐的姿势。在这些神像与人像中找不到一个死角,一个硬折。在身体的曲折中,体现了柔韧,体现了丰盈,体现了灵活(死人才是僵硬即强直的),也体现了——我以为——一种虔敬和谦卑,一种信仰与反思;这就与例如百老汇舞蹈的那种极力伸展张扬和炫耀释放性的动作、姿势成为鲜明的对比。

奥兰加巴德的装饰布画大多取材于石窟雕像与壁画,在深色布上用鲜艳的天然颜料作画,极具观赏性。其中的女像也是极尽窈窕与丰满。顺便说一下,儿时读诗"窈窕淑女,君子好逑",我一直分不清什么叫窈窕什么叫苗条,我还以为苗条就是窈窕的俗称呢。这回好了,到了印度就知道什么叫窈窕了,而且是丰满的肉感的窈窕,又是诗一样歌一样舞一样的窈窕。布画中的女子侧影尤其动人,侧影只画一只眼睛,如我们的皮影,然而一只眼睛的女子更加妩媚窈窕,亭亭玉立,端庄娴雅,圆润天成,令人神往。

印度人的美绝不一味强调苗条,不强调减肥,它的神像也好,电影明星歌星也好,都是既灵动又丰满的。他们承认体形的美,也承认肉体的美,更承认精神的美。神就是人的完美化,神就是人的理想的体现与升华。这是我这样一个非信徒在访问印度中所得到的神学与美学启示。

泰 姬 陵

就在我们出发赴印的那个白天——顺便说一下,由于中印尚未直航,我们是先在午夜乘飞机到新加坡,次日中午再转机到新德里的——恰好中央电视台播送介绍印度泰姬陵的风光片,这个陵真是举世无双，它完全可以与埃及的金字塔（法老的墓）或者现代的西班牙首都马德里的依山面海的佛朗哥墓媲美。所有的到了印度的人几乎都要看泰姬陵。它位于距新德里一百多公里的阿克拉镇，距离不远，但交通可很辛苦。再辛苦也罢，到了那里，看到纯白的大理石巨块，几乎可以称之为镶嵌一般地，严丝合缝地垒起的圆拱形建筑及整个布局，你有一种来到了另一个世界、别一个天地的感觉。这里，纯洁代替了污秽，规整代替了混乱，美妙代替了丑恶，安宁代替了慌张，和谐代替了冲突，肃穆代替了轻浮，宽敞代替了拥堵。人怎么可能想出、做出、完成和保存这样的创造？于是你叹为观止。

而且泰姬陵不仅是一个孤零零的陵墓，陵前的红石铺路与水池映天，也映着主陵的倒影，陵后有弯弯曲曲的河流，陵旁有同样材料的四座石塔以及陵的主门辅门、主要拱顶与四个类似角楼的拱顶圆亭，尤其值得一提的是离泰姬陵不太远但又拉开了距离的红宫，亦即国王办公的地方，全部用红色大理石建成。从那里望去，可以看到泰姬陵的全貌。这些都使人们感到一种平衡，一种超人间的感受与满足。人间没有天堂么？那就让我们用双手造出一个来吧。资料告诉我们，泰姬陵是一六三一年至一六四八年间建成的，离现在不过三百多年，但已经显得很古老了。它的伊斯兰风格所反映的当时的宗教信仰与今天的印度有别。当然，今天的印度，仍然有近两亿的穆斯林，穆斯林人口居世界各国的第一位。莫卧儿王沙杰汉为他的爱妻比格姆修了这个陵墓。比格姆死时只有三十六岁，是分娩第十四个孩子时猝死的。陵墓位于亚穆纳河边，国王可以从自己的宫殿看到这个陵墓。国王本来要为自己修一座与之形状相同而用黑大理石做材料的陵墓，但未等实现他的愿望，他就被废黜了。不知道他的被废是否与为爱妻修墓极尽铺张有关。

如果不是亲眼看见，这个建筑与围绕建筑的故事更像是神话。世界因为有了神话而变得更精彩，世界因为有了印度文化而精彩——这后一句话是作协外联部的钮保国同志说的。沙杰汉与比格姆由于有了这个泰姬陵而为人所记忆，印度因为有许多泰姬陵这样的文物古迹而受到尊敬、受到爱恋而拥有了自己的位置，至少也从而吸引了众多的游客。当然你也可以将这个陵墓看作是专横愚昧、穷奢极欲、横征暴敛、自取灭亡的物证。但是，如今这个泰姬陵是怎样的令人赞叹，令人流连，令人快乐，令人满足啊。怎么样评价这个陵墓的建造呢？为什么习惯于黑白分明地看问题，习惯于臧否分明地做出价值判断的我感到了一些困惑呢？为什么历史的悲剧和喜剧直到丑剧，会成为后人的文化遗产呢？艺术的成功与经世的成果就是这样的互不相容吗？呜呼，念天地之悠悠，能不怆然而泪下吗？

加尔各答与泰戈尔

印度的另一座名城是加尔各答。地图与百科全书上说加尔各答是印度第一大城市，而此次见面的朋友们说是第二大城，那么孟买就成了第一了。加尔各答人口极稠密，大街上的垃圾之多令人难以置信，交通之堵塞也相当惊人。当然中国的城市也同样受到环境、交通等问题的困扰，但对不起，与之相比，中国算是天堂了。我们在加尔各答堵塞的交通与气味强烈的垃圾中缓缓行进，我很佩服印度自产的大使牌汽车与驾车的司机。它们虽不抢眼，但很皮实，车前后灯上大多装着防护性铁栅，而公共汽车的车窗上也都是防护性铁栅:车上人太多,挤之欲出,车外还有挂票。司机则不放过任何一个空隙,钻来钻去,给人以惊心动魄之感。最后,我们的车实在开不动了,因为穆斯林的开斋节快到了,街上格外拥挤。我们只好下来走路,走到一所红楼,看到了泰戈尔胸像,得知这就是泰戈尔的故居,而现在是一所艺术学校。

这就是另一个天地了,像一个私人公园,高雅、安宁、清洁、阔大、自足,树高花艳,天蓝气爽,与外面的世界成为鲜明对比。流行歌词说是外面的世界很精彩,这里则是里面的世界真精彩。没有这么样美好的环境,泰翁大概是写不出那么多感觉良好、充满美善与慈祥的人性颂歌与赞美诗篇来的。没有外面的贫穷、艰难、肮脏与一切不便,泰翁大概也不会写出那么多同情百姓、同情下层人民的小说来。由于后一类在中国并不为人熟知的作品,泰翁曾经被自己所属的种姓与阶级所咒骂,然而他也从中获得了人民性,获得了人民的感谢与赞扬。由于前一类作品呢,他又成为了纯洁的天使,成为永久人性永久神性和永久的爱的守护神。他确实是太伟大,太成功了。

他有两米多高,这在作家当中是不多见的,这也可以看出他的遗传基因不俗与后天调理得当。他还是歌唱家、画家、哲学家。我们在故居听了他的唱歌录音,看了他的特大号木床,瞻仰了他的鹤发长须照相。高山仰止,心向往之。

"人类的历史很忍耐地等待着被污辱者的胜利。"泰翁此语多么高妙,被污辱者是要胜利的,所以,他是站在被污辱者一边的。为了这胜利,整个人类都要忍耐,而且是很忍耐。珠圆玉润,隽语天成,你还能说得更好一点吗?

所以,"我生命中一切的凝涩与矛盾融化成一片甜柔的谐音——我的赞颂像一只欢乐的鸟，振翼飞越海洋。"

所以，"进到沉静的山谷里去吧，在那里，一生的收获将会成熟为黄金的智慧。""我们在热爱世界时便生活在这世界上。"说得何其好也，我们这些沉静不下来、成熟不起来、得不到黄金也得不到智慧、虽然热爱得不够也还得生活在这个世界上的中国当代作家，怎么可能不羡慕与膜拜你？

我们在他的纪念室献了花束。印度的泰戈尔有福了。我想，有没有泰戈尔，印度给人的印象可能并不一样，诺贝尔奖金给人的印象也并不一样。人们也许真的认为诺贝尔文学奖是专门与各种体制捣蛋的恶作剧呢。这不是，通过泰戈尔，我们渴望走向的"世界"为我辈树立了另类光辉的典范，一个国家是多么需要泰戈尔这样伟大而又叫人放心、富有同情心但更富有耐性的大师啊。

思想的魅力

在甘地墓，有一块石碑，上书甘地名言："简朴的生活，崇高的思维。"（simple life，high thinking.）

这话确实非常甘地，非常印度，非常人文，非常精神，也非常符合第三世界知识分子的口味。我们想一想甘地的打扮吧，披着一片麻布就行了。这也非常东方，我立即想起了"安贫乐道"的中国古训，想起了孔夫子对颜回的称道："贤哉回也，贤哉回也。一箪食，一瓢饮，人不堪其忧，回也不改其乐……"

一位欧洲朋友曾经对我说，与印度人相比，中国人是不是太在乎本国与发达国家的差距，太在乎本国的经济发展，太在乎人均收入和消费水平了？印度虽然很穷，但是他们言谈之中不大在意这一点。

西方流行着一个文化故事，说是半夜房顶漏雨了，不同文化的人有不同的对待。欧洲人会爬到房顶上去修房；中国人会想办法遮雨导水，继续睡觉；而印度人呢，会沐雨而歌舞一番。

比喻都是跛足的，尤其是对中国人的说法我们多半不服气，但也可能更坏，一漏雨房子里的人先各自推诿责任互相埋怨直到爆发内战。印度人的沐雨而歌舞实在可爱得要命，却又有点匪夷所思，更像梦游或是走火入魔。

据说印度有一个有名的故事，两个人在河边，一个捕鱼，一个睡觉。捕鱼者劝告懒惰者要努力工作，懒惰者问："捕鱼干什么？"答："卖钱。"问："要钱干什么？"答："享受，休息。"问："你看我现在舒舒服服，而你在忙忙碌碌，我不是已经又舒服又享受了吗？"答："？？？"我在德国作家、诺贝尔文学奖得主海因里希·伯尔的短篇小说中看到过同样的故事，不知道是伯尔受到了印度哲学的影响还是印度人受到了伯尔的影响，还是二者巧合。

简朴的生活，崇高的思维，这确实是一种理想，但是如果简朴到了不能正常地至少是不能健康地活下去的地步呢？在印度的城市，你会遭遇多少乞丐呀。我试图向其中的一些妇女和儿童施舍，不得了，给了一个，上来十个，他们围上你的汽车，拼命敲响你的车窗。还有一些畸形的残疾者，我见到过一个脚大得吓人的象腿病少年，太可怕了。

再比如印度的旅游，那么好的地方，如泰姬陵，如爱罗拉和阿旃陀石窟，连一个像样的旅游纪念品或礼品商店也没有，交通也是那么艰难。在这些地方，一些儿童围着你强卖，要谎，许多都是假冒伪劣产品，实际上卖不出什么价钱。他们的旅游业实在是属于待开发的状况呀。

为什么不是日益提高的生活和日益提高的思维层次呢？为什么水涨船高会比一低一高更差？生活的简单是一睁眼就看得见的，思维是不是高明，谁来判断？弄不好会不会成为阿Q？如果现世与憧憬两者都具有高质量岂不更好？泰戈尔不就是既有美好的生活，伟岸的身躯，阔大的花园和房屋，又有美好的诗篇、散文、音乐和哲学吗？

然而世界是丰富多彩的，印度仍然是迷人的，远观比投入更迷人。而且，近来印度经济也在迅速发展，印度的电脑软件业比中国发展得好得多。用不着王某人杞人忧天，更无须越俎代庖。我要说的只是，不止一个中国作家在访问完了印度以后，更为自己生活在中国而庆幸不已。我同时借此小文给美丽的印度人以最好的祝福。

2002年3月

二〇〇四俄罗斯八日(节选)

给列宁鞠躬

到达莫斯科的第二天就去了红场。日程上写的是游览市容，而莫斯科的市容对于我这个年龄的中国人来说，离不开红场：克里姆林宫、红星、列宁墓——列宁斯大林墓——列宁墓，去过一次的人还会知道圣巴苏教堂、沙皇时期法国老板建的大百货公司。

上一次到莫斯科是一九八四年，正好二十年前，弹指一挥，人间已不是二十年前的人间。那次由于目的地是塔什干，没有怎么在莫斯科活动，当时想去克里姆林宫或者列宁墓也排不起队。我那年住在俄罗斯饭店，出门就是红场。两支队伍摆在眼前，要排队，必须有枯立五个小时以上的准备。

现在的列宁墓则每周只开放两天，参观人数不多。就这样此地还不断有人发出取消这一陵墓的言论。我们在小雪中排队，大家都很严肃，一次次反复进行安全检查，进入陵墓以后不得出声，不得交头接耳。五十余年前，有幸去瞻仰过列宁遗体的人都对我讲墓前的红军卫士如何如铜像般一动也不动。现在倒是也没有这样严格了。

墓中的水晶棺光照通明，列宁的面孔与衣装新鲜明丽，我恭恭敬敬地给遗体鞠了躬。想不到我瞻仰列宁墓瞻仰得这样迟。

如果是当年……而现在俄罗斯不乏对列宁的不敬的乃至亵渎的说法。为什么会有这样的草率和随意呢？难道能够无视历史？难道历史就像打秋千一样地摇摆极端?

无言。无声胜有声。

我们也看到了红场检阅台背面的墓地,斯大林、勃列日涅夫、伏罗希洛夫、柯希金、斯维尔德洛夫等等。铜牌与字迹依旧。

我们进入了克里姆林宫,里边有一个现代化的办公会议楼,是依据赫鲁晓夫的命令修建的,为此拆除了大量古迹,真是得不偿失。许多次苏共的全国代表大会是在这里开的。另一个简朴的楼挂着俄罗斯的三色国旗,是现任总统普京的办公地点。更多的是看了里面的东正教堂,古色古香,蜡烛点燃,教堂特有的气味浓烈。苏维埃时期这些教堂只能算是博物馆,现在香火旺了起来。

我乘机学到了一点有关东正教的知识,东正教的十字架,除大十字外,上端有一小横,说明耶稣的头部也曾被钉住,下端一个斜横,高的一端是一位圣徒宁死不屈、至死承认耶稣是主的儿子,从此端升入天堂。低的一端是一位被吓倒了改了口的软骨头,便从低端堕入了地狱。二分法的传统,"零和"的模式是古老的。

俄罗斯正在努力回到古老的俄罗斯去。克里姆林宫正在脱掉意识形态的外衣。虽然大红星仍然闪烁。说是那红星的配置是斯大林的意思,耗资无数,用了不知多少昂贵的红宝石,使之昼夜闪光,明耀寰宇。现在也有激进人士不断要求拆星移星,当局以成本太高而财政困难不干。

我们也去了大百货公司。与一九八四年不同,现在柜台上摆着的多是西欧进口名牌货,应有尽有,规模与购物环境极佳。然后克里姆林宫的钟楼上大钟响了,正午十二时钟声"敲"出原苏联现俄罗斯的国歌的第一句的旋律;原词是:"俄罗斯联合各自由盟员共和国,造成永远不可摧毁的联盟……"

在小风雪中我们到了苏联一本有影响的长篇小说中描写过的阿尔巴特街。一条漂亮得大大方方很有品味的旅游街，街中心有卖礼品的摊档，而不是贴着墙根儿。过去，这里住过一些苏联要人高干子弟。现在是富商居住的"高尚住宅区"和商业街。这里的俄式大餐实在味道好极。我们点牛肉，不是大块牛排而是罐焖；点鸡肉，上的也不是半只西装鸡而是基辅式的黄油鸡卷：把一片鸡肉卷成卷，内装洋葱、蘑菇、奶酪等馅子，外裹蛋汁淀粉，煎熟，使我想起当年莫斯科餐厅在北京开业时的盛况。不知是否俄罗斯由于地理位置的关系，口味介于东西之间，我辈华人易于接受俄餐。

歌德说过，理论是灰色的，而生活之树长绿。所有的理念都应该通向生活。附丽于生活，就没有，至少有可能减少破灭和虚空。

莫 斯 科

莫斯科毕竟是一个大地方，大都会，大国首都。

与二十年前的造访时相比，莫斯科焕然一新，地面大大地扩大了。我们住的宇宙饭店，原来只是郊区的田野。虽然不乏高层楼厦，基本风格仍然是石块、砖木、水泥与钢筋结构，浮雕式的建筑，与纽约或者香港的玻璃钢梁摩天大厦风味不同。建筑并不林立，仍然是"我们祖国多么辽阔广大"，仍然是"能够自由呼吸"的足够空间。

妻一到莫斯科就说：莫斯科显得大气。我补充说，就像北京。人们常常批评北京已经失落了古城名城的韵味，很可能这个批评是正确的，而且我曾经设想，如果我们的申奥口号不是"新北京，新奥运"，而是"老北京，新奥运"该有多好。幸好，搞申奥翻译的人明了这一点，英语的译文就根本没有留下任何"新北京"的"新"字的痕迹。然而北京仍然是北京，不是南京，不是上海，不是广州也不是香港。巴黎高雅而伦敦矜持，罗马雍容而悉尼舒适，维也纳华美而柏林严整，阿姆斯特丹自在而纽约高耸。北京和莫斯科一样，大气，而莫斯科却显得比北京天真。

比如那种我们在北京展览馆、上海展览馆身上已经领略了造型的所谓斯大林式建筑，在莫斯科一共七个。底盘大，楼层越是往上越是减少面积，像摆放好了的积木。正中的塔楼好像竖着一根旗杆，顶着一颗红星。我在布达佩斯等东欧城市也看到过苏联援建的这种类型的建筑。

据说斯大林原来下令修建四十处这样的大楼，作为"二战"胜利的纪念与"二战"期间莫斯科建筑受到的破坏的补偿。然而，人算不如天算，只修建了七处，斯大林逝世，于是此种楼不再。现在的七处中重要的有莫斯科大学和俄罗斯外交部，仍是莫斯科的庞然大物。靠近红场最近的一处这样的大楼现在只是普通的居民楼。

莫斯科河给莫斯科带来了好风水。到处看得见莫斯科河。来到麻雀山，在莫斯科大学正前方，一道平直的栏杆，下面就是莫斯科河，远处——其实不然，不远，就是红场，克里姆林。麻雀山曾名列宁山，一首苏联歌曲《列宁山》是我们年轻时候最喜爱的歌曲。我甚至不想说"之一"。"穿过朝霞太阳照在列宁山，峻峭的山岭多么神往……当我们回忆少年的时光，当年的歌声又在荡漾……世界的希望，俄罗斯的心脏，我们的首都，啊，我的莫斯科！"

峻峭山岭云云恐是译者杜撰，因为列宁山名为山，实际只是一个大高地，整个高地归莫斯科大学所有，开阔平坦。歌词里还有一句"工厂的烟囱高高插入云霄"，与现代环保观念不甚吻合，回忆起来有点滑稽。事实确是如此，从麻雀山看下去烟囱不少。其实当年我们开始搞五年计划的时候，我们的梦想也是到处架起烟囱，各种黑烟黄烟白烟红烟齐冒。

二十年前我在《访苏心潮》中写过，莫斯科大学给我以傻气的印象。奇怪的是，这一次，在俄国人不乏对于斯大林式建筑的嘲笑抨击的时候，我反而觉得莫大的这种大楼也挺气魄。是不是我的审美也受国家关系的影响呢？是不是因了苏联的变成"前"，我反而遗老起来了呢？反正你不把它当成美梦看也不把它当成敌人看，你反而与之容易交往与沟通。这一回我两次造访莫大，一次在白天，一次在雪夜。白天有许多游人，包括冻得发抖的穿着婚纱拍结婚照的少男少女。苏维埃时期则是结婚者必在这里照相。雪夜中的莫斯科大学，灯火璀璨，光明令人仰视。雪花轻落，别来无恙，好像什么事情也没有发生过。历史怒吼长啸，铁血生死，狂舞疾转，然后山河依然，城市依然，大学依然，生活依旧。现在有几百名中国留学生在此就学。

然而这么伟大的苏联，伟大的俄国，伟大的莫斯科，怎么连一条一截高速公路都没有呢？尤其是雪后，莫斯科的堵车甚至超过了我所体验过的以交通堵塞闻名于世的墨西哥城。雪后，我在莫斯科每天用在路上的时间五六个小时，而参加活动的时间只有路上时间的一半。说是没有钱，说是莫斯科人不能想象过路收费，所以也就无法进行良性循环，也就没有人投资修路了。

我想起二十多年前与一位匈牙利外交官的谈话，他说，中国匈牙利现在经济改革还来得及，因为革命前的商人企业家还都活着，而苏联十月革命已经六十余年，懂商品经济的人已经死光了，再想搞什么商品经济，只怕后继无人了呢。当时我还以为他是说笑话。

俄国朋友说我们是幸运的,抵达莫斯科的时候是深秋,桦树上的叶子还没有落尽,柳条还是绿的,十月阳春,信然。几天后大雪飘飞,寒风怒吼,冬天来了。

波罗的海的夕阳

这次还去了圣彼得堡。这是这个城市的古老名称,源于耶稣的十二个圣徒之一的圣彼得。后来改成彼得格勒,是为了纪念彼得一世即力行新政的彼得大帝。十月革命后定名为列宁格勒,当然是为了永忆列宁。现在又改了回去。城市的名字改了,但是城市所处的州的名称没有改,仍是列宁格勒州。而莫斯科的通往圣彼得堡的火车站也仍然名为列宁格勒火车站。想洗净一段重要的,震动了世界也改变了世界,震动了本国也改变了本国的历史谈何容易?价值选择的变易不能代替历史的书写,而书写历史不等于历史本身。当我与该城的汉学家们座谈时,一位女学者问我:"你们是不是觉得我们改革得太慢了?"我说:"没有啊,你们连城市的名字都改了呀……"有同行者以为我语带嘲讽,实无此意!我怎么会觉得他们慢呢?

我不想再写这里的涅瓦河、冬宫、阿弗洛尔巡洋舰、购自埃及的狮身人面像。也不再写这里的大街了。有一首民歌叫作《沿着彼得大街》,抒发一个喝醉了酒的马车夫赶车的情景,歌曲里有车夫吆喝马的叫声。是我记错了吗?当我问导游哪里是彼得大街时,导游表示不知道。

上个世纪五十年代我曾经在与列宁格勒红霞工厂结成姊妹关系的北京有线电厂做共青团的工作,我在彼得堡,竟忘记了问这家工厂的情况了。一位中国人告诉我，即使还有，也早已面目全非喽。

感谢导游带我们去"木木餐厅"用饭，餐厅门口有屠格涅夫的小说中的狗"木木"的雕像，饭后老板送给我第一版"木木"的复制本。后来我们又到柴可夫斯基与科学院餐馆用餐。就冲这些餐馆名称也令人钦佩。彼得堡全城就是博物馆，普希金、柴可夫斯基、屠格涅夫的坟墓都在这里。

十一月二十一日我们碰到了风雪，可能没有普希金小说里描写的"暴风雪"那样激烈，但已经可观。风是白色的，雪是散漫无形的，风成了雪的力量，雪成了风的形体。街道与巨石建筑也在瞬间出现了白色，剩下的河流显得格外黝黑。我在风雪中踉踉跄跄地奔向也是普希金描写过的"青铜骑士"——彼得大帝铜像前留影纪念。那里有交通警察，近处不得停车。咯哒一声，摄影完毕，胶片也没有了。

由于当天夜间还要乘车返莫斯科，我们回旅馆休息。天昏地暗，疲劳的我们迅即躺下，合上眼睛。突然，一片火光使我惊醒，满室通红。睁开眼，得知红光来自窗户。走到窗前，拉开窗帘，才知道天空忽然局部放晴，看整个天幕，远看仍是乌云。看海洋，似乎也阴沉得很。只有海平线上，留出了窄窄的却是明亮的长长的光带，红色，金色，橙色，玫瑰色，紫色，蓝色，褐色……光芒四射，仪态万方，霞光千里，为宇宙扎上彩带。夕阳就停泊在波罗的海海面上，夕阳傲视着我们，满目风光，满身骄傲。

我与妻都惊呆了。我们被一种狂喜的心情攫住。这像是沉郁中一次欢乐的爆炸，像是神圣的显示，像是波罗的海与圣彼得堡再次举行了开光典礼，像盘古开天的巨斧劈出了六合的辉煌，像是寂寞之中突然铙钹齐鸣，响起了贝多芬第九交响乐的大合唱——《光明颂》。谁都知道彼得堡的阴沉的寒冷的冬天,知道彼得堡一年只有六十个好天,却不知道暴风雪后突然展示的波罗的海夕阳的美轮美奂。

我们住在波罗的海宫,隔窗望去就是波罗的海,芬兰湾。而过去,芬兰湾的风光只在列宾的油画里见过。现在看出去,已经没有当年的野生水生植物,却多了一个灯光昼夜眨眼的海滨夜总会。远处也有灯火,我开始以为是芬兰,后来导游告诉我那边是喀琅施塔得岛。这个岛的名称我也不陌生,因为苏联七彩电影(那时叫七彩以示比五彩更多彩)《难忘的一九一九》中有这个岛的水兵叛变的故事,有一个镜头是斯大林乘着摩托快艇破浪前行,前来解决水兵叛变问题,像圣者下凡一样,一时全电影院的观众欢声雷动。

很快,夕阳落入波罗的海,天立刻黑下来,阴云重新弥漫,风雪再次接续。我相信二〇〇四年彼得堡的寒冬自今夜开始。

谢谢你,波罗的海的夕阳,我相信你是特意冲破乌云,一显灵验,一展风采,向我们说一声"你好"的。波罗的海的夕阳是太阳、海、芬兰湾和城市的精魂,是两个彼得和一个列宁的精魂,是俄罗斯、苏联和俄罗斯的精魂,是卫国战争中进行了艰苦卓绝的战斗,英勇牺牲了的百万列宁格勒人的精魂!法西斯硬是拿不下这个光明的城市,历史早已证明了。

2005 年

伊朗印象(节选)

印象之一：比历史还要古老

在伊朗旅行，你会看到她的许多旅游点说明书上、旅游商品包装袋上写着一句话："比历史还要古老(More ancient than history)"。这句话实在是太美了。

没有做太认真的研究，我已经感觉到了这句话的美丽和分量。波斯、大月氏、安息、大食，就这些名称已经令人陶醉，令人发思古之幽情了。

尤其是波斯。在"文革"中，在新疆，我读到了波斯诗人乌迈尔·海亚姆的《鲁拜集》。我读的是乌兹别克语的手抄本，而新疆那边，对"鲁拜"这种类似"七绝"的形式，一般是译作"柔巴依"的。

精神生活荒漠化的时刻，得以背诵赏玩一千年以前的波斯律诗，这是缘分，这是神交，这是上苍的安排。我曾经将其中一首"空闲的时候要多读快乐的书/不要让忧郁的青草任意生长/痛饮一杯吧还是要去饮酒/哪怕死亡的阴影已经临近"改译作中国古典的五绝，"无事需寻欢，有生莫断肠。遣怀书共酒，何问寿与殇"。我也到处背诵另外两首"我们是世界的希望和果实"与"在蓝宝石一样的天穹之下"。

我是这样翻译前一首诗的：

我们是世界的希望和果实,

我们是智慧的眼珠的黑眸子。

如果把偌大的宇宙比喻成一个指环,

无疑我们就是镶在上面的颗颗宝石。

在上个世纪八十年代我写的中篇小说《鹰谷》里,我曾经写到这一首诗:……我读过郭沫若翻译的《鲁拜集》,郭老把"柔巴依"译作"鲁拜",把乌迈尔·海亚姆译作莪默·迦谟。我还一知半解地翻阅过那位波斯中世纪诗人赖以扬名的诗作的英译本。英译本是住在旧金山的一位美国朋友送给我的。郭译显然是根据英译本进行的,但奇怪的是,我接触过并部分地抄录过的乌兹别克文译本与英译本根本无法相参照,二者有某些相似的情绪、意象和比喻,却找不到一句相通。特别是图尔迪给我念的那首少年意气、才如江河贯地的诗篇,在前两个译本中根本没有影迹。

一九八〇年,我曾经在国外的一个作家们联欢聚会的场合用乌兹别克语朗诵了那首诗:"……我们是智慧之眼的黑眸子,若把偌大的宇宙视如指环……"

一个土耳其诗人狂喜地告诉我,他全部听懂了。

而不论在世界的哪一个角落,地球上的哪一条纬线与经线的交叉点,祖国的哪一块光明而又奇妙的地面,我还是常常觉得若有所恋,若有所失,若有所忆,若有所思……早在两年前我已经获得了伊朗伊斯兰共和国文化部长的邀请,要我去参加该国的图书节,由于一些我方的原因,未能成行。终于,在二〇〇六年十二月七日,我到达了德黑兰。德黑兰这个名字也是沉甸甸的,我想起了"二战"中的德黑兰会议,我想起围绕着这个地名有过和正在有多少风云变幻。

而且有些朋友,至今称赞我访问伊朗的"勇敢",这个关于"勇敢"的说法里,其实透露了对于伊朗的不了解,乃至于偏见,透露了某些西方媒体的宣传的力量。

事实并非如此。

设拉子的名称在中国古代史上已经赫然在目。它的波斯波利斯的石柱、石门、人像与狮像仍然庄严、刚劲、挺拔。好像是古迹在向时间抗议,古迹在拒绝时间带来的毁灭。时间毁坏了多少繁荣?繁荣仍然无言地、决绝地、悲怆地挺立在荒漠之中。两千五百年前,彼时此地的人信仰的是拜火教。它的风格令人想起古埃及的卢克索——卡纳克神殿,不知道它们之间有什么关系。环境的荒漠透露着历史的严酷与沧桑,地域的广大与满目的阳光似乎不甘心于寂寞与无望的等待。一个古国是有自己的深度的,深度的悲哀与雄心,深度的历练与郁闷,深度的向往与沉着。以深刻的沉默抵抗着历史之河的冲刷。在波斯波利斯遗址中穿行,我们有一种古国神游的郑重感与满足感,也有一种面对着逝者如斯夫、不舍昼夜的时间的苍茫感与无奈感。

这就是比历史还要古老的浩茫心事啊。

设拉子还有萨迪与哈菲兹墓,两个都是诗人。这是一个诗的国家,诗、诗人都显得那样尊贵与神奇。他们的坟墓更像一个四柱与一个八柱亭子。在哈菲兹墓,人们有一个风习,要在坟墓正中拿起一本哈的诗集,闭目祈祷,然后郑重地任意翻开一页,可以从这一面得到你的人生预言与启示。

我的那一页是:"你的最好的努力,并没有得到相应的报答,然而,最终,你是有善报的。"

塔什干 1984

会见伊朗学者哈塔米

芳的那一页是:"你的慈爱洒向人间,被人众所接受和感谢。"芳听到了这句话的中文翻译,激动得几乎流出了眼泪。

据说,有一位我国首长在那里翻诗集,诗集的那一页显示的是"你得到的时候也有失去,你失去的时候也有得到"。但是事先被告诫,不能照译,于是译成健康长寿成功胜利之类,我想通过这个小文谨向他报告上述这个实话,其实这句实话也是相当贴切,完全吉祥的。你知我知使馆知译员知,哈菲兹也应该有知的吧。

印象之四:活泼开朗的伊朗人

伊朗人长得大多相当漂亮,他们在公共场合的表现,也比较自然、得体、放松、活泼与开朗。

从设拉子回德黑兰的飞机上,快到目的地时,我前边的一位当地乘客打开行李架取下了一个塑料口袋,里面放的是无花果干,我随口说道"安菊儿",这是维吾尔语对于无花果的称呼。因为我知道,维吾尔语中含有许多波斯语词汇。他听了,马上笑容满面地说:"安集,安集儿……"看来基本读音是一样的,维吾尔语的第二个音节的元音是圆唇音,波斯语不是。然后他大把地从他的口袋中拿出无花果干赠送给我,作为对于我能够迅速识别与用类波斯语叫出无花果的名字的褒奖。这样的无花果干,在乌鲁木齐南梁的自由市场上很多,在南疆阿图什更多。然而,波斯的无花果干的质量是很好的。

在散步的时候,在购物的时候,在参观景点的时候,在等飞机的时候,伊朗的普通百姓都与我们攀谈,他们很开朗也很外向,对待外国人没有什么忌讳或者疑虑。在德黑兰机场上,出发向伊斯法罕走的时候，我遇到一对服装严整的老年人，与我交谈甚欢。他们讲到他们的子女，讲到他们旅行的目的地，讲到他们的安定与幸福生活。他们先问我们是不是来自日本，待知道是来自北京的时候，他们会显得十分高兴。

和外国人攀谈，他们没有任何顾虑与禁忌。没有距离感。

在伊斯法罕度过了一个伊斯兰的休息日——星期五，那一天，在哈柱桥①的一端，有许多老年人坐在河边石头台阶上欣赏流水，享受初冬的阳光，用悠闲和满意的神情环顾这个明丽与自然的世界。我也坐到了那里，觉得惬意，觉得自己已经融入当地。子在川上曰："逝者如斯夫，不舍昼夜！"这是人类性宇宙性的微笑与感叹。

伊朗的各式商店很多，你进去看看，店方的态度友好和善，但也不过分兜揽兜售。你提问题，他认真回答，你与他聊天，他接过话茬去，不讲得太多也不讲得太少。他们要的价钱，大体是实价，你一定要砍砍，也许能略抹个零头，但没有太大的余地。你如果往下砍得太多，超出了可能性，卖货人便微微一笑，不再多说什么。他们的表现恰到好处。

我在伊斯法罕买了一件毛衣，那天晚上觉得有点冷。十一个美元，黄与褐黑的花色极有特点，粗毛线，保暖性能极佳。拿回来后，深受赞美，并责问我为什么不多买几件。

我相信，普通人的态度与表情，是能说明一点问题的。我在某

---

① 哈柱桥在三十三孔桥下游一点五公里，于一五五〇年建成，比三十三孔桥早五十二年。桥体小于三十三孔桥（分别为一百三十二米和三百米），但比三十三孔桥更富吸引力，因为有两块平坦的石板可以俯瞰下游的流水，桥中央部分以前还曾是皇家的行宫。桥下的茶馆人气很旺，伊斯法罕人喜欢周末在这里休憩玩乐。

地看到过那种面有菜色的与呆木的表情。我看到过那种躲避外国人的反应。我看到过那种向外国游客死乞白赖地兜售伪劣纪念品的孩子的面孔。我看到过那种对于异民族人异国人的极其警惕与困惑的表情,哪怕你只是去问一下路,他也现出防盗防贼防间谍的神态。当然,还有乞丐,还有娼妓,还有小偷,芳在外国曾被摩托车手抢过皮包……还有与种族优越感差不多的意识形态的优越感、救世感。还有夸张的奉承与推销。

伊朗百姓的面孔让人舒服,让人放心。你从他们的言谈举止表情动作上,看不到生活以外的、人性以外的东西。

印象之五:似曾相识的德黑兰

从德黑兰机场走出来不久,你会看到一个很有气派也很有风格的艺术品,那就是自由广场的大门,大概可以称为解放门或者自由门。走近了,你才看出来那是一个凯旋门式的建筑。这个凯旋门可与巴黎的、新德里的乃至平壤的类似建筑不同。它的下部像是切开了的金字塔,它的顶部像是一本打开的书,"书"上由于有类似窗户的造型,所以又像是一座楼房。也可以把这本"打开的书"想象为一个屏风,具有屏风的亲和与展开性。中间是一个具有伊斯兰拱形与桃形风格的门,门的穹顶上,建筑给你以菱形的编织感。远远望去,我以为是一个大的雕塑,尤其是夜间,它在灯光的照射下显得威严而又璀璨。

这是巴列维国王于一九七一年为纪念伊朗帝国成立两千五百年而建立的,塔高五十米(巴列维王朝立国五十年),正面由两千五百块完整石块拼成(波斯帝国成立两千五百年)。这是一个艺术的精品，是古波斯建筑与伊斯兰建筑风格的完美结晶，表现了伊朗艺术家的不平凡的想象力与结构能力。它坚固、庄严、沉稳，同时不失舒展与精细，具有镶嵌感、拼接感与折叠感。它确实还具有一种"比历史还要古老"的古典与文雅。

德黑兰的政治生活比较容易见到的是各处有关选举的招贴画，各派人士都在积极竞选。另外也可以看到不少国家领导人的巨幅照片。

此外我在德黑兰发现的都是生活，百姓的日常生活。许多地方有明渠流过，你可以说那是小小的河流在城市里流淌，发出稀溜稀溜的水声。越是相对干旱的地方越是体现出对于水的珍爱。到处都有高大的树林。越是夏季炎热的地方也越是呈现出对于树木花草的依恋。到处都有商家，与手工艺者的作坊，有价格不昂贵而且富有民族特色的商品。到处都会看到悠闲自在的德黑兰人，尤其是小孩子们在嬉戏。怀抱婴儿的年轻的母亲们也很不少，她们的孩子装饰得十分鲜艳，但是母亲抱孩子的姿势与我们华人的习惯不太一样，她们常常是两手平托，你远远看去，好像是托着一件珍贵的礼物。

德黑兰可以分成城南城北两个大部分，两个部分的气候不尽相同。城北地势高耸，会比城南冷一些。我们在时，城南下雨，城北却飘扬着大雪，向北面望去，是皑皑的雪山。我们看到过这样的奇观，下雪了，薄雪花下面是碧绿的树叶，而树叶中夹杂着红花。城北有更多的大的机关单位，高级住宅区与外交使领馆区。

德黑兰的交通也很拥挤，人们喜欢讲的一句话是这里的汽油比水要便宜，所以机动车辆很多。很少看到比较豪华的车种，最多的是法国"标致"与伊朗合资的出品。德黑兰人以开车技术良好而闻名。我亲眼看到了他们，挤过来钻过去，无路之处有了路，使不能通行的地方通行。尤其令我惊讶的是德黑兰司机先生们的倒车本领，由于单行线多，走错了无法逆行回去，干脆他们就提速长距离倒车，踩着油门倒车，是德黑兰的独特风景。

德黑兰的糖果店值得记住。他们有一种风味独特的糖品：玉米饴(波斯语叫"嘎兹")，即从玉米中提炼出糖分来，加上鸡蛋清粉、开心果的碎块和藏红花，制成一种并不过甜的、亲切自然的、别有家乡风味的糖。这种糖我们在伊犁时吃过，但限于新疆的条件，没有开心果，那个年代，也没有花生米。有一次我的二儿子王石，站在卖这样的糖的小摊前，被邻居的淘气鬼一推，踩到了一块糖上，他的帽子被摊主拿下作抵押，而他当然没有钱。后来是一位好心的维吾尔老人替他付了款，才走掉了事。但是对于这种糖果的味道，他深深刻到了心里。这次，我从伊朗归来，带来了这样的糖果，唤起了他的童年的记忆，也唤起了我的记忆。天涯何处无玉米饴？天涯何处无甘甜？

德黑兰的馕饼店非常多，与新疆的馕相比，它们比较薄也比较软，同样有一种面粉烘烤的香味。它们与新疆一带的在陶土做的大瓮中贴到瓮壁上烘烤不同，他们是将面剂儿伸到很大的明火中，很快就完成一个馕饼的烤熟过程。据说这里的人多半会从馕店里购买馕饼，而少有在家制作者。我对这个说法一再核问，确实如此。我们去了三个城市，德黑兰、设拉子与伊斯法罕，三个城市的人们的服装装饰交通工具等差距不大。生活上不追求光怪陆离，不追求花样翻新，他们更多的是一种纯朴和善良，是一种自在和舒适。

印象之八：寥落古行宫

最负盛名的伊斯兰风格的展现在伊斯法罕的伊玛目广场，国王时期也叫"国王广场"或"世界印象"广场，伊斯兰革命后改为此名，伊玛目的大意是伊斯兰的教长。在谈到伊玛目广场之前，我愿意先记一下伊斯法罕的四十柱宫。这也与我们的行程的时序相符。

首先有趣的是，名为四十柱宫，却只有二十根与中国建筑里的柱子相比要细许多的优雅精致的八角形柱子，支撑着宫殿的宽阔的前廊，它们的倒影映射在廊前的长方形水池中，出现了另外二十根水中的柱子的虚像，二十加二十，于是就是四十。这种虚与实的叠加，这种实物与影像的兼收并蓄不分你我，这种思想(计算?)方法堪称绝妙，在我国，只有李白的"举杯邀明月，对影成三人"可以与之比拟。

宫殿坐落在一个大花园里，总面积是六万多平方米，建筑面积是一千多平方米。建于十五世纪，说是典型的波斯式宫殿，曾经用来接待贵宾和外国使节。大厅的墙上画着巨大的壁画，大致是叙述当年的文治武功，朝廷盛况。正面有一镜厅，由玻璃拼接做成，不开放，从外面可以看到里面的一些古装画像与古代衣物。说是十七世纪所建。此外，大殿里摆放着一些器皿、古币、文书等物品供游人参观。

说实话，这些我已记不清楚，反正世界各国我看到过的宫殿、行宫、皇家花园等已经不计其数。什么凡尔赛宫，什么奥地利茜茜公主的宫殿与花园，什么华沙的大王宫等等。这个四十柱宫并不比上述诸宫更辉煌壮丽。反而难忘的是四十柱宫的花园,树木参天,水池清澈,落叶满地,秋意清爽中又使人产生出嗒然若失的遗憾。意外的是在这里碰到来自天津的旅游团,他们当中有人认出了我,纷纷过来合影。这是常有的事,国内的各界人等,无机缘在国内见面,却有缘千万里相会于异国他乡,叫作比邻似天涯,而天涯又若了比邻。

于是慨然,王室宫殿的最最迷人动人之处,它的最大的价值和意义,似乎未必显现于国王生前,在陛下使用它日理万机、运筹帷幄、送往迎来、杀伐决断之时,这宫那宫与人们能有多大关系?只能是你威风你的宫殿,我凑合着我的草窝,保持距离,各自平安。倒是在人去楼空、色颓瓦坏、柱歪石损、漆脱墙沉之时,在王朝覆灭、往事如烟之日,无限风光在后人,在"寥落古行宫,宫花寂寞红。白头宫女去,闲坐说'零星'"之时,凭吊往事,追怀前朝,其味无穷。花园是永远的,鸟雀是永远的,落叶犹如昨日,殿堂有点破烂了,正好参观。

我不知道这是不是与多数穆斯林聚居区属于干旱炎热地区有关,他们特别重视水流水库与树木花草的栽植与维护,注重廊檐亭阁的修建,注重大自然的生态与环境的赏心悦目。

而且这里的空气极好,现在的伊朗毕竟不那么急着现代化,急于现代化与发展壮大的是巴列维王朝。巴列维王朝的现代化与国情脱节,与大众利益脱节,再加腐败与特权导致了它的覆亡。从新"左"派的批评现代性的理念看来,不知当前伊朗是否提供了一个相对的不同的世界,符合他们的理想吗?至少从审美的观点上来看,伊朗是合格的。披纷的落叶,飞过的鸟群,秋天的气息,游客的笑声,咔咔的快门,无精打采的解说,无人专心的听讲,就这样，我们欣赏了其实也是错过了这个半古的四十柱宫。你可能记不住宫殿的底细，你却忘不了一种非现代的，后现代的，树的人的房的与秋天的气息。

印象之十四：生活方式

生活方式是一个很好的词，生活方式首先是生活，其次才是方式，只要有生活，就会有自己的方式，最好的至少是对自己或者对某个地区某个人群的最好方式。

无庸讳言，若干年来，我们对于伊朗已经有一些道听途说的认知，比如说，原教旨主义，严格的与激烈的对于生活方式的坚持。到伊朗以前，我自己做好了准备，也许会碰到许多清规戒律，也许会碰到严厉的面孔，也许你应该小心谨慎，注意不要越雷池一步。

但是如果我告诉你，在一些涉外宾馆里，还在十二月的上旬，大堂里已经装饰起了圣诞树，树上已经赫然写着 Merry Christmas（圣诞快乐），而在一些旅游商品店里，丝毛纺织的挂毯，除了伊朗传统的细密画、田园牧歌画、名胜古迹画以外，也还有圣子诞生与圣母像等基督教画面，而且伊朗政要多有在十二月二十四日向全国基督教徒祝贺圣诞节者。你想得到吗？

无疑，伊朗人是非常注意维护自己的生活方式的。至高无上的信仰不容侵犯。他们对于大国主导的国际秩序时有不满和抗争，他们的政治家也说过一些比较刺激的话，他们对于地区事务也有自己的不同的看法与雄心壮志。目前的形势非常敏感，非常复杂。这不是我所能够说得清晰的。本文并不想涉及这样的问题。

然而，对于一个文艺领域的来访者来说，我看到的更多的是生活,是日子,是和平的、轻松的、好脾气的、开放的伊朗人,是津津有味的日常生活,是美善,是好客,是对于文化的尊崇。而绝对不是充斥着偏执、狂热、仇恨的一群暴徒。不论是德黑兰还是设拉子,不论是城市还是乡村,我没有发现这样的气氛和人众。

至少从地理位置来说,它其实比我们离西方近得多。他们中有那么大的比例能够讲极好的英语,他们中有那么多人曾经到欧洲旅行、求学、经商。他们的歌唱发声方法其实离所谓意大利为代表的美声唱法并不太远。他们的服装也更西化,男人不怎么打领带罢了,也并不绝对。女人们的头巾的式样与系法正在日趋多样,造成了千姿百态。

芳说她这次有机会好好显示一下自己的头巾了,包括东欧国家的头巾,新疆的头巾,南美的披肩巾,还有一个精美的印度大披巾,是作家熊召政所赠。没有这次伊朗之行,她还真的没有显摆自己收藏的头巾的机会。当然,她也说,最不习惯的是在室内,而且是用餐的时候也系着头巾。

有的朋友说,伊朗人在家里还是比较随意的,你愿意西化一点也完全可能。据说在伊斯兰革命前,巴列维王朝曾采取压制本土性生活方式包括宗教的政策,那时候人们在外边西化,回到家再本土化。我访问完伊朗,找来了一九五九年上海文艺出版社出版的苏联作家加·谢奉茨所著的《德黑兰》一书。这本书的宣传手册性质令人不敢恭维。但是它一上来就写道:……这个东方的大城市里并没有发生什么变化,所有的小店铺和手艺人……骆驼……警察……流动商贩和叫化子……流行欧洲风尚,出现欧洲型的电影院和播送伊斯兰教法律所禁止的音乐的咖啡馆……为什么……不该停留在原位呢?德黑兰曾经是相当西化的,至少比中国的城市西化。而当年苏联的这位作家是用讽刺的口气来写他们的西化的。

现在呢，反过来了，西化的东西退缩到各自的私生活里去了。不说自明。

几乎所有的逗留伊朗的中国人都十分喜爱伊朗，他们觉得在这里活得自在、放松、平安，与当地人特别好相处，生活方便，物价便宜。

我相信生活，相信日子，一连串日子就是时间。生活与时间可以舒展口号，可以完善政策，可以造福人与人群。而伊朗的可爱恰恰在于它充满了生活，它从容地对待时间。

所以我非常喜欢伊朗，我对它永远抱着最好的祝愿。我相信它有极好的未来。

2007 年 2 月

一辈子的《红楼梦》

新中国建国以来，阅读、研究、改编、批判有关观点、借题发挥、胡乱拉扯《红楼梦》，高潮迭起，前后出了各种版本的上亿册的书籍，写了无数论文，做了许多讲演与系列讲座，一是盛况空前，一是令人絮烦。

在中国，《红楼梦》这部书有点与众不同，你说它是小说，但是它引起的争论、兴趣、考据、猜测、推理更像是一个大的历史公案、探案。围绕它出现了一个又一个包公或者福尔摩斯。它掀起的一波又一波的谈论与分析，几乎像是一个时政话题。你可以很喜欢读《三国演义》或者《安娜·卡列尼娜》，你可以热衷于巴尔扎克或者陀思妥耶夫斯基，狄更斯或者塞万提斯，但是对于他们它们，你惊叹的是文学，是书写得真棒，你不会像对待《红楼梦》那样认真、钻牛角、耿耿于怀、牵肠挂肚、辗转反侧、面红耳赤。唯独《红楼梦》里的人物变成了你的亲人至少是邻居，变成了你的知音、同党或者对手，《红楼梦》里的故事变成了你自身的至少是你的亲友的活生生的经历，变成了你的所怒所悲所怨所爱。

《红楼梦》具有与人生同样的丰富性、立体性、可知与不可尽知性、可解与无解性、动情性、多元性、多义性、争议性、因果性必然性规律性、偶然性或然性等等。大体上说，人们对于人生诸事诸如恋爱、性欲、朝廷、官阶、政治、风气、家族、兴亡、盛衰、祸福、进退、生死、贫富、艺文、诗书、上下、主奴、忠奸、真伪……有多少感受有多少讨论，你对《红楼梦》此书也会有同样多的感受与讨论。你在现实社会中发现了什么有趣的故事：诸如弄权谋私、文人商人联手、短命夺权、抄家打非、忘年嫉妒、拉帮结派、显勤进谗、巧言邀宠、一面铺张浪费一面提倡节约……也都会在《红楼梦》中找到似曾相识的影子。

就是说，《红楼梦》富有一种罕见的人生与世界的质感，《红楼梦》富有一种与天地、与世界、与人生、与男男女女的悲欢离合、喜怒哀乐的同质性。

我没有讲文艺学者爱说的"真实性"一词，因为真实性的提法会强调什么本质的真实、艺术的真实、典型的真实，而《红楼梦》的真实是一种可以触摸、可以体贴、可以拥抱、可以绞轧、可以与它白刀子进红刀子出的真实。就是说，我们常说的艺术作品的真实如同一张油画、彩照，它是供欣赏供赞叹的真实，而《红楼梦》的真实是同床共枕、同爱共狂、同厮杀共纠缠的咬牙切齿而又若仙若死的真实。

因为它写得生动而又细致，因为它写得并不那么小说化尤其是戏剧化，它常常写得不巧反拙，它有时像流水账，有时像絮絮叨叨，有时像是年华老大后的忏悔与自言自语。你读多了，连说话的语气与腔调都会受它的影响。读它，你是如闻其声、如见其人、如入其境、如介入其中，如与其悲其盛。至今为止，好作品我遭遇的多了去了，我佩服巴尔扎克的解剖刀式的雕刻与拆解；我赞美托尔斯泰的工笔勾勒与缤纷上色；我痛苦于陀思妥耶夫斯基的疯狂的对于灵魂的拷问；我狂喜于李白的放达与天才；我沉迷于李商隐的悲哀的绝对的美化，但这都首先是对于文学的力量的震动，是对于文学天才与作家心灵的赞美，只有《红楼梦》，它常常让你忘却它是小说，它有作者，它是一个字一个字码出来的。不，它给你的是自己的一个完整与自足的世界。它就是宇宙，它就是荒山与巨石，它就是从无生命到了有，而最后仍然是无的神秘的痛苦，它就是盛衰兴亡，它就是荣华富贵，它就是肮脏龌龊，它就是愚蠢蛮横与毁灭的天火霹雳，它就是风流缱绻，它就是疯魔一样的爱情与仇敌一样的嫉恨。

于是《红楼梦》的档案意义、历史意义、文化学意义常常冲击了它的小说性。有德高望重的学者去考察不同的大观园原址，有不同的学者去设计曹雪芹或贾宝玉的晚境，有拥林派与拥薛派的互挥老拳，有一谈《红楼梦》就冒火冒烟的场景，有对于《红楼梦》的建筑、烹调、衣饰、医药、园林、奢侈品、诗词、灯谜……的专业研究。

《红楼梦》的不同还在于它的残缺性。作为文本，它只留下了三分之二。这对于我来说是一个死结，因为我死死地认定，不但某甲为某乙续书是不可能的，某甲为自己续书也是根本不可能的。你可以让老王再续一段《青春万岁》或者《组织部新来的年轻人》，哪怕只写八百字吗？打死老王也做不到。高某为曹某做续，那么长时间居然没有被发现，这样的一对天才同时或前后脚出现的几率比出现一个能写出《红楼梦》的天才的机会还罕见一千倍。关于作者的资料就更少。传播呢？版本呢？"脂砚斋"这个似乎对文学知之甚少而对曹家知之甚多的刻舟求剑的自封的老大，偏偏插上一杠子，变成了事实上的红学祖师爷。区区如老王者也不是没有这样的哭笑不得的经验，一个决不把自己当外人的或沾亲或带故的爷或姑奶奶，到处散播你写的张三乃源自王五，你写的李四实源自赵六。他说得板上钉钉，全丝全扣。这是一种关切，这是一种友谊，这对小说写作人来说也确实是一大灾难。这是命定的小说的扫帚星，谁让小说家说出了那么多秘密,他或她理应得到口舌的报应。谁知道如脂评之属,带来的资讯更多,还是搅和干扰更多呢?

这些因素使得《红楼梦》从小说文本变成了残缺不全的密档,使《红楼梦》的研究变成了情报档案学遂注定了永无宁日。一方面我不能不感谢那些以有限的资料做出了对于"曹学""版本学"的重大贡献的前贤,一方面不能不为《红楼梦》的残缺性而扼腕长叹。书上说的是"满纸荒唐言,一把辛酸泪",我们呢,只能是"满纸热狂言,一笔糊涂账,学问都不小,仍难解真相";要不就是"满纸相因言,一笔(车)轱辘账,胶柱鼓瑟罢,刻舟求剑忙"。

而由于无需赘言的种种原因,《红楼梦》写得那样含蓄,有时候是藏头露尾,有时候是回目上有而内容上找不到,如贾琏戏熙凤,如伏白首双星,有时候是通过诗词、画面、谜语、挈签来有所暗示。就是说,《红楼梦》确实或多或少地采用了几分密电码式的文体。而破译密电码是人类绝对拒绝不了的智力游戏的诱惑。既然并非密电码却又不无密电码的少许成分,既然是对于残缺部分的猜测与臆断,那么种种破译就既不能证实也不能证伪,无论你怎么说,都不好完全不被允许,即使是被某些专家认为是分明的信口开河,也仍然不妨去姑妄听之,也就可以姑妄言之了。

然而《红楼梦》又明明不厌其烦地告诉你,它是虚构的小说,是"假作真时真亦假,无为有处有还无"。这两句话已经从方法论上宣布了对于脂砚斋思路的否决。当一部作品使用了虚构(假)的情节、人物以后,即使同时使用了比较有生活依据的即有模特儿的人物原型与事件类型(真)作模子,这仍然只能算假,只能算是虚构作品而不是事实记录。不论是法院案例还是报纸新闻或是职工登记表,都绝对地不可以使用这样的文体,只有小说用之。当一部作品将本来不存在的人物、环境、事件(如贵妃省亲)当作确实存在的东西栩栩如生地写出来之后,即使你同时写下了更多的确实存在过的人与事,从整体上说,读者应该与作者达成默契:这不是一部书写实有的东西的档案,而更应该看作是说书人为警世感人、一吐块垒,也不排除卖弄文采、为自己树一座"非人工的纪念碑"(语出普希金)而编撰的故事。尽管是后四十回,或为高氏续作,它一再叮嘱:此书是假语村言,不可刨根问底,否则便是刻舟求剑、便是胶柱鼓瑟。偏偏人们往往因了小说的真实感而忘记了它的虚构性,因了小说的细节的真切与质感,因了传述的翔实与生动而"被真实"、被说服、被一切信以为真,被跟着对于小说写作其实不通的脂评走,反而看不出或小视起它的文学性来。这应了我喜欢说的一句话,最好的文学被非文学化了,最好的技巧被无技巧化了,最好的描写刻画被非描写非刻画化而反而实录化了。最好的创作被非创作化了:你也许宁愿相信它原来是刻在青梗峰的大石头上的。

且不说女娲补天,无材多余,化为宝玉,衔玉而生、神瑛侍者、绛珠仙子、太虚幻境、警幻仙姑、一僧一道等"魔幻现实主义",内行人都明白,一部巨制长篇小说,最大的真实是细节,最大的虚构是人物性格的鲜明化,氛围场面的强化或淡化,命运经历的沧桑化,还有语言的文学化。

认真地写过小说的人大概会明白,细节是真实性的基础,生活细节最难虚构,《红楼梦》中诸凡大富之家的饮食起居、吃喝玩乐、服装用具、礼数排场、建筑庭园、花草树木、鸟兽虫鱼、红白喜事、梳妆打扮、收入支出、迎来送往……如果没有生活经验,没有至少是见过听过——没吃过猪肉至少也见过猪跑,没有一定的生活事实作根据，你是虚构不出来的，虚构出来也会是捉襟见肘，破绽百出。其次，情理逻辑是真实性的概括，真实性的纲，你的总体把握必须符合人生的、人性的与历史的社会的逻辑。

而文学与非文学的最大不同，往往首先在于人物性格的鲜明化。鲜明了才引人注目，才过目难忘，才一见倾心，才令读者击节赞赏，才令人回味不已。而实际生活中，你很难找到那么纯、那么鲜、那么耀眼、那么与众不同的人物，如黛玉、如宝钗、如袭人、如晴雯、如宝玉、如探春者。原因其实很简单，人都要生活，生活是立体的与杂沓的，常常是平凡的，你只有单一的鲜明，你根本活不下去。黛玉一味孤高，只能枕月乘风，根本不可能在大观园活命两个月。宝钗一味完满匀称，根本不可能像一个活人似的维持自己的脉搏、消化、排泄与内分泌更不必说每月的例假了。实际生活的根本特点是平凡，你当了皇上娘娘，自我感觉仍然会是难耐的平凡。而小说的要求是不平凡，这是最大的文学与真实间的悖论。其次，所有的社会，都有太多的共性要求、自己的普适规范，所有的社会的政权、学堂、尊长、师表、家长、村镇、社区、教会、团体、社会舆论与新闻媒体都肯定是按社会的共识、按集体的意识与无意识、按人性的平均数而不是按个性，更不是按个性的鲜明性来塑造一个人的。不要说是清代这种意识形态上了无新意的封建社会，就是整天把个人主义把个性化挂在嘴上的欧美，它们的白领蓝领、成功人士与购彩票中特奖者，毒枭与杀人狂也做不到像《红楼梦》中的人物那样生气洋溢与个性鲜明。《红楼梦》的人物描写的成功中，显然表明的是曹雪芹的文学功力，他的对于人性的深刻了解与无限困惑，而绝对不是曹雪芹的运气：他独独碰到了那么多个性非凡的人物尤其是少女。

环境与氛围的独特性也是"被真实"出来的。一名宝玉，几十名（包括丫头）美少女，无怪乎索隐派会认为宝玉其实是顺治皇帝，其实顺治皇帝也没有这样的艳福，他一生面对多少军事政治的戎马倥偬挑战威胁，哪有那么多宝玉式的闲心去欣赏受用少女的青春、美丽和钟情！不存在的贵妃省亲情节也写得那样有声有色、有谱有派，那么那些吃酒、听戏、过生日的各种烈火烹油、鲜花着锦的场面岂不是文学出来、移花借木过来的！

最明显的，最接近"穿帮"的人物描写是赵姨娘与贾环，在《红楼梦》中，所有的人物都是圆的、立体的，而赵氏母子写得那样扁平，曹氏对这两个人是抱着相当的厌恶来写的，当然，赵的声口仍然生动泼辣、野中带荤。而最戏剧化的、带有人为的巧合色彩的情节是二尤的故事，它经过了作者的大渲染大编织无疑。

真真假假，有有无无，这就是文学，这就是文学的天才和魅力，这就叫创造，这就叫笔能通神，这就叫文学与人生竞赛。我相信上亿上千万的读者当中，被感动被真实被猜谜的，仍然是起动于对小说创作文本的喜爱，而不是史学的郑重与推理的癖好。面对杰作《红楼梦》，我致力于体贴与穿透。要体贴作者，体贴人物，体贴写作。我不作意识形态的定性也不给他们穿靴戴帽。例如宝玉一见黛玉就问林有玉无有，及至知道黛玉无玉，便摔玉砸玉，这是无法解释的，也很少有人解释。但是如果你尽量去体贴少年乃至儿童的情意，体贴他的对于黛玉的亲切感认同感无差别感无距离感，那么他的天真纯洁轻信的"可有玉吗"的提问就催人泪下，感人至深。而有玉无玉的困扰，从此如影随形、如鬼附体一样地跟随上了宝黛、折磨上了宝黛，永无解释也永无缓释，令宝黛与亿万读者痛苦了一辈子又一辈子。同样的体贴也会让我们不再一味地为鸳鸯抗婚尤其是殉主喝彩，而是为鸳鸯的命运而哀哭悲愤泣血洒泪。当然，同样的体贴使我们不可能以名教杀人的封建刽子手的眼光去要求袭人为宝玉守节……穿透，就是说我们不可能"被真实"到了笃信不疑的程度，我们在为黛玉的眼泪与诗作而感动不已的同时也会看到她对于刘姥姥的污辱与蔑视，看到她的种种的不妥，看到她与宝玉远远挂不上反封建的荣誉骑士勋章。尤其是她与宝玉居然对于搜检大观园毫无反应，甚至比不上被一般认为是维护封建的探春的强烈批判。尤其是宝玉，对于那些为他献出了青春、劳作与真情的少女，没有向乃母与乃祖母说过一句辩诬与维护的话……而晴雯的针尖麦芒、拔份好胜、她的才女兼美女的刺儿，同样令人不能不哀其不幸，怜其不智也不善……

呜呼红楼，再陪你走一遭儿吧，得其悲，得其乐，得其俗，得其雅，得其虚空，得其富贵，得其腐烂，得其高洁，它陪你，你陪它，一生又一世，一劫又一轮回，哭到眼枯又叹到气绝，恋到难分又舍到天外，世事洞明，人情练达，人生百味，情意千般，一梦又一梦，摇头又摆尾，这就是老王老李的只此一遭，别无找补的阳间"两辈子"，我们都有两辈子，一辈子是自己的也许乏善可陈的一生，一辈子是贾宝玉与他的家人情人的大欢喜大悲哀大痴迷的一生！

你活得怎么样？你到世上走了一遭却是做了些什么呢？

除了自个那点鼻子尖底下的事儿，你要阅读、比照、体贴与穿透、证实与证伪那部地球上的、名叫中国的人儿们的红、楼、梦！

《锦瑟》的野狐禅

从去年不知着了什么魔,老是想着《锦瑟》,在《读书》上发表了两篇说《锦瑟》的文章。后来,今年又在《读书》上读到了张中行师长的文章,仍觉不能自已。

默默诵念《锦瑟》的句、词、字:

> 锦瑟无端五十弦,一弦一柱思华年。
> 庄生晓梦迷蝴蝶,望帝春心托杜鹃。
> 沧海月明珠有泪,蓝田日暖玉生烟。
> 此情可待成追忆,只是当时已惘然。

这些句、词、字在我脑子里连接、组合、分解、旋转、狂跑,开始了布朗运动。于是出现了以下的诗,同样是七言:

> 锦瑟蝴蝶已惘然,无端珠玉成华弦。
> 庄生追忆春心泪,望帝迷托晓梦烟。
> 日有一弦生一柱,当时沧海五十年。
> 月明可待蓝田暖,只是此情思杜鹃。

全部用的是《锦瑟》里的字,基本上用的是《锦瑟》里的词,改变了句子,虽略有牵强,仍然可读,仍然美,诗情诗境诗语诗象大致保留了原貌。

如果把它重新组合成长短句,就更妙:

杜鹃、明月、蝴蝶,成无端惘然追忆。日暖蓝田晓梦,春心迷,沧海生烟玉。托此情,思锦瑟,可待庄生望帝。当时一弦一柱,五十弦,只是有珠泪,华年已。

再一首,尽量使之成为对联风格:

此情无端,只是晓梦庄生望帝,月明日暖,生成玉烟珠泪,思一弦一柱已。(上联)
春心惘然,追忆当时蝴蝶锦瑟,沧海蓝田,可待有五十弦,托华年杜鹃迷。(下联)

阅读效果同样。

除了说明笔者中邪,陷入了文字游戏、玩文学的泥沼——幸有以救之正之——以外,还说明了什么呢?

说明了中国古典诗歌中每一个字、词的极端重要性,相对独立性。真是要"字字珠玑"!做到了字字珠玑,打散了也还是珠玑,打散了也还能"各自为战"!

锦瑟有实词锦瑟、弦、柱、蝴蝶、杜鹃、月、珠、泪、日、玉、烟;有半实半虚的词五十、一、晓、梦、春、心、沧海、明、蓝田、暖、此情、追忆、当时;有动词和系词无、有、思、迷、托、生、待、惘(然);有典故人名庄生、望帝;还有比较虚的词只是、可等(我按自己杜撰的中西合璧的词的划分法)。其中弦、一字凡两见(生亦两见,一为人名,不计)。看来,这些字、词的选择已经构成了此诗的基石、基调、基本情境。这些字词之间有一种情调的统一性、连接性和相互的吸引力,很容易打乱重组。诗家选用这些字、词(在汉语中这二者既有区别又有联系,字也是有相对独立的意义的),看来已经体现着诗心,体现着风格。

其次,李商隐的一些诗,特别是此诗,字词的组合有相当的弹性、灵活性。它的主、谓、宾、定、状诸语的搭配,与其说是确定的、明晰的,不如说是游动的、活的、可以更易的。这违背了逻辑的同一律、否定律与排中律,这也违背了语法规则的起码要求。当我们说"人吃饭,马吃草"的时候,是不能换成"人吃草,饭吃马"的。但这种更换在诗里有可能被容许,被有意地采用乃至滥用。原因在于,这样的诗,它不是一般的按照语法—逻辑顺序写下的表意—叙事言语,而是一种内心的抒情的潜语言、超语言(吾友鲁枢元君的洋洋洒洒的大著《超越语言》对此已有大块论述,笔者当另做专文谈及)。汉语本来就是词根语言(有别于印欧语系的结构语言与阿尔泰语系的黏着语),在这样的诗中,词根的作用更大了。但不同的排列组合也不可忽视,好的排列会带来例如陌生化之类的效果。如笔者的入魔而成的诗"庄生追忆春心泪,望帝迷托晓梦烟",长短句中的"杜鹃、明月、蝴蝶,成无端惘然追忆""沧海生烟玉""五十弦,只是有珠泪,华年已""此情无端""春心惘然"等,都是佳句妙句。

第三,诗是真情的流露,这是绝对无可怀疑的。但这种流露毕竟不是擦一下眼角、叹一口气,里面包含着许多形式,许多技巧,许多语言试验、造句试验,许多推敲锤炼。近几年的新诗,其实也是很致力于这样做的,如舒婷、傅天琳的诗。至于一首耐咀嚼的诗,如《锦瑟》,甚至能够产生一种驱动力,使读者继续为之伤脑筋动感情动文字不已。这简直是一种物理学上不可能的荒谬的永动机。当然，不仅《锦瑟》是这样，但《锦瑟》尤其是这样。同属玉溪生的脍炙人口的《无题》诸首，请读者试试如法炮制一下，远远达不到这种效果。这说明《锦瑟》这首诗的诗语诗象，更浓缩，更概括，更具有一种直接的、独立的象征性、抒情性、超越性和"诱惑性"。而李商隐对这些诗句的组合，也更加留下了自由调动的空间。

第四，笔者"改作"的一首歪诗，两首"非牌性"（套用音乐上的"无调性"一词）词章，不妨可以作为解诗来参考。即通过这样的"解构与重构"，可以增加我们对原诗的理解。例如本诗首句，历代解家皆以"锦瑟无端"或"五十弦无端"解之，即认定"无端"是说的锦瑟、弦，这样解下去，终觉隔靴搔痒。试着组合一下"无端惘然""无端追忆""无端此情""无端春心""无端晓梦"乃至"无端沧海""无端月明""无端日暖""无端玉烟"……便觉恍然：盖此诗一切意象情感意境，无不具有一种朦胧、弥漫，干脆讲就是"无端"的特色。看来，此诗名"锦瑟"，或是仅取诗的首句首二字，是"无题"的又一种，或是以之起兴，以之寄托自己的情感。而这个题的背后，全诗的背后，写着美丽而又凄婉的两个字，曰"无端"也。此诗实际题名应是"无端"。"无端的惘然"，这就是这一首诗的情绪，这就是这一首诗的意蕴，在你进行排列组合的试验中，没有比这两个词更普遍有效的词了。这么说，这首诗其实是写得极明白的了。

再如庄生梦蝶，望帝化鸟，典故本身是有来有历有鼻子有眼的，用来表达一种情绪，其实不妨大胆突破一下。庄生春心，庄生明月，庄生沧海，庄生锦瑟，庄生蓝田，庄生烟玉，庄生华年，庄生杜鹃，为什么不可以在脑子里组合一下、"短路"一下呢？如果这样的"短路"能够产生出神秘的火花和爆炸来，那又何必惧怕烧断语法与逻辑的低熔点"保险丝"呢？这不是对本诗的潜力的新开拓吗？

再以锦瑟做主语吧，锦瑟梦蝶，锦瑟迷托杜鹃，锦瑟春心，锦瑟晓梦，锦瑟沧海明月，锦瑟日暖玉烟……

这是一个陷阱。这是一种诱惑。这是《锦瑟》的魅力。这是中国古典的"扑克牌"式文学作品。这是中华诗词的奇迹。这是人类的智力活动、情感运动的难以抗拒的魅力。这也是一种感觉，一种遐想，一种精神的梦游。这又是一种钻牛角的苦行。这当然是不折不扣的野狐禅。

走远了。魂兮归来！

1991 年 11 月

《老子的帮助》前言

年轻时已经迷上了《老子》(又名《道德经》)，那时看的是任继愈教授的注译本。一个天地不仁、一个宠辱无惊、一个上善若水、一个不争故莫能与之争、一个无为、一个治大国若烹小鲜、一个生也柔弱死也坚强，就把我惊呆了。我觉得老子深不见底，我觉得他的论述虽然迷迷瞪瞪，却是耳目一新，让人大开眼界，一下子深刻从容了许多。

青春作赋，皓首穷经，这是当年黄秋耘对我说过的话。从首次接触到《老子》到现在已经历经了六十年的沧桑。而接受编辑刘景琳先生的建议做这件事，也经过了五年的考虑斟酌。我决定将《老子的帮助》一书献给读者。

老子对于我们今天的人有什么帮助呢？

第一，他带来了大部分哲学思辨、小部分宗教情怀的对大道的追求与皈依。他的道是概念之巅、概念之母、概念之神，是世界的共同性，是世界的本原、本源、本质、本体，是世界的归宿与主干。读之心旷神怡，胸有成竹，有大依托，有大根据。

第二，他带来了一种逆向思维、另类思维乃至颠覆性思维的方法。一般人认为有为、教化、仁义、孝慈、美善、坚强、勇敢、智谋是好的，他偏偏从中看出了值得探讨的东西。一般人认为无为、讷于言、不智、愚朴、柔弱、卑下是不好的，他偏偏认为是可取的。他应属振聋发聩、语出惊人之人。你可以不认同他，却不能不思考他。

第三,他带来了"无为"这样一个命题、这样一个法宝。他提倡的是无为而无不为,是道法自然,是不争故莫能与之争,是后其身而身先,外其身而身存。他的辩证法出神入化,令人惊叹。他的透视性眼光入木三分,明察秋毫。

第四,他带来的是逻辑思维与形象思维的结合,是感悟与思辨的结合,是认识与信仰的结合,是玄妙抽象与生活经验的结合;是大智慧的无所不在,不拘一格,浑然一体,模糊恍惚。

第五,他带来了真正的处世奇术、做人奇境,以退为进,以柔克刚,以无胜有,以亏胜盈,宠辱无惊,百挠不折。

第六,他带来的是汉字所特有的表述的方法、修辞的方法、论辩的方法、取喻的方法、绕口令而又含蓄着深刻内容的为文方法。他将汉字的灵活性多义性多信息性弹性与概括性简练性发挥到了极致,他贡献给读者与后人的可以说是字字珠玑、句句格言、段段警世、页页动心、处处奇葩、自由驰骋、文如神龙巨鲸。这是汉字的真正经典,是汉字古文的天才名篇。

他帮助我们智慧、从容、镇定、抗逆、深刻、宽广、耐心、宏远、自信、有大气量、有静气与定力。

以及其他。老子能够帮助我们。

本书是对《老子》八十一章的意译与证词。意译好说,我缺少训诂方面的基本功,只能知难而退,绕难而踽踽独行。我在释义上尽量借鉴专家前贤们的成果,我用得最多的是任继愈的《老子新译》、陈鼓应的《老子注释及评介》(中华书局版),我感谢他们的赠书,相信这是对我的提携与帮助。任本简明稳妥可靠;陈本集注甚全面,解释意在发掘弘扬,它解读得相当"进步"。我也读了傅佩荣的《解读老子》(线装书局版)和《诸子集成》(中华书局版)中的有关老子部分。我还学习过钱锺书在《管锥编》中的有关著述。傅本清晰明洁，钱著绰约冷峭、旁敲侧击，都对我颇有教益。此外我也参考了孟祥才评注的《老子》（中国少年儿童出版社版），他更注意将老子的经典推广普及，并及时对老子的不宜于现如今的论点进行"消毒"批判。我用的版本也是从以上各家得来，遇有几家不一时，则自行选择。

我在本书中所做的与前面诸老师不同。我是追求其大意、其整体含意，追求其前后文句中的内在联系与逻辑关系，或有郢书燕说之讥，当无见树忘林之虞。

至于李书王说，我则全不避讳，然也。干的就是这个活计。我不是老子专家，不是国学家，不是历史学家，不是文化史哲学史专家，这些都不是我的长项。稍稍长一点的是经历、阅历、风云变幻中的思考与体悟。老子提倡的是无为，我的经历是"拼命为"与"无可为""无奈为"的结合。我能做的是用自己的人生，用我的历史体验、社会体验、政治经验、文学经验、思考历程去为老子的学说"出庭作证"。

我以我的亲见、亲闻、亲历与认真的推敲思忖为老子的"玄之又玄""众妙之门"的理论提供一个当代中国的人证、见证、事证、论证，也许还有反证。

证词一说使我满意之极。我曾想说是理解、是心得、是发挥、是体会，都太一般化了。我七十余年的所见所闻所历所悟所泣所笑所思所感，不是可以拿出来与老子对证查证掰扯一番吗？听君一席话，胜读十年书。悟君一句话，回首七十载。老子是原告，春秋战国时期的社会政治军事个人生活尤其是当时的主流观念孔孟之道则是被告。我是法庭所找的而不是原告或被告所找的证人之一，读者是法官，请判定我的证词的价值。

我多次说过，读书的最乐在于从中发现了生活，发现了生命的体验；生活的最乐在于从中发现了类书本，发现了迄今书本上尚无的或语焉不详乃至语焉有误的新道理、新说法、新见识。

写作《老子的帮助》一书，我是何等的快乐呀！

诗曰：

老来读《老子》，其乐正无涯。

无为无挂碍，有趣有生发。

歪打或正中，深思自开花。

做证心先正，纵横非卖瓜。（谚云老王卖瓜自卖自夸也）

古今有大道，中外皆明察。

妙门需妙悟，玄德要玄遐。

远在九天上，近在你我他。

行道常喜悦，持德利万家。

知止乃厚朴，通畅便绝佳。

王蒙书于戊子春初

"《庄子》系列"总后记

差不多用了三年的时间,我在七十七岁高龄写完了《庄子的享受》《庄子的快活》《庄子的奔腾》,分别对《庄子》内篇、外篇、杂篇做了转述与解释发挥,做了研讨与推敲,做了共鸣与对话。

慨当以慷,《庄子》难平。心如涌泉,意如飘风。倏忽万世,摇荡苍穹。俯拾即是,妙语无穷。铺陈巨浪,点染雄峰。孰能与舞?起落匆匆。睥睨万物,笑谑群生。忽呆若木鸡,又世事洞明。时深明大义,却力排凡庸。若蝴蝶园囿,或鲲鱼北溟。且树下酣睡,似飘摇太空。唱天籁野马,讥黄鸟弹弓。抚虚室生白,扮盗墓儒生。揭穿盗亦有道,道亦有盗,冷嘲义出侯门,侯门义生。谈庄享受,舞庄快活,思庄奔腾。孔丘秕糠,盗跖张扬,惠施语塞,墨翟目瞠。老王何幸,呼青春、勇探索、锋芒毕露,混乱、挫折、边疆、浮沉、井喷、诗书论、长中短、春夏秋冬,犹说红楼、义山、老子、庄生。天降斯任,请看我飞旋纵横!

最大的障碍是文字,我只能信赖前贤。依靠的是中华书局版《诸子集成》第三册中王先谦撰的《庄子集解》、中华书局版郭庆藩撰《庄子集释》、中华书局版陈鼓应注释与翻译的《庄子今注今译》、中华书局版孙通海译的《庄子》、线装书局版《傅佩荣解读庄子》等等。我也点击浏览了网上的各种版本。这些书与资料都给我极大帮助。问题是,有时候白话译文明明白白地摆在那里,我提不出多少质疑,但仍然是越看越糊涂,不明白它的含意,不明白它的逻辑,更不明白它的针对性——它到底要说什么,要反驳什么,要提出什么。《庄子》在杂篇《外物》中提出"得鱼而忘筌,得兔而忘蹄,得意而忘言"的著名命题,善哉此言,我读庄谈庄的最大困难在于,拼命接触学习那些筌、蹄、言,而硬不能得到鱼、兔与意。

怎么办?我要劲的是捕鱼、养兔,体贴分析咀嚼其意。对于我来说,我能够做的不是继续扩展筌、蹄、言的资讯,在堆积如山的庄学疏解上再加量加高,而是用自己的人生历练,用自己的体悟感受,用自己的政治经历、社会经历、人生经历、文学经历,也用自己的知识与智商去与庄生对话,与庄生共舞,揣摩逼近庄生的鱼、兔、意图、意念、雄辩与才华。我相信,庄生原来也是活人,有七情六欲之人,特别聪明与有趣的人,有着与众不同、高出一大截的见地与想象力的人,叫作"谬悠之说,荒唐之言,无端崖之辞,时恣纵而不傥……独与天地精神往来……"他是一个这样的精神上非常骄傲,思想上非常开阔,见解上非常高明脱俗,表达上汪洋恣肆、不拘一格的人。你如果做不到与他智力上精神状态上的靠近与共鸣,大致的平起平坐,你的解释就只能是隔靴搔痒、刻舟求剑、步行追鲲鹏、冬烘讲天才,想吃其尘垢也吃不上!某虽不才,敢引庄为同道,敢不在庄前一味自惭形秽、匍匐随从,而是平视庄周,与之拥抱握手,与之交谈辩论,与之对话,与之共遨游同欢笑,与之翩翩起舞。可能,我的解说转述,尤其是发挥中有兴之所至脱离或不尽信守原义的地方。就是说,有老王的思想见解,有受到庄文(即《庄子》的鱼篓子、猎犬或兔蹄或其文字)的启发,引出来的一大套想法,其中当然有对原文的突破发展。这对于我来说,完全正常,完全必要,否则,那么多古汉语、古哲学、古代思想史专家在那里,你王某瞎掺和做甚?要你王某这一搅屎棍做甚?要的就是老王的那点灵气,那点经历,那点浮沉,那点切骨的感受与独有的体会，那点言之成理、思之成精的新发现。呜呼！乐在其中，意在其中，美在其中，这与那些字斟句酌的疏解方法根本无法沟通。

当然，极个别地方，可能有被王某忽略了的、已有的更可靠也更准确精彩的理解，如有专家学者指出，老王会五体投地、从善如流、感激涕零的。

对不起，以庄解王，以王解庄，我注六经，六经注我，这才是我的追求。我是老王，不是国学家，不是庄学家，更不是道教专家。我感谢任继愈先生生前鼓励我，对我开玩笑说：《老子的帮助》道破了老子的天机，会折阳寿。冯其庸先生也鼓励我说，别人是以老解老，而我做到了以王解老，便通了新意。谈起庄来就更热闹了，《庄子》一书，上天入地，形上形下，寓言故事，怪论奇谈，石破天惊，波谲云诡，古今中外，只此一人。老王何幸，两年半出他三大本书，谈庄舞庄解庄也批评庄，爱之深，责之切，"好啊，多么好"！

这最后引号里的字像是受了马雅可夫斯基的诗《好》的影响。我深信再没有第二个人谈庄时能想起马诗人来了。老王的书，独一无二。

斯文济世，天下归仁

一种文化，一种文明，多有对于幸福与美好生活的追求。当然也会有禁欲、压制与更多地强调牺牲、把美好梦想寄托彼岸的讲求，还有宣扬颠覆、仇恨、"圣战"的激越。前者压制，是为了精神纯洁与神圣化，是道德完满的代价，或是为了死后另一个世界的无限幸福；后者颠覆，则是由于对现存秩序与文化主流的否定与绝望。归根结底，文化的追求在于光明、幸福、美好、正义、"天国"。孔子说颜回是："惜乎！吾见其进也，未见其止也。"这也是夫子自道。尼采的说法则是："理想主义者是不可救药的：如果他被扔出了他的天堂，他会再制造出一个理想的地狱。"

中华文化传统的形成离不开孔子，离不开儒学，离不开与儒学共生互争互补的先秦诸子百家以及数千年来没有停止过的对于儒学的陈陈相因、时有闪光的解读与论争。优于斯，劣于斯，疑于斯，习于斯，安于斯，欣欣于斯，凝聚于斯。中华传统文化的格局奠定于东周时期，兹后两千多年，到鸦片战争发生，没有根本性的变化。

孔子年代，天下大乱，中央政权式微，五霸之类诸侯国家纵横捭阖、血腥争斗、计谋策略、阴阳虚实、会盟火并，眼花缭乱。各诸侯国权力系统、思想战线，围绕着争权夺利打转。失范状态造成了民不聊生的痛苦，但也造成了群雄并起与百家争鸣的政治、军事、思想、文化，竞相争奇、碰撞火花的无比兴盛。

国家不幸百家幸，国家多难，英雄辈出，自古已然。

孔子生活在这个争斗时期,他宣扬的不是自己主张的必胜性、强力性、面貌一新性、卒成大业平天下性,而是斯文性、君子性、复古性。

孔子、老子,都是逆潮流而动,意欲挽狂澜于既倒。

"文王既没,文不在兹乎?天之将丧斯文也,后死者不得与于斯文也;天之未丧斯文也,匡人其如予何?"孔子在匡地遇到危难,他相信只要上苍无意灭绝斯文,只要上苍还要延续文脉,就不会让他罹难。他是斯文的救主,他是斯文的最后几近唯一的火种,他活着的使命在于延续与重建斯文,从而"兴灭国,继绝世,举逸民",从而"为天地立心,为生民立命,为往圣继绝学,为万世开太平"(张载)。

他认为能够带来幸福与光明的只有道德文化。可能因为当时人口问题尚未过分地困扰着先人,痛苦不在于生产力满足不了人民温饱的需要,而在于人间血腥丑陋阴险危殆的纷争,在于天下大乱,在于礼崩乐坏,在于贪欲膨胀,在于觚不觚:名实相悖、观念混乱、是非不分、秩序与好传统荡然无存。

孔子也认为关键在于人心,人的事情,心决定物,人心大治,自然物阜民丰,温饱无虞。孔子说:"德之不修,学之不讲,闻义不能徙,不善不能改,是吾忧也。"他忧的是这个。不幸的是,或者说可巧的是,这话好像是在说两千数百年后的今天。

就是说,孔子认为天下大乱的状态属于世道,世道凶险因于人心,心性随社会发展而复杂化、邪恶化、失范失衡化与歧义化:贪欲、乖戾、怨毒、争利、暴力、嗜杀、阴谋、诡计、不仁不义、不忠不孝……正在毒化我们的生活与身心。扭转乾坤、解决这些问题的抓手是文化:权力系统要懂得从民人的心灵深处挖掘美好善良,将之提升，要依靠人性自有的美好本能，从孝悌亲情入手，推己及人，及于恕道，用仁心统率与提升孝悌忠恕礼义廉耻诚信宽厚勤俭谦让恭敬惠义好学敏求……从而取得认同，取得道义优势，占领仁德高地，缘人性民心坐稳天下；而后乃教化天下，首先是教化君子，教化权力系统自身。权力系统的君王、大臣们接受了孔子的学说，则会因掌权而痛感仁德的重要性，因认识到仁德的重要而受到教化，而成为全民的道德榜样，从而取得统治的合法性与说服力。

孔子认为权力的根基在于仁德，仁德的来源在于天地的榜样与启示。"天行健，君子以自强不息"，"地势坤，君子以厚德载物"。权力首先不是如林彪所说的"镇压之权"，而是教化之权，示范之力；叫作"为政以德，譬如北辰，居其所而众星共之"。叫作"道之以政，齐之以刑"（用政策与行政治理引领民人，用刑罚管束民人)，远不如"道之以德，齐之以礼"（用道德教化引领民人，用礼法管束民人)。前者"民免而无耻"，能让民人躲避惩罚，却不能培育民人的是非羞恶之心性；后者"有耻且格"，才能让民人培育廉耻，克服不端，心服口服，优化心性。

如此这般，孔子的理念是斯文救世，救国救民：用仁德代替凶恶，用仁政代替暴政，用王道代替霸道，用博大仁爱之心代替狭隘争拗之心，用善良坦荡规矩温文尔雅取代邪恶放肆忤逆野蛮诡诈的乱世恶相。

这放在今天大概就是软实力与巧实力，然而远不仅如此，软与巧不过是人的聪明心计，而孔子的路线是天命。"天命之谓性，率性之谓道，修道之谓教"（《中庸》)；仁德来自天命，天，才是终极的"高大上"，乃能"行健"，乃"自强不息"，能"厚德载物"，具"好生之德"，使"四时行焉，百物生焉"；仁德的典范则属"无为而治者其舜也与"。

老子、孔子都向往"无为而治",这与千载后世马克思主义共产主义社会国家消亡说,与现代社会小政府大社会说、简政放权说……遥相呼应。

仁德首先是心性,又不仅仅是心性。它们外化并强化为礼,即行为范式、社会秩序、尊卑长幼规矩;外化为君子的斯文风范,君子的彬彬有礼、文质彬彬。这就叫以文化人,这就叫尚文之道。这就叫以德治国,以文治国,以礼治国,政治文明,斯文济世。

"诚于中形于外":伦常哺育孝悌,孝悌升华为仁德,仁德是核心,构建文化,文化表现为礼法,做事、举止、进退,直到容貌、面色、身体姿势与表情,都有章可循,有法可依,中规中矩,一丝不苟。尤其是君臣父子,恭谨诚敬,慎独慎微,没有给放肆混乱、倒行逆施留下余地。

在礼的推行上,孔子十分重视面容表情,提出"色难"命题,他重视苦练内功,他要抓灵魂,要培育"无违礼""三月不违仁"的喜怒哀乐与面部表情。直到当代,我们讲到一些人们不喜欢的人、说法与文字的时候往往称之为"面目可憎"。中华民族历史上某些家伙的"面目可憎"问题,已经存在至少两千五百年。消除可憎面目,是我们至今仍在奋斗的历史重任。

孝发展而为忠,其理自明;悌发展而为恕:"推己及人""己所不欲,勿施于人""己欲立而立人,己欲达而达人",顺理成章,不由得你不喝彩。由小及大,由近及远,由内及外,"郁郁乎文哉"(本是孔子称颂周礼语)!

孔子说:"吾道一以贯之"。这个"一"就是道,这个道就是仁,这个仁就是德—仁义—文化—仁政—礼治。这个道是诚意也是正心，是修身也是齐家，是治国也是平天下，是忠恕也是仁义礼智信，是恭宽信敏惠，是温良恭俭让，是四维八纲——"礼义廉耻"或者加上"孝悌忠信"，是四德"恭敬惠义"，是克己复礼，是忠孝节义也是浩然正气，还可以加上一切中华美德，一通百通，一美俱美。

从这个"一"出发，孔子乃有如下的一些重要主张：

第一是正名。基于汉字的综合信息量，培育了炎黄子孙的看重整合，不喜条分缕析的方法论。除少量外来语外，命名就是定义定位，就是期待，就是价值宣示。命名代表了人们对于世界诸人诸事诸物的认识与把握，命名就是认识世界，命名就是治理安排拿捏。名中有义，名中有理，名中有礼，名中有分。正名就是整顿纲纪，就是名实相符，就是政策待遇确定，就是君君臣臣父父子子，就是有道，就是有章法、有秩序、有规律、有整顿、无乱象。

不仅孔子如此，老子同样强调命名的重要性。他说的是"无名万物之始，有名万物之母"，不命名等于无万物之母，即无万物。

直到一九四九年后，我们仍然极其重视命名，例如人民国民之辨，例如敌我友区分，例如姓社姓资，例如地富反坏右戴帽子摘帽子，例如敌我与人民内部矛盾结论，例如左中右区分。有的人干了一辈子革命还在苦苦地等候一个人民内部矛盾的"名"——"结论"，有的人为了争当"左派"而不惜兵戎相见。此种思路，外国人怎么琢磨也琢磨不透，学学《论语》就会明白得多。

第二是君子与小人之区别，这也是一个大命名工程。孔子对社会大体上是两分法：一部分人是治人，即权力体制中人；一部分是治于人，即被管理者。君子从社会地位来说是权力中人或候补权力中人。对于权力中人的文化要求与道德要求,当然要比从事生产劳动等"鄙事"的人众要高。"君子不器""君子喻于义""君子周而不比",即君子讲究的是义理,是原则,是大局,是世道人心,不陷于教条与具体行业。而"小人喻于利",小人看得见的只有实打实的眼前利益。"君子和而不同",是真和;"小人同而不和",是假抱团的宗派山头黑手党之类,终必土崩瓦解、树倒猢狲散。君子之争,争起来彬彬有礼;小人之争,无所不用其极,坚如磐石团结假象,一朝败露。"君子坦荡荡",正如故宫里皇上的题字,到处是"正大光明",透明度一百一。皇上最痛恨的是底下的臣子与他斗心眼耍诡计。"小人长戚戚",小人鼠目寸光,不会自我调节,小人多是低级性恶论者,他们感觉到的永远是轻蔑、妒恨、阴谋,不是他嫉妒坑害或轻蔑旁人就是旁人嫉妒坑害或轻蔑他。

孔子对君子的期待既务实又理想,"学而不思则罔,思而不学则殆""邦有道,则知;邦无道,则愚""邦有道,危言危行;邦无道,危行言孙""用之则行,舍之则藏""敬鬼神而远之""不语怪、力、乱、神"……都很老到,堪称精明入化。他的斯文救国论,他的"克己复礼,天下归仁",不但理想,而且纯正天真大气。

而他对于小人的论述,干脆是人情练达,世事洞明:"同而不和"啦,"言不及义"啦,"巧言令色"啦,"小人穷斯滥矣"啦,"小人之过也必文(掩饰)"(子夏所言)啦,"小人不可大受(承担大事)"啦,"小人比而不周"啦,"不仁者不可以久处约,不可以长处乐"啦……甚接地气,眼里不揉沙子。读之甚奇,"申申如也,夭夭如也",一副士绅派头的孔圣人从哪里了解那么多小人的世情洋相?孔子不火不温,不"道学",不冬烘,绝对不书呆子。

这样,"君子小人所为不同,如阴阳昼夜,每每相反"(朱熹),绘出君子的道德文化风范与小人的低俗可悲,君子与小人之辨就不是社会地位问题,而是文化教养问题了。孔子的君子小人之说不利于民权平等观念的形成,但有利于保持权力系统中人精神面貌之精英性、示范性、先进性,对于中国这样一个超大的发展极不平衡的国家,对于实行精英政治,集中权力治国理政,其实具有相当实惠的劝勉性与可操作性。

这样的君子小人之说,还有被民人服膺的便利处。一是,你的权力来自道德文化,而不仅仅是世袭、血统、异兆、武力,老百姓听着舒坦,好接受。二是,你的道德文化记录太差,你就成了无道昏君独夫民贼,民人就有权不承"载"你而颠"覆"你,老百姓就有权替天行道,造你的反,灭你的朝廷。三是,强调道德文化修为,开通君子与小人的交通路径,缓解疏通君子与小人间的阶级对立,为后世建立科举制度打下思想基础。四是,推动教育,增强读书好学上进风习。

第三,孔子十分重视劝学,只有通过教化与学习,才能培养出文质彬彬,继承斯文的高尚一脉,才能继绝学,也才或有望于开太平。

孔子提倡的是学习型社会,是"温故知新",是"举一反三",是"见贤思齐焉,见不贤而内自省也"。这后者即内自省比思齐还重要,还难做到,还伟大。《论语》中多次讲到了自我反省的重要性,如"吾日三省吾身",有一点点像基督教所提倡的忏悔,比忏悔的说法温和中庸一些,不那么刺激煽情咋呼施压。后世则将"自省"发展为高尚的"自我批评"。

孔子还讲"三人行,必有我师焉",讲"十室之邑,必有忠信"。孔子主张在生活中学习，向活人高人学习，联系自己的实际学习。他与死记硬背、生吞活剥、"寻章摘句老雕虫……文章何处哭秋风"（李贺句）毫不相干。后人在尊儒敬孔中出现"白发死章句……茫如坠烟雾"（李白句）的呆鸟，是后人没出息，孔子没责任。

第四，孔子提倡中庸之道，提出各种事情各种场合所言所行都要恰到好处，"过犹不及"。这个中庸之道，是对于中华文化与孔子的尚一、尚同的重要补充。

孔子讲"一以贯之"，孟子讲"天下定于一"，老子讲"天得一以清，地得一以宁，神得一以灵，谷得一以盈，万物得一以生，侯王得一以为天下贞（正）"。一了，同了，不争了，自然天下太平，幸福指数飙升。

中国过去没有西方所谓"多元制衡"的传统。中国的平衡往往表现于时间的纵轴上："三十年河东，三十年河西。"

这种尚一的传统仍可能与汉字魅力有关，汉字表达的是形、声、义。尤其是义，一个字可以涵盖天地、包容宇宙、吞吐古今、囊括兴亡，且具有精妙的结构。汉字是口语的书面化，而且有时是文字的精粹化、神圣化、终极化、"宗教化"。越是大人物越愿意用一个字或词来表达一切真理。字越单一，解释起来就越无限。更重要的是，一元化简约化才能去除纷乱、阴谋、颠覆、争夺、花花肠子。

长久以来，人们没有看得太清的是：只有"一"却缺少"多"的合理合法地位，也不是好事，它会使矛盾潜伏，负能量积蓄，酿造更大的灾难。

除了尚一则是尚同，最高理想是世界大同，是共产主义式的

"大道之行也,天下为公",是不分你我他,共享"一切的一,一的一切"(郭沫若)。

也许圣人、亚圣们多少看到了"一"化的危殆,看到"同"的困苦,才强调中庸,强调毋为已甚,适可而止,恰到好处,一直到留有余地。和而不同,已经是很漂亮的中庸之道了。

中庸之道的另一个方面就是一颗仁心,两手准备:可以知可以愚;可以进可以退;可以用可以藏;可以显可以隐;可以独善其身,也可以兼济天下;可以怀大志修齐治平,也可以带着友朋学生春游沐浴、舞蹈吟唱("莫春者,春服既成,冠者五六人,童子六七人,浴乎沂,风乎舞雩,咏而归")。这就是对立统一,已经是中庸之道的进一步发展。我们多半知道老庄的精通辩证法,却也应该知道孔子的中庸之道的辩证法。

同时我们不能不为孔子"知其不可而为之"的悲壮所感动。到了孟子那里,"杀身成仁,舍生取义",更成为理想主义的弥赛亚(救星)了。

清末以来,社会矛盾高度尖锐化严重化,几乎没有给充满危机感的国人留下中庸中和中道的空间。"五四"以降,人们对中庸之道厌烦,甚至认为那是一种不阴不阳不男不女的乡愿嘴脸。"乡原,德之贼也",尤其在革命发动、抗敌惨烈的年代,你大讲中道给人的感觉是逃避责任,狡猾市侩。

自孔子以来,《论语》流传了两千数百年,流传当中谁能保证孔学不走样,不被歪曲,不被利用?被接受被膜拜被高歌入云到那个程度,如果不是孔子而是别的"子",弄不好会变成邪教。它是孔子的成功也是孔子的灾难,一种学说发达到儒家那个份儿上,全民皆君子皆儒难于做到,儒降低成全民的口头禅与旗号,同时去精英化去君子化去学理化则十分可能。现成的"文革"的例子，毛泽东思想大普及的结果是大歪曲。儒家既是精神的瑰宝源泉，也可能被庸俗化、极端化、烦琐化、教条化、僵尸化、狗血化。

天下滔滔，到处讲"舍得一身剐，敢把皇帝拉下马"，人们斗红了眼的时候，敢于提倡斯文的中庸，需要怎样的勇气和智慧！

以色列总理拉宾，不是在战斗中死于敌手，而是在和平努力中死于本国"志士"。呜呼痛哉！

承认中间状态与多种选择的存在，才能理解中庸之道的意义。中庸之道，恰恰是非专制主义、非独断、具备一定的灵活性松动性的一个标志。孔子一方面尚一，两分世界，同时又强调中庸，强调和而不同，强调和为贵，强调"我则异于是，无可无不可"，承认在改朝换代大变动中多样选择的可能性。"不降其志，不辱其身，伯夷、叔齐与……柳下惠、少连，降志辱身矣，言中伦，行中虑，其斯而已矣……虞仲、夷逸，隐居放言，身中清，废中权"，他都予以理解，而说到他自己，则余地更加宽阔。

可惜的是以他的门徒自诩的人当中，呆滞者太多了，例如明代的著名清官海瑞。

第五，除了尚一、尚同，还必须尚文。文质彬彬的人方能中庸，急赤白脸、心浮气躁的人不具备彬彬的文质，也就中不了庸，或者只会中出一个令人恶心的无耻无勇的低俗之庸来。

为何尚文？因为心性需要文明、文化、文艺、文学的滋养陶冶调理。"不学诗，无以言。""《诗》三百，一言以蔽之，曰：'思无邪。'""乐而不淫，哀而不伤。""诗，可以兴，可以观，可以群，可以怨。"孔子认为，要修齐治平、治国理政，就要抓文艺。

中国国情，只有好好读《论语》等古代经典，才能拎得清。

第六，再进一步使文化成为行为的规范的，是礼。"礼之用，和为贵。"这是以和统礼。不是用法的惩罚暴力，而是用和气的礼貌的文化熏陶来规范民人行为，这听起来是多么优雅，多么理想，多么高明与可心。想想看，人人或者绝大多数人都斯斯文文、彬彬有礼了，还要严刑峻法打板子砍脑壳做啥？法治不能不苦不威不恐吓，礼治却温馨喜悦甘之若饴也。

礼法中最重要的是祭礼与丧礼，表达了对先人、对祖宗、对天地，对生死、对生命链、对历史和传统、对久远的以往也包含对亡灵与彼岸世界形而上世界的敬畏崇拜、深情重意。祭祀培养的是"慎终追远"的厚德与担当。这里已经饱含了宗教情愫，却又延伸为做人做事的当下道德规范。

尚一、尚同、尚文、尚古、尚中（庸或和），这五"尚"构成了中国君子之道德斯文——宗教崇敬体系。

第七，孔子强调的是周礼。一个朝代，一个政权，一种体制，在它最初建立的时候往往颇有动人之好处，否则西周如何取殷商、武王如何取纣王而代之？谚云："新盖的茅房三天香"，话糙理不糙。但世上压根儿没有完美无缺的体制运作与王权管理。时间长了难免暴露出缺陷问题，渐失新鲜感、敬畏感、认真感，渐显言行不一、口是心非、形式过场、陈旧呆板、虚与委蛇、酱缸粪堆之类的弱点。《红楼梦》里的贾府，礼数不缺，却已腐烂透顶，摇摇欲坠。伟大中华，从孔子时代到现今，动辄叹息世风日下、人心不古，《你的良心大大的坏了》（通俗歌曲名），盖有年矣。与其说是国人复古保守观念是从胎里就带过来的，不如说是理念与制度缺少民主多元的挑战与与时俱进的发展所致。

那么孔学的主张在我国实践得如何呢？遭遇又如何呢？

想想看，只要不觉得孝亲与悌兄有多么艰难遥远，恕道也就近在咫尺，忠也离我们不远，宽厚自然而然地造就，知耻之勇油然而生，恭谨礼让理所当然，廉洁与高尚成为风气，道义之心压缩逐利之心，君子坦荡荡的斯文抵挡得住所有的卑俗、凶恶、敌意与乖戾。

顺着这个思路想下去，不免心花怒放，三呼圣人大哉：世道人心化险为夷，政治秩序化逆为顺，世道风气化浇薄为朴厚，处处谦谦君子，在在温良恭俭，权力惠民，百姓忠顺，君臣相得，邻里相助，阴阳调和，这就叫作天下归仁，斯文济世。

这样的天下归仁的理想国并不会现成摆放，任你享用讴歌，而是要经过努力学习、长进、切磋、琢磨，才能成真成形成事：读书明理，温故知新，举一反三，见贤思齐、见不贤思改，学而思、思而学，学而时习之，克己复礼……

这干脆可以说是古代的、以孔子为代表的中国梦。

可惜的是这样的梦实现的时候少，望尘莫及的时候多，背道而驰的也不少。鲁迅指出："'二十四史'而多至二十四，便是可悲的铁证。"鲁迅这里说的"可悲"，确实是中华之悲，也是孔子之悲，人人尊孔学孔，却硬是出现不了天下归仁、为政以德、万世太平的美好局面。而到了近现代，遇到强力霸道的"外夷"，儒家孔学，更是狼狈慌乱，无以自处。

孔子的中国梦美丽、善良、单纯、精彩、雄辩、适宜，却不无天真。他可能还没有来得及去探讨推敲家国天下政治社会生活中的非斯文方面，权力与暴力方面，管理与匡正方面，利益与竞争方面，生产与财富方面，科学技艺方面。他也可能远远没有顾得上去认知民人（首先是被他确实发现了许多弱点的小人们）在历史上的作用。他不可能像二十世纪的毛泽东那样提出"人民,只有人民才是创造世界历史的动力"。

对于生活中的非斯文因素与众"小人",再来一个"非礼勿视,非礼勿听,非礼勿言,非礼勿动"的话,可就成了自欺欺人喽。

子贡问孔子:有美玉是珍藏在匣子里好还是卖个好价钱好?孔子马上回答:"沽之哉!沽之哉!我待贾者也。(卖掉呀,卖掉呀,我就是等待着好价钱的呀!)"孔子的热烈与直率跃然纸上。他完全没有作秀清高、想吃怕烫的尴尬。子贡的提问点到了孔子穴位上,他却毫不含糊。他的待价而沽的声明不是为了自己的立身扬名,像苏秦、张仪等所说的那样,而为了他的传承斯文、救亡斯文,以斯文一脉济世救国的天命。他心地干净高尚,所以不怕说他"官迷"。

同样,他的斯文理念,不是为了写论文卖弄学问评职称,他屡败屡战,硬是要孜孜矻矻建立一个斯文新世界。

孔子的斯文理念,说起来合情合理、正中民人下怀,而且堪称善良忠厚简明通俗,实现起来却颇不顺遂。热衷于政治与军事斗争的各诸侯国权力系统,看得见的是兵强马壮、克敌制胜,看得见的是粮丰草厚、武备充足,才能实力逞强,看得见的是计谋多端而后占先,看得见的是赏罚分明、心狠手辣,才八面威风……孔子的主张对于急功近利的权力中人来说,实在是急惊风遇到慢郎中,谁有那个耐心烦儿陪着您玩儿?

不足为奇。文化文化,既来自现实需要,又来自理念理想之梦。做得到的是它的务实性,例如"节用而爱人,使民以时",正常情况下多半可行。没有做到的是它的某些理想性,高不可攀。例如"其为人也孝弟,而好犯上者,鲜矣",不见得,如今的贪官中,也有孝子。至于"克己复礼,天下归仁",似乎压根儿没兑现过。

没有全面兑现不要紧,只要一个文化主张能在价值层面上被认同,只要它能唤起道德理性良知良能,能正面地影响精神走向,就算是取得了伟大成就。孔子、老子如此,佛陀、基督、苏格拉底、柏拉图、伏尔泰、卢梭、马克思与萨特也是如此。没有百分之百地兑现过的文化理念,仍然对人心有普遍的积极影响,功莫大焉。有了普遍的积极影响,至少应该算是实现了一半。这就是孔子所说的"求仁而得仁""我欲仁,斯仁至矣""人能弘道,非道弘人"。做得好不好,与其说是学理问题,不如说是信奉者的实践问题。

中国历史上仁人志士不少见,少见的是仁政。对于仁心的呼吁与提倡,完全正确也颇有成效,如今吾辈也还要呼吁提倡下去。仁政难,则说明为政的问题复杂得多,要斯文也要魄力,要德治也要法治,要中国特色也要面向世界,要自由民主平等富强也要爱国敬业法治友善……时至二十一世纪,一个仁字,不够用。

简单地说一句,从孔子那边学做人,至今很棒;读读《论语》,保君击节赞赏,获益良多,无效包退。它有《处世奇术》(美国一本畅销书名)的精良,更有正心箴言的博雅,它是中华士子的《圣经》。

"唐棣之华,偏其反而。岂不尔思?室是远而。"说的是美丽的花摇曳多姿,不是我不想念,是离它太远。可是孔子说:"未之思也,夫何远之有?"你没有去思念啊,如果思念,就不会觉得远了,他以此比喻对美德应持的态度。这一段给我的感觉是中华赞美诗,是天启,是阳光,是甘霖,是感动中国的温暖与鼓励。

"仁远乎哉？我欲仁，斯仁至矣。"就算世上的事情没有这样简单，我们难道能够不为孔子的真挚而感动？难道我们能不听孔子的话寤寐以求地去思念天命仁德美好幸福，而是同流合污、堕入邪恶卑下丑陋肮脏吗？说心性之德"知行合一"（王阳明），乃至"知难行易"（孙中山），也出自这样的理解。

以《论语》治国，虽有美意，不完全灵。以"半部《论语》治天下"，则是故作惊人之语，是宋初宰相赵普向皇上推销耗子药的做秀姿态。

"礼失求诸野"。虽然中国历代统治者与士人并没有足够当真按孔子的教导治国理政——这一点读读四大才子书与各种"演义"便自然清楚，但孔子的教导仍然可爱得紧，恰恰是老百姓喜欢孔子的忠孝节义，地方戏、说书、民间故事大致都认同孔子培育美德、匡正世道人心的努力。人们极其重视分辨忠奸，直到追悼周总理、粉碎"四人帮"的时候，我们仍然感觉得到这样一种忠奸之辨的舆论如火如荼。人们厌弃卖友求荣、卖主求荣的投机分子——风派，人们认同和为贵乃至大事化小、小事化无，不赞成煽情折腾的政治讹诈"三种人"。人们不喜欢花言巧语、假大空的佞人，而是高看有一说一、实事求是的"老黄牛"。人们时时提倡孝道、仁义、糟糠之妻不下堂，厌弃翻脸不认人的暴发户。人们喜爱谦虚斯文，不喜欢咄咄逼人、仗势欺人的恶霸。人们喜欢知书明理的君子人，不喜欢蛮不讲理流氓相。人们赞扬勤俭刻苦，厌恶懒惰奢靡。人们赞扬清廉，蔑视贪腐，渴望包公，诅咒赃官。人们赞扬"涓滴之恩，当以涌泉相报"，深恶"卸磨杀驴""吃谁的饭砸谁的锅"的恶痞……街谈巷议、网络语言中亦常有古道热肠的舆论出现。

海峡两岸，数十年来政治体制与发展进程相距甚远，但在传承认同同一传统文化基因方面，我们仍然是亲如兄弟。孔学对中华的影响，有一种超稳定性。

历史上，权力系统也渐渐品味到了孔子学说对于培养孝悌忠信、礼义廉耻、维护尊卑长幼秩序、维护天下太平的好处，意识到高举仁义为先的旗帜比任何其他旗帜更能感动中国。于是大成至圣先师，于是文宣王，于是玄圣素王，于是孔圣人，于是孔林孔庙文庙，从中国一直修到了越南、韩国。现在的孔子学院一直办到了欧美亚非拉澳。

把孔子搞得光照太强，太普及了，容易出现紧跟化、俚俗化、寻章摘句化、皮毛化、人云亦云化的毛病。庸才遇到至圣，头晕眼花，只有诚惶诚恐、三跪九叩、不懂装懂的份儿，却不能有所发展，有所创造，有所更新，有所前进。坏人遇到至圣，立马巧为利用，却根本不信不行不诚。其结果是抬了孔子，害了孔子。这也只能问责于后人而非孔子本人，孔子本人一再声明他不是圣人，"若圣与仁，则吾岂敢"。他说他不是"生而知之"。《论语》丝毫没有遮掩孔子吃瘪与被嘲笑指摘的经历。唐玄宗咏叹孔子"叹凤嗟身否，伤麟怨道穷"，而李白干脆宣称"我本楚狂人，凤歌笑孔丘"。他们都不是跪在巨人面前的侏儒。

孔子当年，或有栖栖惶惶的丧家狗自嘲，从更长远的历史来看，他毕竟是巨大的成功者，他的续斯文之余脉的历史使命其实是胜利完成了，并辉煌至今。前无古人，好；后无来者，可惜。这可能与他提倡冲劲闯劲创新不够有关。他的斯文使命的完成仍然是当下完成，不是永远无虞，不是万能神药。

他的为万世开太平的理想虽则远未实现，但他为中华民族文化的构建与凝聚延续打下了基础。没有孔子所代表的斯文一脉，我们能过得去北方游牧民族入主中原的一关又一关吗？我们能过得去一八四〇年以后的"人为刀俎，我为鱼肉"（孙中山）的生死存亡的考验吗？他的遗教当然不足以对付八国联军，但是他留下了理念与智慧，即使悲观者也念念不忘中华文明的伟大美好，即使"数千年未有之变局"（李鸿章）也还有不变的中国心，"夫子言之，于我心有戚戚焉"（孟子）。什么是这个"戚戚"呢？答：中国人的文化爱国主义！

一直到了二十一世纪，在经历了那么多质疑、反思、批判、攻击、嘲笑、抹黑之后，孔子仍然屹立着，美好着，可爱着，被关注着与被发挥着。而他并没有什么特殊的超人事功，只因为他坚持不懈，奔波劳碌，给了天地以心灵的爱憎美丑，给了一代代中国民人以价值向往，或有小疵，仍大可取。他扮演了几千年中国文明道统代表人物的角色，他成为中华文化的首要基因，固然难免某些元素发展成了有争议的转基因。他是今天仍要发掘汲取的重要民心民智资源。他生前身后，屡经危殆，大难不死，形象仍然纯粹干净，语言仍然精辟动人乃至精彩绝伦。谁能与他相比较呢？他靠的是人格和智慧，还有他的七十二位弟子。如果你用二十一世纪的 CT 机照准孔丘进行体检，找出来他的诸多令人痛心疾首的病灶，这又有什么可说的呢？难道不是他的历经两千五百年没有褪色的教益更令人惊喜吗？

我们在一九一九年有过振聋发聩的"五四"新文化运动。我们痛心于国家的积贫积弱，愚昧无知。我们迁怒祖宗，我们痛批中华传统文化"满口仁义道德，一肚子男盗女娼"的虚伪性，我们揭露"二十四史"的"吃人"本质，我们提出过"打倒孔家店"的革命口号，我们投身铁与血的革命。以毛泽东与延安为代表的革命文化在艰苦奋斗、英勇牺牲、壮怀激烈、勤俭节约、以民为本、自我批评、谦虚谨慎、顾全大局、忠诚老实等多方面继承并空前地发扬了传统文化的精华，而在阶级斗争的高潮中我们曾视"温良恭俭让"如草芥，视儒家为反动。正是狂飙突进的新潮，使我们的传统文化受到了数千年来从未受到过，从而是最最迫切需要的挑战与冲击，受到了一次脱胎换骨的洗礼，孔子等诸子百家的学说置之死地而后生，我们的国家艰难困苦，玉汝于成，历经艰辛曲折坎坷，改革开放发展进步迈开了社会主义现代化的大步。

新文化运动与革命文化，也使人们看到了仅仅一个孔子的学说不足以完成提供中国现代化征程所需的精神支撑的任务，我们必须汲取数千年历史上的一切精华，更新完善我们的民主、自由、平等、法治、科学、真理、价值、方法论、逻辑学等诸种观念，必须汲取人类一切先进文化成果，必须汲取历史唯物主义与科学社会主义并使之本土化。不了解传统文化就不了解国情人心，脱离国情民心就必然碰壁。不改革开放发展现代化也只能向隅而泣乃至被开除球籍。

只有实现传统与现代对接，我们才能从容自信地面向世界，面向未来，面向现代化；从而超越百年煎熬，百年磕磕绊绊，做好中华民族的现代化转型；从而更好地传承、激活、革新与弘扬我们的传统文化、五四新文化与革命文化，拯救与优化我们当今的无法不令人为之忧心忡忡的世道人心，创造建设当代生机勃勃的中华文化。

我们今天仍然提出以德治国与依法治国相结合的历史任务，我们越来越将弘扬中华传统文化的使命唱响。我们拥有"五四"新文化运动的成果，虽然走过不少弯路，但我们珍惜人民革命的胜利，我们骄傲于改革开放、中国特色社会主义现代化的长足进展，乃有信心大谈"博大精深"其实曾经是困难重重的中华传统文化。这是中华民族的胜利，也是人类一切科学文化成果洋为中用的胜利，还是以孔子为代表的中华传统古为今用的成功，是我们的古老文化实现创造性现代化创新转化的胜利。

我们提倡传承与弘扬传统文化精华，不是为了复古或复"民国"，不是皮相地穿戏装背诵开蒙《三字经》，不是为了贬低新文化与人民革命文化，不是敝帚自珍、闭目塞听，不是只为了给儿童们、弟子们立百依百顺的规矩，却忘记了更重要的是要让老板与家长们提高自身修养。我们要做的是充分发掘我们这样一个大国古国的精神资源，匡正与充实世道人心，使我们不仅在物质层面而且在精神层面全面丰饶、自信、心心连通，创造新的历史，实现中华民族的伟大复兴，当然也包括文化复兴与文艺复兴。